青妤記

6之2

〈春心初動〉

一半是天使 著

風文創 031

目錄

目錄

話說前因

前世，花子妤是個啞女，二十四年的青春寂靜虛度，最後卻死於一個卑劣凶徒手中……當她再次睜開眼，發現自己竟變作一個「咿咿呀呀」叫嚷著揮動小胖手的女嬰時，她坦然而感激地接受了穿越的事實。慶幸的是，這次周遭世界不但有聲，還是活色生香的崑曲戲班子，且平白多了個雙胞胎弟弟花子紓。

只不過娘親因為生他們姊弟而亡，留下的絕命書中寫得很清楚，若是要解開身世之謎，就必須成為本朝獨一無二的「大青衣」，否則，他們姊弟永遠也不會知道自己的親生父親是誰。為此小小子妤辛苦練功、練嗓、練身段，只盼入選唱青衣，可惜事與願違，她沒有入選，卻成為戲班裡名伶塞雁兒的婢女。

但她並不氣餒，努力做好分內工作，不但幫塞雁兒出點子，爭取到在太后生辰的萬壽節上與第一名伶金盞兒攜手演出，自己也有機會跟著進宮開開眼界。

演出前一天，子妤無意中撿到花家班裡青衣第二人如錦公子所掉落的一方香羅帕，那香帕上的水仙花繡樣，怎麼看都覺得有些蹊蹺，讓她聯想到了佘家班那個妖嬈放肆的水仙兒。

而這一聯想，子妤頓時有種不好的預感，眼皮也跟著不停的跳。她隱約感覺到了一絲山雨欲來風滿樓的味道，不知這次萬壽節的演出，是否能真如之前所預料的那樣，花家班能如願以償技壓另外兩大戲班，還是會橫生出什麼變故來？

章四十八　蛛絲馬跡

紫宸殿前廳的氣氛熱鬧高漲，觥籌交錯間樂音喧鬧之聲不絕於耳。相較之下，後臺側殿的氣氛卻顯得嚴肅而緊張。

各家戲班都閉門在屋子裡作最後的準備，上妝、換戲服、戲伶背唸臺詞，一絲也馬虎不得。陳家班已經演過了，不好不壞，得了二百兩的賞錢，算是不錯。此時正好是佘家班在演出，聽曲子不外乎【漢宮春】和【遶池遊】，還有那齣【浣紗記】。但因為太吵了，離得也太遠，花家班這邊實在聽不太清楚到底唱的是啥。

花家班的屋門「篤篤」地響了兩聲，推門進來一個身穿宮服的小內侍。俊臉白皙無鬚渣，一雙眼睛滴溜溜的透著股機靈，他一開門瞧見花夷，趕忙閃身進去，打了個千便湊到了其耳邊，絮絮低語起來。

原本屋子裡各人都在忙著作準備，也知道這小內侍是花夷給了馮爺一些好處，讓其前來報信的。可看著花夷臉色在那內侍的低語之下漸漸變得有些奇怪，不一會兒就咬著牙似乎壓制著驚怒，大家也就停下了手中的事，齊唰唰地看向了花夷那邊。

「多謝小劉哥兒提醒，一點小意思，您得空了買茶吃。」說著，花夷從身邊的匣子裡取出個十兩的銀元寶，直接塞到了那內侍手中。

那小內侍一喜，趕緊往懷裡一揣，還好那靛藍的太監服裡面套了層棉夾襖，不然肯定肚子上要突出一塊來。他又低聲給花夷說了幾句話，這才退下了。

門關上，唐虞蹙了蹙眉，讓大家趕緊各自做事，然後踱步到花夷的身邊。「班主，可是前頭有什麼變故？」

暫時沒有答唐虞的話，花夷抬眼望了一下眾人，眼神裡有著琢磨的意味，仔仔細細地在每個人臉上都掃了一圈，雖然大部分人表情都帶著疑惑，可唯獨正在給塞雁兒整理衣衫裙角的阿滿有些奇怪。

只見她不時的抬頭望一眼花夷，發現花夷的臉色不對勁後又趕緊埋頭不敢與其對視，同時伺弄衣裙的手也忍不住顫抖了起來，呼吸隨著連連加重，似有心事，整個人看起來焦慮異樣。

花夷眉頭越發緊鎖，一手推開門。「唐虞，到門口說話。」

閉門，左右看了看並無閒雜人等，花夷才壓低聲音道：「剛才那內侍過來通報我佘家班所排劇目，竟……竟也是一齣【范蠡戲東施】。由那水仙兒扮東施，另一個女青衣易釵而弁扮作范蠡，與咱們所排之戲立意完全一樣。」

任這唐虞平素的性子再怎麼波瀾不驚，一聽花夷之話，頓時俊顏一變，眉頭揪起，又驚又疑地問：「班主懷疑，有內鬼洩漏本班機密？」

有些不情願的點頭，花夷神情有些黯然。「這個時候，追究是誰洩密也已經不重要了。

還有一個時辰左右就該我們上場，若仍然唱那一齣戲，必然被人詬病乃是抄襲。但若不照著這一齣排好的戲上去，結果就只有一個，被佘家班打得一敗塗地，拱手讓出這京城第一戲班的寶座。之後，要再奪回來，幾乎無望了啊……」

唐虞嚴肅深沈的俊容之下隱藏了一絲不可察的銳利神色，此時腦中也飛快的轉著，想要快速找出一個解決方法來。「班主，不是還有一個時辰嗎，咱們試試看能不能挽回敗局。」

花夷也只好勉強的點點頭。「走吧，得進去告訴金盞兒她們這個變故，集眾人之所思，看能不能找個變通之法，挽回敗局。」

此時，屋中的氣氛有些凝重而慌亂，眾人聽了花夷所言，面面相覷間都不知該如何開口，如何在短短的一個時辰內再排一齣跟【范蠡戲東施】同樣精彩的劇目出來，這樣的重擔就算平素裡，也是不可能的，更何況時辰一到就要登臺演出，那種壓力，真如熱鍋上的螞蟻，又教人怎麼能靜心定神下來！

看著花家班眾人的神色，花夷強忍住心頭的怒意，長長地嘆了口氣，這才沈緩地開口道：「大家都仔細掏心挖肺地想想，一炷香之後把點子說出來。」

唐虞也開口道：「大家暫時不必焦心，還有一個時辰的時間，其中拿半個時辰想新的點子，半個時辰排練，應該來得及。另外，無論是誰，若是出了可採納的好點子，班主剛才也應允，給予五百兩的賞銀。」

「五百兩！」子妤愣了，粉唇微張，和子紓互望了一眼，都看到了對方眼裡濃濃的渴望。

不自覺嚥了嚥喉嚨，子妤原本心中就覺得此事必有蹊蹺。按理，水仙兒是昨日才騙了阿滿過去，套出的內容不過是一個「范蠡戲東施」的名字罷了，就算知道金盞兒易釵而弁，塞雁兒扮作東施，也不可能如此快速的就把他們原本準備好的戲文給改了，還一模一樣的。除非，洩密的並非是阿滿，而是……

想著，子妤強壓住心頭疑惑，悄悄地看了一眼如錦公子，但見他朗眉微蹙，半垂目似在仔細琢磨什麼，但唇角卻隱隱上翹，明顯含著一絲微笑。這下子妤心中越發肯定了，也沒作停留，輕步走到唐虞的身邊。

唐虞感到袖口異動，側身看到子妤水眸顧盼著，似有話要說，便道：「子妤，莫非妳這麼快就想到了好點子？」其餘人也抬眼望著子妤，有期待的也有疑惑的表情。

搖搖頭，子妤尷尬的一笑，擺擺手。「大家別誤會，我怎麼能這麼快想到好點子，是有些不明白的地方想問問唐師父罷了。」

說完這句，其餘人等便也不再理會她這邊，只有那如錦公子盯著子妤看了一眼，眉頭不易察覺的蹙了蹙。

「唐師父，可以借一步說話嗎？」子妤輕聲道。

點頭，唐虞朝著花夷詢問了一下，這才帶著子妤推門而出，來到了屋外。

此時已經表演完畢的藝伶來來往往，喧譁聲從前殿不斷傳來，特別是宗家班的人也已經陸陸續續的回來了。

子妤左右看了看，畢竟要說的事極為隱密，四處看了一圈，卻沒有適合說話的地方，一咬牙，扯了唐虞的衣袖。「咱們到那兒去。」說著，帶了唐虞來到一方四人合抱的巨大樑柱之後，正好和江南過來的雜耍藝人們堆放道具箱子的地方形成了一個夾角，再加上樑柱頂垂下了一方明黃色的綢簾，正好可以把他們兩人的身形完全遮住，即便宗家班有人路過，也不會注意到此處有人說話。

拉了唐虞進來，子妤露出個頭不放心地又四下瞧了瞧，發現沒人注意，才把綢簾扯過來蓋住兩人。

此地本來就窄，加上一個兜頭蓋下的綢簾，唐虞不易察覺地微微蹙眉。「子妤，妳到底要說什麼，也不用如此保密吧。」畢竟對方是個姑娘，雖然年紀還小，可這樣單獨處在這個密閉的環境裡，還靠得如此之近，唐虞心中難免升起了一股異樣。

子妤只想著如錦公子的事，倒沒什麼在意兩人這樣子有些太過親密和不妥，覺著安穩了，才把先前在南院撿起來的香羅絲帕掏出來遞給了唐虞。「唐師父，您看這是什麼？」

疑惑地接過香帕，唐虞將其抖開。一眼便瞥到了那水仙花的繡樣，又湊到鼻端輕嗅，頓時臉色一變。「這香帕是……莫非是水仙兒的？」

「噓！」正好這時外間傳來兩人交談聲，由遠及近，又由近及遠。子妤神色一凜，趕緊伸手捂住了唐虞的嘴唇，側耳小心地聽著外面的動靜。

要命的是，來的這兩個男子竟是雜耍班的，聽對話，是前殿演出的一對玉碗打碎了，要重新找一對過去頂替。

這下唐虞也愣住了，感覺子妤的小手在自己唇上，溫熱間那股細膩柔滑的觸感是那樣明顯，趕緊拂開了她的手，一把將其拉到身後藏好。

倚在唐虞的背上，子妤悄悄抬頭往上看，這才發現他的身子並沒有看起來那樣纖弱，目測了一下，嗯，好像肩膀還是挺寬闊的……想到此，子妤忍不住又雙頰發熱，玉牙咬了咬唇瓣，提醒自己都這個時候了，還有心思胡思亂想。

聽見外面的兩人似乎找到了東西，腳步聲漸漸遠離，唐虞也鬆了口氣，扭過身子面對著子妤，因為身高的關係，倒沒察覺她雙頰的一抹紅暈，低聲問道：「妳從哪兒拾得的？」

看來唐虞已經篤定這香羅帕的主人就是水仙兒，子妤忙答道：「是我親眼看到從如錦公子身上掉下來的。」不過心中有些疑惑，又反問道：「您怎麼知道這帕子就是水仙兒的？」

將香帕迅速揣到懷中，唐虞眼底閃過一絲冷漠和厲色。「虧得那水仙兒慣用這水仙花的香粉，此羅帕上的味道和繡樣都直指其主。倒是如錦，沒想到他竟是內鬼！」

說完，唐虞看了看子妤，神色恢復了一絲柔和。「此事妳千萬別外傳，班主也懷疑是有內鬼。先前還不知道何人才是罪魁禍首，如今，可算找到了線索。現在先別抖出來，等度過這個難關，班主再秋後算帳，定叫這內鬼乖乖認罪。」

有了唐虞這番話，子妤心中也就踏實了許多，展顏一笑，露出兩個淺淺的梨渦，看得唐虞一愣，別過身去將綢簾掀開，兩人尋著時機回了花家班的屋子。

章四十九　峰迴路轉

關上門，將外殿的喧囂忙碌也擋在了外面，只剩下花家班裡緊張和凝重的氣氛久久不散。

很快，一炷香的時限便到了，花夷看了看眾人臉色，心中也明白，再想個比現在更好的點子幾乎是不可能的事情，但還是沈緩地開口道：「各人若有好的想法便提出來吧。」

眾人面面相覷，只有金盞兒吐氣如蘭，略微一嘆。「師父，不如我還是換回女裝扮作西施吧，和雁兒唱一齣【東施遇西施】的戲。雖然少了意趣，好歹不會落了下乘。」她是戲班的臺柱、也是大師姊，這時候少不了要率先開口。

聽了金盞兒所言，花夷並未立即評斷，只略微頷首輕點了點下巴，才抬眼道：「其他人呢，有什麼話都說出來吧。」

塞雁兒抿了抿唇，她素來不喜歡琢磨這些戲文，扮作東施這個點子還是花子妤給出的，自然沒什麼好主意，嘟囔道：「師父，不管扮什麼我都會好好唱，只要能上場就行了。」

其餘弟子更是面面相覷，半晌沒了動靜。

「唐虞，你說呢？」花夷見這些弟子確實沒法子想出更好的點子，只有把希望放在了唐虞的身上。

其實唐虞心中也沒什麼譜，只好道：「稟班主，在下認為金盞兒的提議未嘗不是個辦法，雖然可能爭不過佘家班的意趣，但咱們戲伶的水準卻能彌補這一缺憾。相較而言，應該還有一爭之力。」

得了唐虞的支持，金盞兒感激地朝他一笑，對方卻並未在意，只是略微頷首，謹守禮數而已。

「罷了，為師也知道在一炷香內想出個妙點子實在不易……」

「師父，弟子倒是有個好建議。」

正當花夷準備妥協，如錦那廝卻鳳目流轉掃了眾人一圈，唇角微翹，似是胸有成竹地張口大聲道。

「噢?!」花夷精神一振，白面微動地看向如錦。「且說來聽聽。」

俊朗的面容之下帶了一絲沈穩，這如錦公子的眼底一閃而藏著半分狡黠，只見他踱步而出，捏起蘭花指微微一翹。「既然佘家班演了【范蠡戲東施】，咱們花家班就來一齣【范蠡點西施】，可好？」

花夷身子微微向前一傾。「如何點？」

如錦泰然一笑，雖是一身男衫，也沒有敷粉換裝，那姿態卻已自然而然地透出了三分媚態。「大師姊仍舊扮作風流倜儻的范蠡，四師姊也仍舊扮作那有趣的村姑東施，只消加了弟子的戲分，扮作西施，來個真假西施戲范蠡，豈不妙哉！比之佘家班還多了真正的西施一角兒，場面上不輸半分，反倒多了些妙趣。而且弟子本身就是青衣行當，這一齣【浣紗記】也熟記於胸，不知演過了多少遍，定能勝任這西施一角兒，不負師父所託。」

此一番言罷，花夷看向如錦的眼神沒有掩飾的多了幾分欣賞，仔細斟酌間連連點頭，但仍舊想要徵詢一下唐虞的意見。「你看如錦此法可行否？」

唐虞看著如錦，心道這便是他處心積慮的最終用意吧！能在萬壽節上演西施，即便是個名不見經傳的戲伶都會引來眾人關注側目，更別說他這個絲毫不遜於金盞兒的青衣名伶了。論理，讓金盞兒扮青衣最為穩妥，可范蠡的角色就空了出來，無人能演。況且金盞兒易釵而弁確實有新意，若讓她規規矩矩演西施並不如這范蠡一角兒出色。眼下似乎只有如錦才能替上西施一角……盤算來去，這廝的心思細密，佈局周全，真個是一箭雙雕的好提議。

若不是子好無意中拾到了水仙兒的香羅帕，恐怕此時唐虞也會和花夷還有其餘花家班弟子一樣，覺著這如錦公子猶有急智，是個解救花家班於危難之際的好弟子吧！

可惜，唐虞並非是個軟糯之人，面對如錦那掩不住的得意之色，絲毫未理會，只俯身在花夷耳邊細細低語了起來。

「你果真願意？」花夷細長的眼睛頓時一亮，不等其說完，就仰頭有些驚異地看著唐虞。

拱手，唐虞徐徐道：「弟子親自改的戲文，要論熟悉，自然比之如錦公子有過之而無不及。況且，若有當朝名伶金盞兒唱西施，就算是她獨自一人在臺上表演，也比其他戲班費盡心思琢磨意趣要來得韻味悠長。」

這唐虞和花夷的一問一答，聽得其餘人面帶疑惑，特別是如錦，眼看計謀成功，卻好像被唐虞攔了一道，便忍不住開口道：「師父，時間不多了，咱們還是快些開始排練吧，要是再耽誤下去，可就真的沒法挽救了。」

花夷卻揚起手一揮，示意如錦莫要多言，起身來看著唐虞，認真地再一次問道：「你若真願意再次登臺，且不說唱功，這范蠡的扮相絕對也比盞兒出色。但得是你真的願意才行，我花夷絕不相逼。」

相較於花夷的激動，唐虞自始至終卻顯得很冷靜，拱手道：「身為花家班一分子，自當竭盡全力助戲班化解這場危機。救場如救火，我唐虞雖然不才，再唱一次范蠡卻是可以的，還請班主放心！」

「如此大好，如此大好，哈哈哈哈！」花夷這下才徹底輕鬆了下來，重重地拍著唐虞的肩頭。「若能順利過關，你唐虞就是花家班的恩人，以後花家班也絕不會虧待於你！」

眼看到手的肥肉就這樣飛了，如錦不甘心地上前一步，忍住心頭的怒意，咬牙切齒地道：「師父，到底怎麼回事？唐虞，你不是曾經起誓再也不登臺獻藝嗎？怎麼，受不住這萬壽節的誘惑，也想重新回到戲臺上風光一番嗎？」

與如錦的激動不一樣，一旁的金盞兒聽出唐虞竟要親自登臺演范蠡，嬌容之上是掩不住的又驚又喜，忙附和道：「唐師父一出，天下何人敢再扮范蠡？這一次，咱們贏定了，絕對能讓太后欣賞一齣清妙絕倫的【浣紗記】！」

塞雁兒雖然不喜唐虞，但這時候也顧不得那麼多了。她也明白，唐虞當年可是本朝小生的第一人，雖然兩年未曾上戲，但單就扮相而言，全國上下絕無一人可媲美他那種搖扇綸巾的翩翩公子，也只好嘟著嘴兒。「既然唐虞願意演出，那咱們三人就趕緊排練吧，別耽誤了時辰。」

「師父！」

如錦還想力爭，卻被花夷扭頭阻止，他心意已決。「既然唐虞願意再次登臺，那金盞兒就扮回西施，塞雁兒仍舊扮東施，唐虞則扮范蠡。這次咱們花家班拿出真正的實力，堂堂正正的扳回這一局。」

說完，笑容一斂，臉色變得有些嚴肅的看向了如錦。「你出來，為師有話要問你。」

此言一出，如錦似乎也看出了花夷和唐虞對自己態度的轉變，心中一寒，隱憂浮現，卻不得不跟著花夷去了門外，眼睜睜看著自己籌劃多時的妙計成為泡影。

章五十　何其風流

這紫宸殿恢宏大氣，殿內容了上千人後還顯得空闊高遠。

大殿進門起就是點綴其間的福壽花梨圓桌，不多不少，正好一百桌整。靠前的賓席坐著皇親國戚一類，卻是分開兩側，每六人一個長形矮几盤腿落地而坐。當中空出的地方鋪了猩紅的羊羔毯子，便是戲臺子了，上面有舞伎伶人正在暖場演出。

而面對整個大殿的一方高臺，則是真正的主位，坐了皇帝和今兒個的壽星縈祥太后，還有一眾後宮妃嬪和皇子、公主們。

「呵呵，這花家班的該上了吧，哀家就喜歡那兩個水靈靈的金盞兒和塞雁兒，不知今兒個又會給哀家帶來什麼樣的驚喜。」

說話的正是太后，生的是慈眉善目，敦實有肉，臉上一笑，兩頰和下巴就擠出來幾道肉溝，襯著一身富貴的大紅錦緞衣裳，著實耀眼奪目得很。

「喏，那花夷不是上來報曲目了嗎？」太后身邊立了個三十來歲的宮女，生得端秀清麗，也看得出年輕時是個美人兒。

果然，先前在紅絨毯子上演出的舞伎伶人已經退下，花夷徐徐從側面獨步而出來到正中，先是朝著上首席位雙膝跪地，拜見了皇帝和太后，這才朗聲道：「花家班獻上一齣【范蠡點西施】，請諸位看官慢慢欣賞。」說完，便恭敬地退到了一旁樂師的坐席，手一揮，示意可以開始了。

花家班在京城裡甚至全國都頗有盛名，此時殿中雖然也有些喧鬧，但許多人都已經把注意力放在了即將演出的花家班身上，知道壓軸戲終於開場了，紛紛把目光投向了這邊。

「咚咚咚……」

一陣不急不緩的打擊樂音之下，殿側紅簾一動，露出個皂靴，進而簾子一開，一個面如敷粉，且解風流的翩翩公子徐徐而出，甫一登臺亮相，就博得了一片叫好之聲。

此人正是由唐虞扮作的范蠡，只見他提步緩行，一身月白色的錦繡青袍，飄飄然姿態挺拔，軒軒乎容止輕揚，清朗眉目四處顧盼著，啟唇唸白道：「佳客難重遇，勝遊不再逢。夜月映台館，春風叩簾攏。何暇談名說利，漫自倚翠偎紅。請看換羽移宮，興廢酒杯中……」

這唸詞在打擊樂音的陪襯之下，不疾不徐，猶如珠璣，加上唐虞嗓音清嘹，吐詞宏亮，一開口，之前還在觥籌喧鬧的殿中賓客徹底地停下了杯盞之歡，上千雙眼睛均齊唰唰地望向了那方略顯清瘦的高挺身影上，眼中有意外，又有讚嘆，甚至有些年輕貌美的女賓不禁雙頰緋紅，想看又不敢看，垂目頷首，幾近羞澀。

唐虞停頓少許，復才亮嗓唱道：「尊王定霸，不在桓文下。為兵戈，幾年鞍馬。回首功名，一場虛話。笑孤身空掩歲華。少小豪雄俠氣聞，飄零仗劍學從軍。何年事了拂衣去，歸臥荊南夢澤雲？下官姓范，名蠡，字少伯，楚宛之三戶人也……」

紅絨毯上，無論是皇帝、太后還是文武百官，均被這個猶如清波皎月的「范蠡」所吸引，熟悉京城戲班門道的人更是猜測不斷，搜尋著花家班的小生中，除了步蟾公子之外，誰人扮相能如此朗毓華倫，冠絕天下生相？

但唐虞畢竟不是三年前的那個十五歲少年，此時身形已改，嗓音也頗有變化，他們自然瞧不出這個「范蠡」便是當年的小生第一人——古竹公子。

前臺，花家班掙了個開堂彩，側殿後台，金盞兒和塞雁兒即將上場，子妤和阿滿也隨侍在側，面色緊張。

這側殿雖然隔了屏風，卻能把前場動靜聽個一清二楚。金盞兒身邊跟了青歌兒替她整理戲服，阿滿也在幫塞雁兒將頭上釵環重新固定，子妤暫時沒事兒，瞧著子紓和止卿還有那紅衫兒都湊在屏風的邊緣偷偷往前頭瞧，自己也忍不住，悄悄移步過去。

「天哪，從沒想到唐師父的范蠡扮相竟清雋如此，看看，那些個公主、妃嬪的都被迷住了魂兒，眼珠子都沒動一下呢。」紅衫兒此話有些輕薄，說著自己的臉也微微有些紅了，癡癡又道：「可惜，唐師父這次登臺之後，哪裡才能再見此翩翩郎君風采啊，真是可惜了，可惜了。」

子紓和止卿則是一言不發地看著唐虞表演，眼底流露出的驚豔和敬佩，即便不說出來，旁人也能從那臉上的表情知道一二。

看了紅衫兒一眼，子妤也遠遠瞧了過去，看著唐虞風流婉轉的扮相、清潤如珠的唱腔，心中原本放下去的那絲隱隱情愫竟不聽使喚的直往心口那兒冒，好像有一團暖流順著血脈來到了全身，眼神從先前的清明也變作了那癡癡顧盼。

這樣的風流人物，只要是女子，又有誰能不動心呢？

狠狠地咬唇，感覺口中一腥，子好這才勉強守住了心神，俏臉上紅暈漸漸褪去，她已是不敢再看，回頭瞧了一眼金盞兒和塞雁兒已經準備停當，來到紅簾之處即將上場，又趕緊屏住了呼吸往臺上望。畢竟金盞兒和塞雁兒的演出，對於她這樣學青衣行當的戲伶來說，能看一場那就是天大的造化，若悟得一二，必將受用。

金盞兒扮作西施，款款輕移蓮步上得場來，她姿容嬌美，清麗雍雅，身段尤其婀娜有致，移步間恍若扶柳輕擺，步步生蓮。「苧蘿山下，村舍多瀟灑！問鶯花肯嫌孤寡？一段嬌羞，春風無那，趁晴明，溪邊浣紗……山深路僻無人問，誰道村西是妾家？奴家姓施，名夷光，祖居苧蘿西村，因此喚作西施。」

雖是傳統的扮相和唱段，金盞兒這西施一出場，還是讓在場的所有賓客驚豔了，那些個男賓都看傻了眼，連大氣都不敢喘一下，似乎一呼吸，這仙女似的人物就會憑空消失一般。

一個翩翩如許的佳公子，一個濯濯如蓮的玉人兒，兩個在臺上只是眉眼一交，都能引起上千賓客的心神一震，只覺得口乾舌燥，目亂神迷。

正當大家都以為花家班只是派出了最好的小生和青衣來演一齣傳統的【浣紗記】時，那樂音卻突然一變，「叮咚」歡快起來。

而那扮作東施的塞雁兒一撩紅簾，露出一雙水靈靈、清透透的大眼睛，蠻腰兒一擺，這就捧著心口，像隻小兔子似地跳了出來。

看她這副裝扮，鴨頭綠的細布輕衫，裹了一片佛頭青的滑綾錦帕，斜插一支玉蘭花簪，雙目熠熠，光華動若春星，兩耳耽耽，潔白彎如星月，那表情生動如許，臉上胭脂緋紅，精神爍爍，卻猶如西施一般捧著心口裝嬌弱，光是這扮相，就惹得那上首的縈祥太后一聲大叫：「好！」

倒不是太后只喜歡這塞雁兒，是因為本朝規矩，給戲伶喝彩必須等場面上全了再喝，這叫滿場彩。

想來也對，若是上來一個就喝彩一次，一來會打斷戲伶演出的節奏，二來不停的喝彩，下面的看官嗓子也禁不住折騰，所以一般是等場上人物全了才喝彩。

先前其實金盞兒剛唱完，大家就鼓足了勁兒準備喝彩，正好塞雁兒掐準時間上場，這一鼓作氣，喝彩之聲絡繹不絕，竟持續了好一會兒，讓花夷白面直直翻紅，細眼細眉中掩不住的神采飛揚，就差當場手舞足蹈地狂喊起來。

章五十一　邀月敘話

「浣紗溪，彎過了九道彎，幾十里的水路到苧蘿……溪邊，有個，什麼村？村裡，有個，什麼人吶……」

俏臉微紅，粉唇微啟，塞雁兒扮的這東施嬌花若豔，腰繫無縫素羅裙，腳著綠綾繡花鞋，雖是村婦打扮，只見她扭著楊柳細腰來到西施的面前，卻讓人忍俊不禁。唱罷那一曲小調，狠狠地逗樂了太后，才清清嗓，脆生生地唸道：「這位公子，奴家亦姓施，家住村東，故名東施……」

有道是，這西施清若棠棣，東施媚若豔桃，端端立在一處，叫那范蠡一怔，卻不知誰才是自己心中曾夢見的那個浣紗女郎了。

看著前頭的演出，花家班眾人一直提到嗓子眼兒的心總算踏實了下來。

子妤倚在屏風邊緣，津津有味的學著，細細揣摩著金盞兒的一招一式，還有塞雁兒的一唱一唸，手上也捏了蘭花指，神情異常投入。

「呀，姊妳看！」身邊的子紓突然低聲在耳邊一喚，惹得子妤收回神，往他所指之處一瞧，竟看到了諸葛不遜端坐在不遠處的矮席上，身穿絳紅的暗紋繡緞襖子，配上猩紅的狐裘圍脖兒，端的是面若皎玉，貴氣非常。他身邊坐了個臉色沈穩的男子，三縷髯鬚銀白耀眼，看起來周身一股浩然正氣，正是當今右相，諸葛貴妃的親大哥——諸葛長洪。

諸葛不遜早就發現了躲在側屏邊偷看的花家姊弟，也看到了正在仔細學戲的花子妤，眼底神采奕奕，微微含笑，一伸手招呼身邊隨侍的宮女，吩咐了幾句。

那宮女領了吩咐，福禮之後便繞著殿堂邊緣往這側殿後台而來。「請問花家姊弟何在？」宮女語氣恭敬，來到花家班所在的側屋輕聲出言詢問。

紅衫兒看久了，脖子歪得有些累，和青歌兒一併退到花家班候場的地方飲茶，見一個宮女過來詢問花家姊弟，當即便湊了上去，反問道：「這位姊姊是？」

「奴婢奉了諸葛小公子之令，前來給花家姊弟捎個信兒。」那宮女看出此女並非先前在屏風邊上偷看的花家小姑娘，便抬眼往裡頭瞧了瞧，發現裡面坐了個粉臉秀眉的小戲娘，還有遠處一個神色晦暗、面容俊朗的戲郎，卻並沒有看到諸葛不遜所描述的花家姊弟。

青歌兒見狀，看一眼如錦，見他臉色泛青，蹙眉不理。文正師兄也湊到屏風那處去看唐虞師父演戲了，這屋子裡只有自己說得上話，便笑著迎了過來。「這位宮女姊姊請進，我這就去喚他們姊弟過來。」說著又對紅衫兒吩咐道：「妳去給這位姊姊斟杯熱茶來吧。」

聽了青歌兒的話，紅衫兒嘟著嘴，有些不情願地給那宮女奉了茶，這才悻悻然地退到一旁，鳳目流轉間，也不知在想些什麼。

不一會兒，花家姊弟就從屏風那處退回來了，見了那宮女均乖巧地福了一禮。

那宮女趕緊含笑扶了他們起來，連連道：「兩位是諸葛公子的好友，奴婢當不得你們如此。」

「姊姊身分特殊，自然當得。」子妤揚起一抹甜笑，知道禮多人不怪的道理，就算對方只是伺候諸葛不遜的一個小宮女，仍是宮裡頭的人，還是多賣些好給她。

「瞧這小娘子，真是懂事。」那宮女果然會心一笑，暗道這小戲娘不愧是諸葛小公子看得上眼的，如此年紀就懂得哄人。頓了頓，這才把諸葛不遜讓她轉達的話一一說了。「這紫宸殿有個偏殿，名喚邀月，今兒個雖然是初五，但猶有明月照城廓。諸葛小公子吩咐奴婢帶你們過去一敘，若耽誤了時辰，就直接送你們回常樂宮。」

「好啊！」子紓自然高興，想也不想就答應了。

子妤卻有些為難，因為唐虞在臺上表演，花夷也在前頭守著沒法知會一聲。再說，聽著宮女的口氣，他們姊弟這一走，就得耽擱不少時間。由諸葛不遜送回常樂宮的話，好像也不太妥當，於是遲疑間想要拒絕。「可是……」

這時青歌兒過來主動開口道：「子妤，你們去赴約吧，前頭的演出一時半刻還停不了。等會兒班主回來了我會告訴他一聲，就說諸葛小公子請了你們過去說話。想來班主和唐師父都斷然不會拒絕的。」

「那就有勞青歌兒師姊了。」子妤知道諸葛不遜那廂也不好拒絕，便朝她點頭致謝，牽了弟弟的手，兩人把厚厚的外罩棉衫裹上，這才跟著那宮女一併離開了。

等他們都走了，那紅衫兒才酸酸地道：「也不知那諸葛小公子看上他們姊弟哪一點，時時邀了他們去說話，看那花子好，仗著搭上豪門小少爺就鼻子朝天了，真是該挫挫她的銳氣才是。」

青歌兒只望著花家姊弟離開的背影，仍舊一副溫和的笑意，只是眼底深處卻有淡淡思緒流過，也不知心頭想法。

跟著那宮女，花家姊弟走了約莫一盞茶的時間，繞過了紫宸大殿，又經過一條抄手遊廊，這才來到一處花園所在。

正當暮色沈沈，一彎明月半羞而露，雖是弦月未滿，卻晶亮宜人，甚為可觀之。

諸葛不遜端立其中，周圍是樹影婆娑，夜風搖曳，見花家姊弟應邀而來，臉上笑意一展。「子好姊，子紓，這邊請！」

這皎月將那諸葛不遜勾勒得如同仙童下凡一般，惹得花子好和弟弟對望一眼，心中生出同樣的感慨，齊齊上前略微福了一禮。「見過諸葛小爺。」

「燕娘，妳去準備一席熱茶點心，我要在此與友敘舊。」諸葛不遜遣了那宮女離開，又親自上前迎了花家姊弟。

不一會兒，燕娘就置辦好了香茗和各式糕點，諸葛不遜吩咐她下去，不用在側伺候。於是三人圍坐在白玉石桌前，湊著燃了炭的暖爐倒也不覺得冷，反而別具意趣。

三人互相一望，子紓和諸葛不遜更是對視一眼，均露出了孩童的天真笑意，忍不住朗朗輕笑了起來。

「好呀，子紓你這一身衣裳穿著，一點兒也不輸那些個豪門貴公子啊。」諸葛不遜上下打量了花家姊弟，忍不住嘆了嘆，又道：「子妤姊也是，端莊秀麗，好一個女兒家的灩灩顏色，真讓人另眼相看。」

子妤笑笑，這小娃的一番讚美倒讓她嫩白的「老臉」一陣微紅。「不過換身衣裳罷了，遜兒無須多作誇獎的。」

聽了花子妤喚自己作「遜兒」，這諸葛不遜心裡頭很是高興。「今兒個咱們三人能在宮裡相遇，吃壺熱茶，好生說說話，可比在紫宸殿看那些個熱鬧要有意思得多了。」說完，發現自己言有失禮，諸葛不遜搖頭一笑。「不過說實話，你們花家班的演出確實驚豔四座。我平素裡也常看各家戲班頂尖戲伶的段子，卻沒有一個能如今日這齣【范蠡點西施】一般好似行雲流水，酣暢淋漓。」

「確是！」子紓驕傲的拍拍胸脯。「有唐師父親自上場，自然能壓過一干人等，為咱們花家班拔取頭籌的。」

「咦？」諸葛不遜恍然大悟。「我說那范蠡看起來何其眼熟，但卻沒想到竟是唐虞師父扮的，真是讓人過目難忘啊！」

子妤早在弟弟透露出唐虞上場時就使勁兒朝他眨眼，畢竟這件事屬於花家班的一段隱密，奈何子紓並不瞭解，這麼輕易就說了出去。

「姊，妳眼睛不舒服嗎？」子紓這個缺心眼兒的卻沒有體會到姊姊的意思，只看到子妤不停眨眼，還傻乎乎的有此一問。

諸葛不遜也趕緊望向花子妤。「子妤姊，可是夜裡風大吹了沙子入眼，且讓我來幫妳拭去。」說著，諸葛不遜就要起身湊過來……

被個小孩童如此「調戲」那怎麼行，子妤睜大眼，雙手正要推那諸葛不遜，卻聽得一陣「窸窣」之聲響起，再抬眼一看那彎瑩光晶亮的上弦月，背後不由自主地就冒起了一陣冷汗。

「咳咳……」正巧，這時花園深處隨即又傳來一聲嫩嫩的咳嗽。

子妤趕緊藉此機會拂開了諸葛不遜的好意，低聲疑問：「你們可聽見了什麼？」

這下諸葛不遜和花子紓都呆住了，三人的小腦袋齊唰唰地往發出聲響的地方望去，只見月光慘白的灑在一片略顯斑駁的紅牆之上，那低矮的灌木叢竟「嘩嘩」地動了起來。

章五十二　郡主薄鳶

「咳咳……咳咳咳……」

一陣悠長細慢的咳嗽之聲迴蕩在這邀月殿的花園內，襯著沈沈夜幕和清朗的月光，真有一絲讓人寒毛倒豎的恐怖之感，惹得諸葛不遜這個見慣了大場面的小公子也忍不住一愣，玉面露怯，只求救似的看向了花子妤——這三個人中年紀最大的小姊姊。

好歹是再世為人，又受過破除迷信的現代教育，子妤雖然也是俏臉生疑、面色青白，但身邊除了兩個牙都還沒長齊的小傢伙，根本無人可以倚靠，只好壯著膽子，起身來，緩緩移步來到前面護住兩人，清了清嗓，有些打顫兒地朝著那發出聲響的東南角喊道：「是誰在那兒？」

問話一落，頓時那邊不咳了，反而傳來一陣窸窸窣窣的聲響，眼看著半人高的灌木叢樹影婆娑，一個梳著大辮子的小腦袋徐徐從裡面升了出來，露出一張被月色勾勒得白皙異常的臉。

那張小臉看起來有些眼熟，一雙黑瞳閃著晶亮的幽光，兩頰緋紅，神情驚異，直勾勾地盯著眼前三人，倒真有幾分妖異鬼魅之感。

倒抽一口涼氣，子妤下意識地後退，身子一軟，險些碰在身後的諸葛不遜和花子紓身上。

「何方鬼怪？且讓我來會一會。」

眼看著姊姊撐不住了，子紓這小子總算來了膽子，衣袖一抹，一個漂亮的鷂子翻身落在前頭，說著就要伸手去捉那黑烏烏的小腦袋。

「臭小子，原來是你！咳咳咳……咳咳……」

那小腦袋的主人不受驚嚇，反而潮紅一湧，說出那句話之後又猛的咳嗽了起來，也緩緩露出了身子，竟是個穿著貴氣錦服的半大小姑娘。

「是妳！」

這下看清楚了，子妤和諸葛不遜都齊齊一驚，花子紓更是愣住了半晌，上下打量了對方，呆呆道：「妳這刁蠻小妞兒怎麼也在這兒？」

「郡主！郡主！」

那小姑娘怒意上心頭，正要反駁，卻聽見兩聲焦急的喊話。遠遠一望，那抄手遊廊處隱隱有燭燈閃爍，似是有人尋來，嚇得她緊緊咬住唇。

見諸葛不遜披著的長襖袍子能藏人，她只匆匆道：「若是有人尋來，就說沒見過我。上次你們三人合起來欺我，這就給你們機會補償本姑娘。」說罷靈巧的一鑽，玲瓏的身子就隱在了諸葛不遜的披袍之內。

這變故來得快，子紓還沒反應過來，指著諸葛不遜身後。「這……這……這刁蠻小妞兒搞什麼鬼呢？」

這邊三人還沒回神，那邊一眾宮女、內侍已經尋了過來，頓時，花園的夜色被驅走，盞盞明燈照得整個邀月殿外猶如白晝。

「喲，諸葛小少爺。」

原本沒想到這花園內竟有人，還是三個半大的小娃，領頭的內侍舉燈一瞧，發現端坐在白玉石桌前的竟是當今貴妃的親侄孫，另外兩個小傢伙看起來也是樣貌不凡、氣質卓絕，忙上前打了個千，和和氣氣地道：「見過諸葛小少爺，求問您個事兒。」

諸葛不遜見著內侍竟認得自己，自然不會客氣，鼻孔悶聲一哼。「你們這是做什麼？一群人在這兒鬧鬨鬨的，簡直擾了本少爺賞月的雅興。」

「對不住，對不住。」那內侍連連道歉，滿臉堆笑地解釋道：「實在是小的們有公務在身，這才打攪了三位貴人在此賞月。」

子好和子紓對望一眼，啞然失笑。敢情這內侍把他們倆也當作了進宮吃壽宴的哪家公子和千金！不過這樣總比被他盤問得好，姊弟倆坐在諸葛不遜旁邊自顧悠然地品著茶，一言不發，也不解釋什麼，只把這眼前的麻煩統統交給了諸葛不遜。

玉面一冷，諸葛不遜一副不耐煩的樣子。「有什麼話就快說，這弦月未滿，眼看就要被黑雲整個遮蔽了，本少爺可不願抱憾而歸。」

「是這樣的。」這內侍悄悄抹了汗，心想這諸葛家的人從貴妃到右相都不太好伺候，就連這小傢伙也是一副屌樣兒，但其身分特殊，又得罪不得，只好繼續賠笑道：「薄侯的千金薄鳶郡主從前殿出來透氣兒，卻把身邊跟著伺候的宮女給甩掉了。諸葛小少爺您也知道薄侯是個什麼人物，這薄鳶郡主本來身子骨就極弱，萬一有個好歹，那可就把咱們的小命兒給賠上了。所以，大夥兒才趕緊四下尋找，那也就求問於您，可曾看到了郡主？」

諸葛不遜看了看花家姊弟，三人雖然臉色未變，但心神均是一愣，暗道：莫不是那刁蠻小姑娘的真實身分，竟是薄侯家的病弱千金、堂堂郡主?!

可笑，這郡主如今正躲在諸葛不遜的屁股後面，當前這群人卻茫然不知，還專程過來問他們看到這薄鳶沒有？

「咳咳……」正巧這個時候，諸葛不遜身後又傳出一聲輕咳，那內侍精神一振。「咦，可是郡主在附近。」

子好見了這情況，忙以手掩唇也佯裝不適地輕聲咳了兩下。「對不起，是這殿外風涼，我有些不適。」

那內侍明顯臉上露出失望的神色，又朝著諸葛不遜一躬身。「這郡主身患咳症，不知三位可曾聽見附近響起剛才那種聲音？」

「沒有，我們在這兒待了有一些時候了，卻沒聽見什麼咳嗽聲。」

這次回答的卻是子紓，他說起謊來倒是臉不紅心不跳、理直氣壯的，還略帶了埋怨。

但那內侍又不知其身分，見其小臉微微慍怒，趕忙又堆笑道：「那就不打擾諸位小公子和小姐了，小的這就退下，這就退下。」

這一群人來得快，退得倒也極快，一路小聲地呼喊著「薄鳶郡主」，不一會兒就消失在了遊廊的盡頭。

大家又等了一會兒，確定沒人再來，諸葛不遜才冷聲道：「郡主，您還要躲到什麼時候？」

那小姑娘輕輕掀開披袍的一角，漆黑的大眼睛左右瞧瞧，確信沒人了，才從裡面爬了出來，看了一眼白玉石桌上的茶盞，一把端起來就灌入喉嚨。

「嗳，這是我的！」子紓本想奪下，伸手卻被她攔住，正好兩人小手交握，感覺掌中皓腕滑膩，眼睜睜的看著她喝下自己的一杯茶，什麼聲勢也沒了，反倒臉上燒得厲害，趕緊又一把放開了這小姑娘的手。

「見過郡主。」子妤知禮地起身，也拉著子紓一起，端端地福了一禮。「剛才那群人已經從這邊離開了，郡主若要避開，可從另外一條道回去紫宸殿上。」

「別趕我走。」薄鳶抹了抹唇邊的茶水滴，咬著唇，竟透出一絲哀怨無比的神情。「回去還不是喝藥，苦得我嘴裡都沒味兒了。」說罷，還眼瞅了瞅白玉石桌上的幾樣糕點，露出嘴饞的表情。

原本子妤不想和這個刁蠻的丫頭扯上什麼關係，更何況她身分乃是薄侯千金，堂堂的郡主。但此時瞧著她也不過是個孩子罷了，心一軟。「郡主，您坐下歇息一會兒，等下咱們一併回去前殿好了。」

「果真不趕我走了？」薄鳶郡主晶亮的眸子一閃一閃的，原本潮紅的雙頰現出一絲真實的潤澤出來，那種嬌嬌憐意，也讓人根本不忍心逐了她離開。

章五十三　干戈玉帛

月色皎潔，夜色微涼，與紫宸殿仍舊燈火通明的喧譁相比，這邀月小殿的氣氛卻多了幾分靜謐安逸。

朦朧月華照耀之下，圍坐在白玉石桌前的兩個男娃端的是唇紅齒白，眉目俊朗，兩個女娃則是清漣如許，猶若含苞嬌花……這樣一幅場景，再配上那一爐正在「噗噗」燒開的香茗，倒似一幅仙境夜畫，美得不太真實。

「郡主……」

沈默許久，還是諸葛不遜打破了這尷尬的氣氛，因為花家姊弟明顯對這位郡主有些忌憚。

「剛才多謝了。本郡主一向不記仇的，今兒個既然有緣在此圍坐品茗，就以朋友相交，都喚我鳶兒，行嗎？」

薄鳶水汪汪的大眼睛透出一絲真誠，雙頰異樣的潮紅也褪去了不少，露出凝白如玉的肌膚，真個讓人起不了拒絕的心思。

諸葛不遜雖然年齡與其相仿，但心思卻成熟許多，但見他一副稚嫩的面孔，目光卻猶如成人一般清冷，根本不把這病弱小郡主看在眼裡，只淡淡道：「薄鳶郡主可要折煞我等，且不說您身分尊貴，花家姊弟更是在妳面前吃了大虧的。若是妳翻臉治了咱們一個不敬之罪，豈不冤枉。」

「你……」薄鳶郡主露出蠻橫的眼神，盯著諸葛不遜一張嫩白的面孔，粉唇緊抿，半晌才消了氣，扭過頭看向花家姊弟。「你們也要和這個冰山一樣，不理我嗎？就當我是個普通姑娘不行嗎？」

子紓看著薄鳶一張小臉，有些不忍，畢竟面對這樣個美女，年紀再小，男子漢情緒作祟也會心軟。「郡主，並非我們不願理妳，而是如不遜兄所言那樣，妳我身分懸殊，怎敢直呼妳的閨名？還有……第一次見面就被妳那架勢給整怕了，如何把妳當作普通人家的女孩子？況且，我和姊姊也並非不遜兄那樣的貴門小姐、少爺，咱們只是進宮唱堂會的小戲伶罷了，妳知道了還願意主動相交嗎？」

「什麼？」薄鳶郡主一愣，頓時捂嘴悶悶地狂笑起來，隨即又引發了一陣咳嗽，灌下一杯熱茶順了氣，才抬袖擦了唇邊的茶液。「你們知道我母親吧？薄家的二夫人，嫁給我爹之前也是一個戲娘呢。我又怎麼會介意你們的戲伶身分？若真是那樣，我也不配做母親的女兒了。」

花家姊弟對望一眼，都想起了青歌兒曾提及那薄家二夫人的事，傳言其曾為江南名伶，看來確實是真的了。如此，兩人倒是與這個薄鳶郡主感覺貼近了幾分，氣氛也緩和了不少。

「母親的聲音很美，我本想也學學唱戲的，可惜常咳嗽……」眼神有些黯然，薄鳶郡主說著聲音便低了下去，尖尖的下巴在玉頸上留下了一團陰影。

這下輪到子妤不忍了，輕言勸道：「郡主，京裡頗多名醫，您在此尋訪一段時間，定能治癒有望的。」

搖頭，薄鳶郡主的臉上掛著與年齡不相符的深沈表情。「沒用，在京裡待了快三個月，也見了些所謂的名醫，每日拿藥汁兒當飯吃，可到頭來，一受了點寒氣或者動得厲害了，就會咳個不停，有時候連氣也喘不上。原本我也沒放在心上了，但母親卻不放棄，說京裡能人輩出，說不定能尋到良醫，讓我耐心等著。」

藉著月光仔細瞧著薄鳶的臉色，微微泛紅，再看她呼吸時胸口起伏也確實大於常人，子妤估摸著多半是肺病。古時候，得了肺病只有一條路，等到咳呀咳得咯出血來了就差不多一腳踏入墳墓了。可那明明是極為操勞的成年人才會得的病，她只是個十歲的小姑娘罷了，怎麼也會被病魔纏上？

雖然知道她是先天不足之症，子妤心裡也有些可憐她，腦中一陣思索，突然想到了唐虞。

唐虞在戲班裡最擅長給戲伶們治風寒之症，特別是咳症。畢竟戲伶和普通人不一樣，嗓子哪怕壞一次，今後唱戲時的聲音也會變的，所以倒有些花家班流傳下來的秘方。就是不知，這些方子裡對肺病引發的咳症有沒有效果……

想到此，子妤也不耽擱，詢問道：「郡主，妳母親曾是戲伶，那她待過的戲班難道沒有專門替戲伶治嗓子的師父？」

「沒有吧。」薄鳶郡主搖搖頭，茫然地道：「我娘雖曾是名伶，但很早就離開戲班子嫁給我爹。想來對戲班裡的事也記不太清楚了。」

子紓倒是聰明，從姊姊的問話中猜出了她用意。「姊，難道妳想讓唐師父給薄鳶郡主治病？」

「唐師父？」

「誰是唐師父？」

正在自顧自品茶的諸葛不遜眉頭一挑，和那薄鴛郡主齊齊反問。

子紓湊過去，搶著解釋道：「就是上次我撞倒妳的時候，和咱們一起的那個男子，生得很是俊朗呢，有印象嗎？」

薄鴛抿著唇，仔細一想果然有些印象。「是他啊……倒是個好相貌的。」毫不忌諱地讚了唐虞，但也沒表示多大的期許，疑惑的問：「他是個郎中嗎？能治咳症？」

子妤也沒多大把握，只覺著能有一絲機會便抓住。「唐師父在咱們戲班裡專為戲伶診病，特別是咳症，他用的藥幾乎不會讓嗓子受到丁點兒傷害。肺咳與寒咳，應屬同源，讓他試試也好。」

「是啊。」子紓也附和道。「唐師父為人一向慎重，妳有空過來花家班一趟，讓他瞧瞧。若是不能治，他定不會誇口的，妳也不用擔心受騙。」

薄鳶郡主搖頭蹙眉，粉唇噘起。「我不怕被騙，只怕有了希望，失望也就接踵而來了，到時候空想一場。」

看著她委屈的模樣，花子妤心中又犯了軟病，下意識地伸手握住了薄鳶郡主的小手，只覺微涼無溫，猶若一隻可憐的小兔子。「郡主，人活一世，抱著希望，總比心中只剩下絕望要好。妳多往好的方向想想，即便唐師父不能根治妳的咳症，他也一定有辦法替妳緩解，讓妳的嗓子舒服些。說不定，以後還能跟著妳母親學學唱戲，豈不也是好事兒一樁？」

抬眼，看著子妤溫和的眉眼，薄鳶郡主也感激地笑了，乖巧的點頭。「那我回去就告訴母親，趕明兒個就來你們戲班尋尋那唐師父。若是能讓我好些，定會重金酬謝的。」

伸手摸摸薄鳶郡主的頭，替她掠了掠耳旁散落的髮絲，子妤心中頗有些酸楚的意味，總覺得如此小的女孩兒，不應該承受這些的。

「郡主！」子紓這傢伙倒是一臉的興奮。「妳來了，我請妳吃窯雞，可香的呢！」看他這副模樣，似乎早把這薄鳶郡主的刁蠻樣忘到了腦後。

「咳咳。」一旁的諸葛不遜看著姊弟倆和這個薄鳶郡主打得火熱，也有些裝不下去了，不自在的咳了兩聲。「明兒個我也去，吃你的那個什麼窯雞。」

子妤想起自家弟弟沒事就愛偷偷買了雞仔，用荷葉敷了泥，往灶臺下面塞，最後弄出來的窯雞噴香酥糯，那個滋味雖是好，但每每都會被灶房的師父罵一頓趕出來，遂伸手戳戳他的眉心。「你小子就知道吃，別讓灶房師父發現了被罵得狗血淋頭就好。」

看著花子姈教訓弟弟，花子紓嘛著嘴故作可憐狀，薄鳶郡主和諸葛不遜都會心一笑，心中都不約而同地湧出一絲羨慕的意味，覺著身邊有同齡的兄弟姊妹相處，也該是這般溫暖吧！

章五十四　薄二夫人

「鳶兒！鳶兒……」

四個半大小孩兒圍坐賞月品茗，眼看氣氛逐漸融洽，冷不防卻有一聲夾雜著焦急和質問的呼喚聲陣陣傳來。

齊唰唰地往聲響之處望去，大家瞧著眼前撥開夜色步步而近的女子，一時間，都有些呆住了。

月華如水之下，一婉約少婦漸漸露出面容，風髻露鬢，淡掃娥眉，一身錦繡裙裳端的是貴氣非凡，上攏細綢夾襖，下繫百褶宮裙，直似一樹梨花，遠遠由一眾宮女、內侍扶掖而來。雖然神色焦灼，卻掩不住的媚眼含春。

「鳶兒，妳怎麼悄悄躲在此處玩耍，害得為娘一陣好找。」

這少婦正是薄侯的二夫人，等她走近了，藉著周圍的行燈倒也看清了花園中的情形，發現愛女只是在此和三個小傢伙吃茶說話，心中的焦急頓時放了下來，走過去把薄鳶攬入懷中，又上下仔細打量了一番，發現沒有什麼不妥之處，才把臉色一凜，側頸朝周圍的內侍、宮女責問道：「你們不是說剛才尋過此處嗎？怎麼沒有看到郡主，害她在此多受了這麼久的寒氣，更深露重，萬一郡主咳症加劇，你們怎麼能擔得起這重責？」

「這位夫人，郡主只是稍作停留，吃了盞熱茶，倒也不會涼著。您也不用責備他們了。」因為那薄鳶藏在自己的披袍之下，才躲過了這些宮人的尋找，諸葛不遜不願他們受責罰，只好正了正臉色，主動開口替他們開脫一二。

薄二夫人瞧了一眼說話的孩童，只見他生得眉目清秀，肌膚如玉，好似那畫中走出的仙童一般，身上錦服也透出不凡的身分，不由得檀口微張地問：「這位小公子是？」

一旁的內侍趕緊上前答道：「稟夫人，此乃諸葛貴妃的親侄孫，當今右相的小孫兒，諸葛不遜小少爺。」

「原來是諸葛小公子。」薄二夫人略微頷首，倒也不好再責怪身後的宮人們了，只將薄鳶攬入懷中，接過身邊侍婢遞上的狐裘小襖子替女兒穿上，才又道：「多謝三位和鳶兒說話解悶兒，妾身謝過了。鳶兒，和他們告別吧，咱們也該去給太后敬福領紅包了。」

薄鳶郡主抬起小臉，膩在母親的身前，回頭望了望花家姊弟和諸葛不遜，眼中有些不捨。「娘，明兒個妳帶我去花家班，聽說那兒有個師父能治咳症呢。」

「是嗎？」一眼波流轉，薄二夫人半蹲下來，表情意外地捧起女兒的小臉。「告訴娘，妳是從哪兒知道的？」

薄鳶郡主伸出嫩白的手指點了點花家姊弟，脆生生地道：「這小姊姊和小哥哥便是今兒個來演出的花家班的戲伶，是他們提議讓我去試試看，說他們戲班多年傳下來一些專為戲伶治嗓子的秘方，說不定能有效。」

看了看花家姊弟，發現他們生得端莊正派，穿得也是規規矩矩不顯寒愴，聽女兒的話，他們竟是戲班的戲伶，薄二夫人鳳目微睜，有些驚喜地出言問道：「莫非，你們是花夷的弟子？對了，你們也姓花，和花無鳶可有什麼關係？」

猛地聽見這位薄侯二夫人道出自家娘親的名字，子妤和子紓對視一眼，都看到了對方目中的一絲驚異。但花子妤畢竟再世為人，對於花無鳶這位生母倒也並無太多的感覺，一把拉住弟弟，示意他莫要多言，兩人來到前方端正地福了一禮。「見過薄二夫人，我們正是花家班的弟子，同時也是花家遠親。」

寥寥兩句，並未再提及「花無鳶」三個字，子妤輕輕握住弟弟的手，能明顯感覺到他手心的細汗和微微顫抖的身子。

「快別多禮。」薄二夫人點點頭，趕緊虛扶了他們一把，含笑道。「當初在江南，妾身也是與花班主和花無鳶有過一面之緣。猶記花無鳶一雙水袖甩得是華麗流暢，恍若蛟龍戲水一般，很是敬佩。這次來也沒有機會敘舊，勞煩兩位回去知會你家班主一聲，我劉桂枝明兒個自當登門拜訪，順帶為女兒求醫。」

薄侯二夫人一番言語真個讓人意外，沒想到她絲毫不忌諱當年的戲娘出身，還以閨名自稱，對花夷這個花家班的班主也很是尊敬。笑容隨和，貌美心慈，讓子妤對其多了幾分好感，面上露出笑意，連連應諾。

「好了，前頭的壽宴也差不多結束了，你們也早些回去吧，免得大人們尋不著擔心。」

薄二夫人溫和地囑咐了花家姊弟和諸葛不遜，又讓薄鳶與他們告別，這才轉身在宮人們的簇擁之下款款離去，留下一陣淡淡的香風，恍若有痕。

「真美啊……」等她們走遠，子紓目光還流連在那方，露出憨憨的表情。

「沒出息！」子好捏捏他的小鼻頭。「先前不是還說人家郡主是個刁蠻小妞兒嗎？這下等人走了又發呆犯傻的，小心回去睡不著覺。」

「嘿嘿！」一笑，子紓收回神，尷尬地撓撓頭。「我可沒說郡主，我是說薄二夫人長得真美，就像是畫中走出來的人兒一樣。不對！我看仙女的年畫裡都沒她這樣標緻的長相呢。而且人也溫柔，不像姊妳動不動就揪我耳朵。要是有這樣一個母親疼著、愛著，那該多好啊……」

說著說著，子紓眼裡又閃出了異樣的光彩，整個人都陷入了似真似幻的憧憬之中，把子好和諸葛不遜看得直翻白眼。

諸葛不遜更是忍不住「噗哧」一聲笑了出來，連連擺手，打趣兒道：「罷了罷了，你努力努力，做薄家的入贅女婿好了，這樣既能抱得美人，又能得了個岳母大人，豈不正合了你的意?!」

此話一出，子紓不喜反悲，眼神一下子就黯淡了下來，埋頭嘟嘴道：「人家是郡主，是侯爺的夫人，我一個小小的戲郎，怎能有此妄想呢？」

伸手拍拍弟弟的肩膀，子好沒想到這小傢伙這麼快就喪失了自信，想來這還是他有生以來第一次產生如此的自卑，便輕言安慰道：「郡主算什麼，我家子紓將來可是要做俠客的。放心吧，總有一天，你會騎著白馬找到心目中的公主的。」

可惜這傢伙黯然神傷了沒有片刻，當即就被子妤的一番勸給拉回了現實，揚起滿月似的小臉，像小雞啄米似的狠狠點頭。「有姊姊疼我，一樣的。將來我找個好媳婦兒，回頭一起疼姊姊。」

「小笨蛋。」被童言逗得心生感傷，子妤攬了他入懷，輕輕擁著，心中填得滿滿的都是幸福和踏實。

一旁的諸葛不遜看著這對姊弟相依情深，看著素顏如玉的花子妤，就覺得好像看到了一支幽蘭獨放的綠萼梅枝。第一次見她，你或許會將她忽略，但那種淡淡的清香，卻能一直縈繞鼻息，讓你無法不發現她的美好，直到深深迷醉在那種似有若無的迷情之中……

收回眼神，諸葛不遜看了看天色，出言打斷了花家姊弟的依偎，也打斷了自己不斷綿延的思緒。「好了，夜色已濃，我讓燕娘送你們回去吧。」

子紓拍拍手，樂呵呵地遐想著。「好呀，這下回去，若是讓紅衫兒她們知道咱們竟和郡主做了朋友，定然眼珠子都會掉出來的。」

「不可！」子妤卻喝住了弟弟，臉色有些嚴肅地說：「就說遜兒邀請了郡主一併吃茶，咱們只是作陪而已，算作出一場堂會。而薄二夫人也是她主動要去花家班找班主敘舊，順帶替郡主求醫罷了。你小子可千萬別賣什麼乖，省得被紅衫兒拿回去渲染一番，那些師姊、師兄們看我們的眼神就會更犀利難受了。」

「好嘛……」不情願的嘟嘴，姊姊有令，子紓也聽話的點點頭。

章五十五　夜寒生變

燕娘提著行燈走在前面，花家姊弟手拉手，四處欣賞著宮中難得夜景，沒一會兒便到了紫宸殿的側殿，發現花家班待的屋子裡已經空無一人，想來是班主讓各人收拾東西回了常樂宮，於是三人又提步往常樂宮而去。

知道這兩小傢伙是諸葛不遜的朋友，燕娘說話也極為客氣，此時走在宮裡四下並沒有什麼人，無聊間不由得出言詢問起來。「花家小娘子，今兒個在臺上扮范蠡的那位戲郎叫啥名兒呀？」

子紓在一旁正要答，子妤輕拽了他一下，笑道：「他是我們班主請來撐場子的外地戲郎，為人很是低調。聽說他已經兩、三年未曾登臺，這次跨刀相助，也不許咱們花家班透露他的消息呢。燕娘姊，對不住了。」

「哦，原來是這樣。」燕娘倒沒介意子妤的隱瞞，點點頭。「怪不得呢，咱們京城的男子鮮少有他那樣纖弱高挺的身材呢，氣質也不像是北地人，倒像江南那邊的文弱書生。只今兒個瞧了他的演出，覺得他和多年前那個古竹公子有兩分相似，雖然身量和模樣都變了，但那種氣度，總感覺是同一人，所以才多嘴問問。」

子妤笑笑，知道多說無益，沒有再接話。想起花夷曾告誡過塞雁兒，不許透露唐虞就是古竹公子的事。這次演出，看來那個風流的「范蠡」引起了不少人物的注意，回頭還得問問班主，此事是否要一瞞到底，又該如何向前來探詢之人解釋也要口徑一致才是。

此時已至深夜，周遭除了高掛在宮殿簷角的燈籠，就只有燕娘手中這行燈散發出微光。好在今夜月色清朗，銀華如瀉，把周遭都照得通透，路上左顧右盼間倒也別有意趣。

都說有月光的時候便沒有夜風，但花子妤裹緊棉衣走在這宮廷之內，還是覺著背後有一絲寒氣不斷地往身子裡鑽，不由得跟緊了燕娘，拉著子紓的小手一併加快了步伐。

總算送到了常樂宮門口，燕娘停下了腳步，將行燈放在腳邊，捧著手呵了呵氣，提步過去給宮門口值守的兩個內侍說了些什麼，那兩個內侍連連點頭應諾，動作從容地拉開了宮門。

回頭朝花家姊弟倆一笑，燕娘提起行燈。「這天氣真怪，一絲風兒也沒有卻冷得沁人。你們趕緊進去歇息吧，奴婢也得回去給諸葛小公子覆命了。」

「多謝燕娘姊姊一路送咱們過來。」子妤乖巧地福了個禮，子紓也跟著姊姊恭敬地鞠身算是致謝，一起目送了燕娘的身影消失在夜色中，兩人才趕緊往北院跑去。

其餘的院子都熄了燈歇下了，畢竟為了今晚的演出，大家都豁出去沒命的日夜練習，一鬆懈下來，自然倒頭就睡，什麼興奮的感覺都得留在夢裡再仔細回味。

可花家班所在的北院此時卻仍舊燃著燈，似有陣陣喧鬧從裡面傳出。子妤和弟弟對望一眼，他有些怕怕地躲在姊姊後面，小聲地問：「不會是班主看咱們久久未歸，生氣了吧？」

子好蹙了蹙眉，心想當時燕娘過來請他們過去，那青歌兒答應說會告知班主一聲，想來應該不會出什麼岔子。畢竟諸葛不遜可是個不能輕易得罪的主兒，身分尊貴不說，還是貴妃的親侄孫兒，花夷怎麼樣也會賣這個面子，絕不該等著要責問自己姊弟私自離開之事。可又是什麼原因，這北院的燈火如晝，還隱隱有喧鬧聲傳出來呢？

難道，是大家在連夜慶功？

甩甩頭，子妤也不多想，上前叩開了北院的門，門口的粗使婆子抬眼對望了花家姊弟一眼，神色有些慌張，輕手拉了子妤到一邊，小聲地說：「妳怎麼才回來，阿滿這下可慘了，妳也趕緊去勸勸班主吧！」

腦中「轟」的一聲響，擔心的事終於還是發生了，子妤也不管子紓，趕忙繞過石屏而去。

果然，花家班眾人一個也沒睡地都聚在了院子裡。花夷端坐在上首，臉色青白，怒意惱惱。而面前則跪著兩個人，看背影，一個是阿滿，另一個，顯然就是在上臺之前被花夷叫到外面問了話的如錦公子。

「阿滿，妳說妳沒有告訴水仙兒實情，只透露了戲名，可有證據？」花夷白面含怒，尖細的嗓子拔高了聲音，卻明顯壓抑下來，好像不願讓外面的兩家戲班知道北院裡的情形。

阿滿忍不住的垂淚，又是驚又是怕，囁囁地答道：「除了戲名之外，弟子千真萬確並未曾透露其餘細節，甚至連大師姊和四師姊的扮相都沒有說過一句，請班主明鑒啊！」

「啪」地一聲響，花夷顯然是在氣頭上，一把將手中的茶盞給摔了，霍地起身，伸出手指著跪在面前的阿滿，逼問道：「若不是妳說，那又是誰？雖然佘家班的唱段內容和咱們不太一樣，可水仙兒易釵而弁演了范蠡，另外一個花旦也扮了東施效顰，這些難道都是他佘大貴想出來的？我花某人才不信，他憑著一個戲名就能這麼推敲出來咱們的全局？他除了會做挖人牆角這等鼠輩之事，難道還有憑空變戲法的高才？」

連連一番逼問之後，花夷才總算出了口氣，又跌坐回了椅子上，語氣稍微緩和了些。

「阿滿，妳老老實實說了，總歸是水仙兒那賤婦使了計謀，我也不會太過責罰妳。」

「我……我真的沒有說啊……」阿滿已經啜泣得上氣不接下氣，連話也說不清楚了，可憐巴巴地趴在花夷面前，嚇得渾身都在發抖。雖為旁邊的塞雁兒等人雖然有心上前勸解，奈何此事攸關重大，若不是唐虞救場，恐怕花家班的名聲就此給毀了。

反觀唐虞，卻沒有理會阿滿，只是盯著一邊也跪著的如錦公子，神色深沈，眼色探究。

「班主，請聽弟子一言！」

不顧一旁止卿的多番阻止，子妤一把撥開人群，衝了過去跪在阿滿的身邊，伸手一把握住她顫抖不停又毫無溫度的手，使勁一捏，似乎在給她打氣。

阿滿抬眼，看著子妤，雖然知道她不過是個十一、二歲的小姑娘罷了，根本不會起什麼作用，但看到她冷靜的眼神，心中不知怎麼的就安心了不少，抬袖使勁兒抹淚，不再哭得悲嗆無力。

花夷看著子妤，臉色又稍稍緩和了些，深吸了口氣，才緩緩開言。「子妤，我知道妳和阿滿同為雁兒婢女，定是情同姊妹。可此事關係重大，若不問清楚，將來戲班每場演出都要像防賊一般，豈不後患無窮？妳和子紓陪著諸葛小公子賞月，今兒個也累了，還是先退下吧！」

唐虞看著子妤，正好子妤也下意識地望向了他。

蹙眉，唐虞盯住她，知道她多半要主動說出拾到水仙兒香羅帕之事，可先前那如錦已經巧言辯解了，就算這時候再提出什麼也是多餘，便用眼神嚴厲地搖搖頭，暗意讓她切莫強出頭，以免兩頭不討好，還得罪了如錦那廝。

可子妤心裡自有盤算，也不顧唐虞勸阻的眼神，清了清嗓子，正色道：「稟班主，弟子有一事不明，還請班主解惑。」

「罷了，妳說吧。」

花夷也不好再多說什麼，只揮了揮手，讓子妤繼續說。

章五十六　連夜問責

腦中飛快的轉著，花子妤知道不能直接把如錦公子給拖下水，否則，讓他知道是自己撿了那方從他身上掉下來的水仙兒的香羅帕，以後在戲班裡裡外外的日子可就吃不了兜著走了。畢竟除了那方帕子，根本沒有其他證據證明這次事情是他洩的密。相比較如錦公子和阿滿，花夷寧願選擇前者吧。阿滿身分低微，如錦公子又是一等戲郎，怕是沒法子一爭。

況且，阿滿確實也說漏了嘴，她這一晚上都慌慌張張，戲班裡出了事，明眼人都能看出來是她有問題，子妤雖不知道她怎麼就招了，又跪在此處求饒，但還是想盡力，看如何替她減輕懲罰。

不過自己心中也明白，想要開脫，恐怕是妄想了。

想通了，也就沒有太多顧忌，子妤抬眼，一臉嚴肅地看著花夷，將心中疑惑一一道來：「敢問班主，若是佘家班前一天下午才得了消息，只一夜的時間，能趕著排出一場戲來嗎？」

「這……」花夷一愣，倒也沒有多想，答道：「倉促之間確實會有疏漏，但看起來，佘家班的唱詞嚴密，演出順暢，應該不是匆忙之間所排的，莫非……」

「或許阿滿姊沒說清楚，但其間過程，弟子卻還是知道一二的。」子妤得了花夷肯定的答案，心中也有了想法。

「昨兒個晚膳的時候，弟子和子紓回屋吃飯，正好撞見阿滿姊在屋子裡偷偷抹淚。多番詢問之下，她才告訴我們姊弟，說先前晌午的時候那佘家班的水仙兒邀了她過去敘舊，想套出咱們戲班在壽宴上到底演什麼。阿滿姊說，她只一時嘴快把戲名給說了出去。原本覺著沒什麼，但回頭想著老覺得不妥，好像是那水仙兒有意旁敲側擊地透過她來打探消息，於是阿滿姊又回去讓水仙兒務必保密。」

眼神猶有憐意地看了看身側的阿滿，見她抿住唇使勁兒點頭，淚水也跟著撲簌簌地直往下掉，子妤才又道：「可那水仙兒當場就奚落了阿滿姊一番，說他們班主佘大貴已經知曉了此事，讓阿滿姊莫要再多費口舌。如此，從阿滿姊說漏嘴，到晚上的演出，算起來也只是一個晝夜的時間，恐怕任憑那佘家班能人眾多，也不可能在這樣短的時間裡就琢磨出一個和咱們立意一樣的戲吧。」

一口氣說完，子妤不疾不徐，條理清晰，還真比先前阿滿的自說自述要完整許多。這下，除了唐虞，包括花夷在內的眾人都被這番話弄得陷入了沈思，仔細想來，還真有那麼兩分道理。

特別是如錦公子，他跪在花夷面前是因為隱瞞和水仙兒相交的事實，他並未承認其他，特別是這洩漏戲班機密的大罪，絲毫沒有沾上半點兒關係，但他眼底偶爾閃過的隱隱憂色還是掩不住心底的慌張。

此時見這半大的丫頭幾句話就替阿滿卸去了大半的罪責，如錦忍不住了。「師父，佘家班的人狡猾得很，也不是沒有唐虞那樣的人物。他們在十多個時辰裡排出這新戲來也並非絕對不可能。要知道，除了陳家班，就數這佘家班和咱們花家班實力相近，很可能他們蓄勢待發，瞅準了這個機會要害我們一次，所以也不能度以常理啊。」

這下，唐虞也看不下去了，冷眼掃了如錦。「不知如錦師兄平素和那水仙兒交好，可曾探問出什麼蛛絲馬跡。否則，怎麼篤定那佘家班挖好了坑讓咱們跳呢？」

花夷也覺得有理。「如錦，你從前和水仙兒就頗為投契。這次為師責罰你跪於此，也是想警告一下，切莫因小失大，被人利用。唐虞說得對，你這幾日也和她走得近，難道沒有聽到半點兒風聲？」

「弟子……」被唐虞和花夷問得無言以對，如錦公子憋了半晌，才嘆道：「弟子一時糊塗，未曾注意到佘家班的動向，真是沒臉回答師父您的問題。」

有了子妤的一番見解，花夷此時也沒了先前那麼濃的怒意，一揮手。「罷了，今兒個為師雖然罰了你，但此事也不能就此罷了。佘家班欺人太甚，如錦，為師命你繼續和那水仙兒交好，透過她儘量打探些佘家班的消息，一有機會，我們一定要以其人之道還治其人之身。讓佘家班也嚐嚐被人臨場叫陣的滋味。」

「另外，」看著匍匐在地懺悔不止的阿滿，花夷也搖搖頭。「阿滿，妳可知道錯了？」

「弟子知道，弟子萬死難辭其咎。」阿滿悶聲垂淚，答起話來已是嗓音嘶啞。

「求班主能網開一面。」子妤趕忙緩頰，水眸哀求地望向花夷，又望了望一旁的唐虞。

花夷對子妤這個小姑娘有幾分喜愛，她能如此仗義也屬不易，便有意藉這個臺階輕罰阿滿。「罷了，我也累了。接下來的事情都交給唐虞來辦妥吧。該罰的，該賞的，都聽他的定奪。」說完，起身來挺直腰桿，理了理衣袍，獨自先行回了屋子，只留下一眾人等待在原處，齊齊望向了唐虞。

見師父離開，如錦也拍拍手上的灰塵，準備自顧自起身，卻被唐虞出言叫住。「且慢，如錦你再跪片刻，等我代替班主宣佈了賞罰之後再起來。」

「你！」如錦平素裡猖狂傲氣，對花夷倒是真的尊敬害怕，可卻未曾把唐虞這小子看在眼裡。如今被他這樣一說，起來不是，跪下也不是，俊臉抽動，氣得幾乎變形了。

唐虞也沒再理會他，只是看了一眼花子妤，發現月色和燭燈的交輝之下，她一張素顏仍然顯得青白無色，怕是冬夜裡跪在地上染了濕氣，想也沒想就邁步過去親自扶了她起來，低聲道：「地上濕冷，妳也不顧忌就跪下了。就算想幫阿滿，也用不著如此的，萬一染了寒氣，身子被拖累豈不麻煩，先扶了她回去吧，懲罰的事我明日再過來告訴她。」

感覺耳畔溫熱的氣息，子妤抬眼啟唇，本想說些什麼，卻被唐虞一雙深邃漆黑的眸子盯得心跳逐漸加快，忙又埋下頭掩住臉上的表情，諾諾道：「唐師父教訓得是，我等會兒回去就煮碗薑湯和阿滿姊分喝了就是。」說著把阿滿也扶了起來，也不顧其餘人的眼神，互相支撐著回了屋子。

如錦看到唐虞對待花子妤和阿滿這樣和氣，眼珠子都要瞪出來了，指著那蹣跚而行的兩人。「為什麼她們能起來，我卻要跪著？」

唐虞蹙眉，淡淡道：「子妤並無過錯，自然要起來。至於阿滿，看她的樣子已經支撐不住了，回去一場大病是免不了的。對她的懲罰我已經心中有數，回頭自會安排下去。而你卻精神極好，也確實犯了錯，當然該跪。況且，我也不知道班主的意思到底是什麼，這一巴掌應該重重落下還是該輕輕卸去，不知如錦公子你可有什麼好建議？」

如錦公子臉色不善，卻也不敢把唐虞如何，只好強忍住心中怒氣。「剛才師父已經說了，讓我假意接近水仙兒套取佘家班的情報回來，這便是安排了，難道你還要自作主張罰我什麼？」

「其實，你也沒什麼大的過錯。」唐虞反倒臉色一緩。「既然如錦公子這樣說了，勞煩大家作個見證。你起來吧。」

「哼！」悶哼一聲站起來，如錦公子揉著發疼的膝蓋，也不理會其他人，一甩袖，也一瘸一拐地回了自己的屋子，「砰」的一聲關上門，似乎藉此發洩心中的怒氣。

瞧也不瞧那如錦一眼，唐虞向著其餘人正色道：「另外，班主說了這次會備下五百兩的賞銀，具體怎麼分，等回到戲班我會一一說明。天色已晚，就不耽誤大家休息了。內務府安排巳時初啟程離宮，明兒個可以晚些起身。」

唐虞說完這些，眾人也就齊齊散了。

只是金盞兒看著唐虞的背影，水眸微動，似有半點不捨的情緒，半晌卻還是一句話都沒說，黯然地獨自回了房間。

章五十七　貴客盈門

一夜過去，竟又是一場紛紛瑞雪。

雖然天色已放晴，停住了飛絮飄飄，淡金的暖陽也露出個頭，但整個天地仍舊被厚厚的雪層覆蓋個密實，只剩薄薄的陽光勾勒出一片雪瑩無暇、端白如玉的世界。

推開窗，子妤深深地吸了口氣，卻因那冰寒的冷風突然灌進來，忍不住「咳咳」地嗆了一下，嚇得她趕緊關上窗戶，尋了件青花底綴繡雪梅的厚襖子穿上，又梳好頭戴上一頂小羊羔的暖帽，將弟弟送的腰爐放上一顆熱炭掛好，這才敢出得門來。

塞雁兒還在蒙頭大睡，也早就吩咐了到出發的時候才准叫醒她。

子妤找到弟弟，才知道今兒個一早，他已經尋了機會把薄鳶郡主要來找唐虞診病之事告訴了花夷。可這小子只記住其一，卻給忘了其二。子妤只好又找到班主，說了那薄二夫人的事，稱她仰慕班主多時，要過來敘舊，是順帶讓女兒來給唐虞瞧瞧病而已。又告訴他因為是諸葛小少爺替花家班牽的線，所以這位貴客也會順道過來。

能迎來薄侯二夫人和郡主，還有諸葛不遜這樣的貴客，花夷臉上是兩分得意夾雜在笑容之中。囑咐今兒個回到戲班，無棠院先暫停一日的戲課，低階弟子也統統都待在後院不准出來晃蕩，只有花家姊弟可跟在唐虞身邊，隨時準備迎客。

眼看巳時已到，馮爺也親自來送行，花夷招呼著花家班的弟子們都收拾好，齊齊集結在常樂宮的門口。

瞧著唐虞身邊端端立著的花家姊弟，花夷覺著是越瞧越順眼。想想，打從這兩個小傢伙來了戲班，好像整個花家班的風水就變得極好。不但和諸葛右相的親孫攀上了關係，託他們的福，還把侯爺親眷給拉了過來。想想若是唐虞能幫那薄鳶郡主治好咳症，豈不是又給薄侯送了一份天大的人情！

聽說薄侯就要從西北調回京城頤養天年了，到時候有右相和薄侯兩大高門權貴的照應，這整個京城還不是花家班一家獨大嗎?!

想到此，花夷白面之上溝壑畢現，笑容可說是大大的開朗，猶如這雪中暖陽，讓整個花家班的弟子心情都輕鬆了不少。相比較旁邊沒怎麼討到好處的佘家班和陳家班，那種意氣風發就更是不能同日而語了。

怎麼入宮的，就怎麼出去，只是這次盤查搜身要輕鬆了不少，因為有馮爺在斡旋，那些侍衛的臉色看起來也沒來時那樣僵硬。

箇中原因自不必多說，每次花家班和其他戲班入宮演出，出去的時候都會幫著內侍、宮女們捎帶一些東西出去換錢。其中有他們得了主子賞賜的各種細軟，還有些書信等雜物要轉交給城裡的親眷。這些交易侍衛和內務府都是心中明瞭的，但因為無傷大雅，倒也沒有從中阻攔什麼。但有一條，御用之物是嚴禁捎帶出宮，一旦被發現，當即扣押入天牢，腦袋隨著刀起，馬上就會落地。因為如此，也不怕有人鋌而走險的犯了宮規。

出得宮門，這趟萬壽節之行總算告一段落了，大家的臉上都有著如釋重負的表情，加上各人得的賞賜頗為豐厚，無論是金盞兒等幾個一等戲伶，還是隨行的小弟子們和粗使婆子們，看著這滿城的銀裝素裹，腳步都顯得極為輕盈。

花家班在萬壽節演出博得頭彩之事早就傳到了京城的大街小巷。陳哥兒一大早就趕緊交代鍾師父讓弟子們掃淨門前雪，又掛上紅綢子和兩串碩大垂地的鞭炮，遠遠看到車輦隊伍駛入了巷口，趕緊吩咐人立馬點燃。

在熱熱鬧鬧的鞭炮聲中，眾人好似衣錦還鄉一般，整個街巷都給看熱鬧的百姓圍得水洩不通。花夷坐在最前頭的輦車，直接挨著車夫，也不顧嚴寒，一一和周遭的街坊鄰居們打著招呼，臉上那個喜氣勁兒就別提多滿了。

在鞭炮聲和此起彼伏的恭賀聲中，車隊齊齊進了院子，大門一閉，什麼事兒也都了了。花夷趕緊召來陳哥兒和鍾師父，把今兒個三位貴客要來戲班的事吩咐了下去。於是，安排掃雪的、摘花的、擦洗桌椅板凳門檻牌匾的，把一眾低階弟子忙了個不亦樂乎。只有花家姊弟和止卿等剛從宮裡回來的小弟子得以倖免。

因為誇口要給薄鳶郡主還有諸葛不遜做窯雞，花家姊弟屁股還沒來得及坐熱就又出門了，想到市集買幾隻雞仔。可昨夜一場雪，市集上冷冷清清的根本就沒個攤販，更別提雞販子了，估計都在被窩裡摟著老婆蒙頭大睡呢。

著急也沒用，虧得子妤想起了茗月她媽，急匆匆地厚著臉皮去尋，她果然養了好幾隻雞仔準備過年的時候宰了，當下也沒有收子妤的銀子，直接提著籠子就給了花家姊弟。

把雞仔丟給廚娘讓她們幫忙拔毛清洗，子妤拉了子紓回屋又換上一身新衫子。這可是花夷親自交辦的，要讓兩個人打扮得體體面面，這才好一併到前院去接待貴客。

清掃了雪痕，換上插了梅枝的白瓷瓶，地上的毯子是新鋪好的，半個腳印也沒有，桌椅板凳均擦得黝黑發亮。這無棠院整理之後看起來倒也清爽乾淨，即便貴客盈門也不覺得失禮。

花夷身著錦服端立在花家班的門口，雙手交握著不停地搓，還頻頻抬頭望一望巷口，顯露出心中的焦灼。而唐虞則帶著花家姊弟和金盞兒等幾個一等弟子紛紛站在班主的身後，一起來迎接尊客。

眼看日頭上升，再不到一個時辰就午時了，貴客的影子都沒見著。看金盞兒等嬌弱的女子站久了也有些支撐不住。唐虞乾脆上前稟了花夷，這才讓一等戲伶們都不用在門前候著，回去無棠院坐等就好。只是花家姊弟不能回去，要一併在門口候著，畢竟他們見過客人，有個熟臉來迎接也是禮貌。

還好，又過了一盞茶的時間，巷口終於有了動靜，前頭是一輛有些眼熟的紅漆綠頂雕花大輦，後面還跟了一個黑漆雕梁的輦車，一面杏黃的小旗上面繡了「諸葛」二字，兩車徐徐從遠處駛來，正是貴客將要臨門。
花夷見狀，趕緊理了理袖口衣袍，端正了頭上的灰鼠皮帽，又轉頭看了看唐虞和花家姊弟身上有沒有不妥的地方，這才滿意的點點頭，一招手，四人站在了花家班的門口，朝著即將駛近的輦車齊齊鞠身福禮，作足了禮數的工夫。
子妤跟在後面也捏著裙角福禮，眼看著前頭越來越近的輦車，心中不由得生出了一絲彆扭感覺。雖然這個時代中戲伶的身分並非那樣低賤，並不屬於下九流，但面對權貴，他們還是不得不低頭，不得不擺出一副卑躬屈膝的討好姿態。
對於她這縷從現代飄過來的香魂，雖然已經在這樣的世界中浸淫了十一年的時間，可面對這樣明顯的門第之差，心中不至於麻木，還是免不了的覺著有些彆扭。
側眼瞧了唐虞，他倒是一副清清朗朗的樣子，雖然屈身福禮，臉上的表情卻平淡如常，並無花夷那番激動表露。
子妤看在眼裡，心中不由得想：也是，做好自己便罷，何須諸多顧及。每個時代有其無奈，若真不能隨了大環境逐流，那就固守好心中的清明就行了。

章五十八　掃雪迎客

巷口的薄日熠熠生輝，兩旁粉牆青瓦上堆滿了厚厚的積雪，瑩瑩猶若棉絮蓋在上頭，偶爾撲簌簌地掉落，卻是因為兩隻禾雀兒在上頭尋覓吃食，剝落了雪花。

身為薄侯二夫人，劉桂枝顯得很低調，只一個隨行的髯鬚大漢，兼作車夫跟保鑣，另外便只有一個侍女翠姑伺候左右罷了；今日的裝扮也稍顯樸素了些，只一件鵝黃的暗花細紋襖子罩在一身月牙白的裙衫外面，前額戴了鑲絨毛邊的抹額，有三指來寬，勒住一頭秀麗的青絲，綰作懶雲髻搭在腦後，除了幾支碧釵外，也無其他裝飾。

胸前掛了一串檀香木的佛珠，這佛珠看起來黑亮光潤，應該是經常被人拿在手中撥弄，想來是劉桂枝為了自己女兒的病，一直誠心禮佛，祈求平安吧。

待貴客下得輦車來，花夷一捋衣襬，帶著唐虞和花家姊弟上前一步，語氣溫和，略帶恭順地道：「恭迎夫人和郡主還有諸葛小公子，三位到來真是讓花家班蓬蓽生輝。敝人花夷，不才正是這花家班之主，能親自接待貴客，實乃三生有幸。三位趕路幸苦，這廂先請進院用杯熱茶。」

先下了輦車的薄二夫人，在翠姑的攙扶下，含笑看著面前鞠身福禮的花夷。「花班主，論藝，您是長輩，這廂桂枝兒還要給您請個安才是。」說罷示意翠姑過去扶了花夷起身，揑起裙角微微屈膝，算是還禮。

花夷白面微動，目光有神，似是憶起當年，話音有些感慨。「當初的桂枝兒甫一亮相就名震秦淮，得了個小金雀的美譽。那時敝人曾多番相邀，您卻婉言而拒。說實話，那時是真的心懷愛才之心，想要讓夫人入京。可回頭一想，又覺得好笑。若夫人您真答應入我們花家班，倒是沒有今日的這番機緣了啊！」

一來二往寥寥兩句話，說得劉桂枝也猶有動情，水眸閃閃，粉唇微張。「所以妾身今日前來，一來是為女兒尋了良醫治病，二來便是要和花班主好生敘舊一番，以報當年知遇之恩。」

惶恐地低頭福禮，花夷話音微顫。「莫說知遇之恩，實在是鳳坊當家的有眼光，才答應讓您唱主角。卻並非敝人之恩，夫人這樣說，真是折煞老夫了。」

劉桂枝輕搖額首，笑意嫣然。「班主不知詳情，自然不知您的一言乃是對於桂枝兒天大的恩情。若不是那一夜在鳳頭船上登場唱了主角，桂枝兒也遇不到薄侯，自然也沒有了今日的薄二夫人。所以，此恩情您當得。」

看著兩人言談間似乎頗有淵源，唐虞上前一步。「無論是十年之前或十年之後，夫人和班主都是緣中造化之人，這便是緣分。」

「這位是……」薄二夫人見唐虞面容俊逸，身子高挺，氣質猶若翩然佳許的貴門公子，似有若無間還有些熟悉的感覺，不由眼中透出一抹欣賞。

花夷欠了欠身子，忙道：「這位便是本班的大師父唐虞，等會兒由他替郡主診治。」

「娘，我們什麼時候進去呀？」聽到替自己瞧病的人在外面，輦車上端坐的薄鳶郡主也沈不住氣了，從簾子間探出個腦袋，晶亮明媚的大眼眨閃著。

諸葛不遜也隨即從輦車上下來，在一旁整理衣衫，一副神色端正的小大人樣兒，見了花家姊弟，這才微微一笑。

子妤回了禮，便過去幫著翠姑扶了薄鳶郡主下輦。

花夷也恍然道：「貴客盈門，卻還未相邀進屋，讓大家站著吹風說話，倒是敝人不懂禮數了。走走走，咱們進去捧著茶盞熱乎了再敘舊。」

「也好，等會兒小女就全賴唐公子仔細診治了。」薄二夫人心中踏實了不少，因為這唐虞看起來的確有兩分本事，值得讓人信賴。

唐虞頷首應了，臉上表情坦然無憂，似乎對於即將為郡主診治看得並不太重，波瀾不驚的模樣倒是個擔得起大風浪的人，端的沈穩得體，更加讓劉桂枝安心了。

迎客入了戲班子前院，招待隨行的車夫繞了去側院歇息，一行人終於進了無棠院。

院外的大樹下堆了兩團高高的雪，卻被人捏做成兩個小人兒，紅蘿蔔做的鼻頭，桂樹葉做的嘴唇，身上還搭了不同顏色的布衫，一眼就能分清紅衣那個是女孩兒，藍衣那個是男孩兒。

這是子好抽空帶著子紓堆的雪人兒，說是兩團白白的雪堆看起來總覺得浪費了，想著今兒個有貴客臨門，這樣捏成小人兒看起來也算個裝飾，既喜慶又討好。

花夷原先覺著不妥，看著有些滑稽不嚴肅。但唐虞說來的三位貴客中就有兩個是小孩兒，這樣的雪人兒正好能討了他們的喜歡，就留下了。

果然，當薄鳶郡主和諸葛不遜進得無棠院時，第一眼就被這機靈可愛的雪人兒給吸引住了，走過去上看看、下摸摸。

「這是花家姊弟閒時的拙作，讓郡主和小公子見笑了。」花夷見狀忙跟了過去，好像生怕雪水化作髒水沾了貴客的手，忙掏出一張靛藍的絲帕出來，想要替薄鳶郡主擦手。

「你這張帕子倒好。」薄鳶郡主卻一把奪了過去，將四角打了個小結，正方形的帕子立馬變做一頂小圓帽，她順勢走到諸葛不遜面前的藍衣雪人兒那兒，一把為其戴上；做完後，薄鳶又取下自個兒頭上戴的一支紅梅絨花朵，插在紅衣雪人兒的腦袋上，歪著頭左右看了看，這才滿意的點頭。「不錯，這個是我，那個便是……」

都以為她要說「那個便是諸葛不遜」，卻沒想到薄鳶郡主脆生生地「格格」一笑。「那個是子紓，怎麼樣，像吧?!」說完捂嘴偷笑，水汪汪的眼睛笑得像月牙兒一般彎彎的。

諸葛不遜扯了扯臉上表情，似是有些不服氣，但回頭看子紓果然戴著一頂藍色的棉帽，滿月似的臉龐也真是和這雪人兒有幾分相像，頓時也不彆扭了，點頭道：「果然是有兩分像的。」

「鳶兒，先過來讓唐師父瞧瞧。」薄二夫人將女兒往前一送。

「多謝夫人放心將郡主交由在下診治。」唐虞頷首，朝薄二夫人欠身一笑，這才轉而看向薄鳶郡主。

這小姑娘已有十歲，身形瞧著卻只有七、八歲的女孩子一般，唐虞瞧著她臉色瑩白，兩頰處卻隱隱透出紅暈，分明是遇寒而喘的人才會有的面色，心下也明白了幾分。「這樣吧，夫人和班主在此敘舊，在下帶了諸葛小公子還有花家姊弟一併下去，再為郡主仔細把脈診治。」

「也罷。」薄二夫人明白自己女兒的情況，一時半會兒唐虞也瞧不清楚病症所在，便輕輕拍了拍薄鳶郡主的腦袋，柔聲道：「鳶兒，妳和遜兒還有花家姊弟一併過去吧，有他們陪著妳，不用緊張啊。翠姑，妳記得看住郡主，別讓她玩瘋了不知道輕重。」

「奴婢知道。」翠姑點頭稱是。

「郡主，走吧，唐師父可厲害了，別擔心。」子紓主動上前拉拉薄鳶的衣袖，眼中有著明顯的哄勸意味。

點點頭，聳聳晶瑩的小鼻頭，薄鳶郡主尖尖的臉龐上透出些興奮，朝著母親撒嬌。「等唐師父給診完脈，鳶兒想要吃子紓哥哥親手做的窯雞呢。還有，我和花家姊弟還有諸葛不遜一起玩，翠姑是大人，她就別去了，好嗎？」

寵溺地捧著女兒的臉，薄二夫人半蹲下來和她齊高。「今兒個妳在此想怎麼玩兒就怎麼玩，只是不許出汗，不許吹了冷風。」說著轉向一旁安靜端立的花子妤。「子妤，等會兒就只有勞煩妳照看著蔦兒。」

乖巧的應了聲「嗯」，子妤過去輕輕挽住薄蔦郡主，子紓也拉了諸葛不遜，四個小孩子跟著唐虞便退了出來，直接前去南院。花夷也請了薄二夫人進入無棠院中，一一領了金盞兒等人過來相見。

原本薄二夫人也是戲伶出身，看著這些個年輕戲娘，就像看到了自己當年，頓覺有幾分親切，大家圍坐吃茶，氣氛倒也融融，賓主盡歡。

章五十九　天生之症

為了迎客，南院今兒個也打掃得極為乾淨，撒了些鹽來化雪，顯得地上有些濕漉漉的。院角放了幾盆青枝紅梅，上面還堆聚了些雪花，倒也有幾分喜氣。

師父們早就知道貴客臨門，也得了花夷的吩咐：除唐虞外，其餘人等不得隨意進出，怕唐突了薄二夫人和郡主、諸葛小少爺。大夥兒只好個個將門戶關緊，尋到低階弟子的後院，要麼吃茶耍樂，要麼蒙頭大睡，順帶趁此機會好生休養一番。

院子裡很安靜，只有唐虞的屋子敞開著。

迎了薄鳶郡主和諸葛不遜進屋，子妤就主動把燒好的水烹了茶一一奉上，又將炭爐點燃挪到屋中，做完這些，這才過去將窗戶推開個縫隙好透些空氣進來。還好唐虞的屋子向來由子妤親自打理，每日都收拾得乾淨整潔，也比普通師父的屋子開闊些，拿來待客也不算寒愴。

看著子妤俐落地做事，諸葛不遜眼神微沈，嘴角含笑地朝花子紓道：「你姊姊倒是勤快的。」

得意的揚了揚下巴，子紓脆生生地道：「的確是，以後誰要是娶了她，就等著享福吧。不管是打掃還是做飯、做菜，都是一把好手呢。」

放下茶盞，子妤伸手戳了戳弟弟的鼻尖。「沒見過你這麼自賣自誇的。」說完臉上微微有些泛紅，實因她剛剛與唐虞眼神相碰，總覺得弟弟這番話說得有些彆扭。

眾人嬉笑了一陣，圍坐在當中的八仙桌前，齊齊看著唐虞，想到馬上要給薄鳶郡主診病了，臉色又漸漸變得嚴肅起來。只有諸葛不遜眼神飄向了書案後邊掛著的一支竹簫上，似乎有些意動。

子妤不想大家都隨著一起緊張，乾脆建議道：「子紓，你帶遜兒去後廚房看窯燜好沒有，這兒由我陪著郡主就好。」

「也好。」諸葛不遜也覺得氣氛略顯不暢，起身拉了子紓。「你帶我好好逛逛。」

子紓有些不情願地看了看薄鳶郡主，但知道人多了反而讓她不自在，只好點點頭，悄悄對諸葛不遜說：「走，我帶你先去練武場看看，那兒好多好玩的，等玩累了再去把窯雞掏出來分吃。」

「可要給我留些。」薄鳶郡主吞吞口水，可憐兮兮地看著花子紓和諸葛不遜，眼裡有著羨慕。

輕輕攬了薄鳶郡主的肩頭，子妤笑道：「放心，這兒完了我就帶妳去，搶在這兩個貪玩的小子前把窯雞掏出來吃了，讓他們什麼都撈不著。」

「姊，等會兒在紫竹小亭見啊！」聽了子妤的話，子紓趕緊一拉門往外走，諸葛不遜也亦步亦趨，兩人一溜煙兒便沒了影。

如此一鬧，氣氛倒也融洽了些，子妤起身，微笑搖著頭過去關上屋門，擋住外間偶爾吹來的冷風，回頭看了看唐虞，眼底還是忍不住浮起一抹擔憂。

也不知自己將他推薦給薄二夫人是對是錯，若沒法子治郡主，雖不至於得罪薄侯，但總歸是個遺憾。可看著薄鳶可憐兮兮的小臉，心中又不忍放棄這一絲的希望，蹙眉間，吐氣如蘭，有些欲言又止。

看得出子妤緊張，唐虞反倒神色平常。「子妤，妳過來，幫忙把郡主的袖口擼上去一些，我好把脈。」

「好。」將雙手在袖口擦了擦，子妤過去輕輕挽起薄鳶郡主右手的衣袖，怕她冷，只提上去了一點兒，正好露出一隻纖弱無骨的細腕。而她的手背處，竟細細密密地有著好幾個針灸留下的紅點，看著就讓人心疼。

別過頭，子妤不忍再看，只好盯著唐虞，細眉糾結，眼神清若。

唐虞也是眉頭微蹙，看了看薄鳶。「郡主，先把呼吸調勻，我才好為您認真把脈。」

薄鳶郡主此時又變得極為懂事，聽話地認真深呼吸了兩口氣，看出子妤臉上的憐意，竟主動道：「花家姊姊，這針灸、吃藥已經是家常便飯，鳶兒沒事兒的。」

感覺心頭堵得慌，子妤回頭，輕點了下額首，鼓勵似地對她笑笑，復又瞧向唐虞，眼神中有一絲期待和哀求。

知道子妤心軟，希望自己能幫到這個小姑娘，唐虞朝她不露痕跡地微微點頭，示意她別太過緊張，這才埋頭下去，將三指搭在薄鳶郡主的細腕上，開始認真把脈。

屋外颳過一陣北風，吹得門窗發出微微響動，相較於南院中的安靜，聽起來異常明顯。

唐虞把脈很細緻，三指輕壓，偶爾略動一下，頭頸微側，似是在仔細感受著脈搏的律動。

子妤幫薄鳶郡主挽著衣袖，側坐一旁，離得唐虞極近，眼見他額上隨著時間過去竟慢慢滲出些微的細汗，便將郡主的衣袖摺好，從懷中掏出一張絹帕在手，替他輕輕拭了拭額頭。

沈浸在指尖的脈感當中，唐虞並未發覺子妤正在為自己拭汗，仍舊極為認真地把著脈。

薄鳶郡主倒也乖巧，並不亂動，看子妤幫唐師父擦汗，自己用左手將右手的袖口擼住，免得遮了手腕。

又過了好一會兒，唐虞終於收回了手，緩緩吐出一口氣，神色漸漸凝重起來。

「唐師父，怎麼樣？」子妤遞過一杯茶給他，忙著詢問。

唐虞也不作聲，俊眉緊鎖，似是在仔細揣摩。喝下一口熱茶，這才開口對薄鳶道：「郡主，妳先隨子妤一起去找諸葛小公子他們玩耍吧，我去無棠院給夫人稟報一下。」說完起身，眼看就要出去。

薄鳶郡主粉唇噘起，看唐師父這個樣子多半還是沒什麼辦法了，難掩心中的失落，應了聲「喏」，又朝著花子妤看去。

被薄鳶郡主這副可憐的樣子給弄得心疼不已，子妤一咬唇，讓她先稍坐一會兒，忙拉開門跟了出去，著急地想先拉住唐虞問個清楚，到底有沒有辦法醫治也好讓人定下心。

「唐師父！」追到南院門口，子妤不顧地上濺起的雪水沾濕了新換的繡鞋，伸手拖住他的衣袖。「先告訴我有沒有可能給郡主醫治，好嗎？我會委婉地轉告她，免得她一直抱著希望。」

唐虞轉過身，輕輕拂開子妤的手，嗓音也有些遺憾的意味在裡面。「她這是先天不足之症引發的後天痼疾，要想根治，恐是無望。」

「無望……嗎？」想起薄鳶那張粉團似的小臉，子妤心口一緊。

唐虞不忍見子妤如此，下意識地伸手輕輕替她掠了掠額前的一縷散髮，放輕了聲音，溫和說道：「別擔心，雖然無法根治，但花家班有一味方子卻是能幫她調理，至少能緩解咳症，讓她平素裡不會那麼難受。」

「果真！」面上表情由失望轉而期冀，子妤欣喜地朝唐虞燦燦然展顏一笑，一對梨渦彷佛盛滿了醇酒，芳香醉人。

看著她竟如此歡喜，唐虞搖搖頭。「郡主與妳本並無關係，妳卻如此焦心，真不知道該稱讚，還是該勸妳別那麼上心。」

隨著唐虞收回手的動作，子妤才發現剛剛他撥了自己額前的髮絲，那一點微涼的觸感彷佛還停留在肌膚之上，隨即渾身一暖，趕緊別過了眼。「唐師父快去稟明薄二夫人吧，她聽了一定會高興的。我這也去給郡主說一聲，好教她放心。」說完，扭身提起裙角就往回跑去。

看著子妤的背影，唐虞又是莫名一笑，低頭看了看自己的指尖，搖搖頭，這才往無棠院去了。

章六十　緣結於此

花家班的廚房正好在無棠院的偏院，一條抄手遊廊連接，兩旁有些四季常青的灌木叢，上面壓了厚厚的雪層，好像一條蜿蜒的大蛇臥在雪地之中，曲折向前。

看著花子紓耍了一會兒刀槍，諸葛不遜便揮手讓其帶他四處參觀一下這戲班子。兩人左右閒逛了一番，發覺這花家班也沒啥景致，乾脆直接去廚房打算挖了窯雞出來。

子紓在前頭帶路，手裡握了根隨意在地上撿的樹枝準備一會兒當作燒火棍子，邊走邊耍弄著，嘴裡「呼哧呼哧」地喘著氣，小臉也累得有些通紅了。諸葛不遜則一副小大人樣兒，雙手放在後腰處交叉握著，一路走來似閒庭散步，四下看看，也算領略一番和相府不一樣的宅院風情。

走著走著，後廚房便到了，有兩個廚娘在操持午飯，整個院子都被炊煙環繞，陣陣噴香的味道直顧往鼻息裡鑽。

「不遜兄，快些，好香啊。」子紓蹦跳著來到灶房門口，朝著諸葛不遜揮揮手。

諸葛不遜卻嫌煙火氣太大，略微蹙眉。「我且在此處等你好了。」

知道這些大戶人家的公子講究，子紓也不勉強，挽起袖口。「那你在此等候，我先把窯雞給掏出來。」說罷直接走進了廚房裡。

兩個廚娘正在忙活兒，一個切菜，一個割肉，旁邊四個大爐子上蒸了三六一十八層的米麵饅頭和窩窩頭，見來了個小傢伙，定睛一瞧是那好吃的子紓，都咧嘴笑了。「花家小子，可是來掏你的窯雞？」

子紓昂著頭點一點。「嗯，諸葛小少爺在外面等著呢，一會兒薄鳶郡主也要來，先把東西準備好才能招待貴客。」

「喲，那右相的小孫少爺竟來了咱們這處？」兩個廚娘互相望望，默契地同時丟了手上的活計，兩手在圍裙上抹抹，就齊齊湊到門口往外打量。

果然，院外端立了一個小小的人兒，只見他面如敷粉，唇若點朱，明明年紀尚小，眼神猶如古井一般毫無半點波瀾，一副不食人間煙火的晴朗玉潤模樣，若不是近在眼前，還讓人以為是那仙童下凡。

看得有些呆了，兩個廚娘半晌才回神過來，總覺得在這樣的粉團人兒面前有些抬不起頭，黯然地又回到了各自的墩子面前做原先的活兒，只敢悄悄抬眼去打量，卻不敢出了門和這尊貴的小公子說上兩句話。

兩個廚娘彆扭間，子紓已經端了個大盆子把四個裹了泥巴的窯雞掏出來。「大娘，我出去了。」說罷也不久留，準備出去。

一個廚娘見狀，一句話也沒說，趕緊過去拿開蒸蓋，也顧不著燙手，一把拿了四個白麵大饅頭用盤子裝了，蓋上個反扣的大碗，衝出屋子。「來來來，這給貴客們，光吃那窯雞不美，要配這白麵饅頭才香呢。」說完話，一抬眼見諸葛小公子正看向自己，面上一紅，趕緊福了個禮就往回跑去。

諸葛不遜蹙蹙眉，伸手摸摸自己的臉，心想：本小爺長得也不難看啊，那兩個廚娘為何先前悄悄偷看我以後便一副古怪模樣，剛才那廚娘都追出來了也不敢看我一眼，真是莫名！

「走，咱們拿到無棠院後面的小池塘邊吃，我和姊姊都說好了的。」子紓抱著東西走到諸葛不遜面前，原本白淨的臉上因為掏窯雞的時候沒注意，黑乎乎的兩團炭灰正好一邊一坨堆在粉頰，看起來委實有些滑稽。

諸葛不遜唇角抽了抽，也沒告訴他，轉身便走。「帶路吧。」

抱著大盆湊上去，子紓喊著：「不遜兄，也幫我拿一樣嘛。」可前頭的人兒只是背對著自己揮揮手，根本腳步未停。

聳聳鼻，子紓也不生氣，暗道對方那副文弱的樣兒，身板也不夠厚實，想來也拿不動這些東西，也就不再喊了，咬牙追了上去。

無棠院有個偏院，種了一片紫竹，當中有一汪淺淺的小塘，一角還有方竹子搭成的簡陋小亭，倒也幽清安寂。

平素裡唐虞喜歡在此處吹吹竹笛，偶爾天氣好時也帶了止卿過來在這兒教戲。子好也曾隨著過來，所以輕車熟路地帶了薄鳶郡主先來，提前準備好了杯盞茶碗和幾樣糕點，就等子紓帶來窯雞。

「子妤姊，」薄鳶郡主甜甜地叫了聲，小臉笑得猶如星月一般瑩瑩生輝，因為這次相處，心中對這個看起來何其溫柔的大姊姊親近了幾分，加上子妤告訴她唐師父能幫她壓制咳症，心頭愈加輕鬆了不少，所以一路行來東張西望，臉上滿是笑意。「我都餓了呢，那兩個小子怎麼還沒來，準是躲在哪處悄悄地偷吃呢。」

將紅泥小火爐生好炭，提到亭中的小石桌上，子妤將杯盞一一清洗了，又將軟墊搬到薄鳶郡主的面前扶了她坐下，這才莞爾道：「子紓才不敢呢，他若是吃了一口，咱們等會兒都叫他吐出來。」

「姊妳真壞！」子紓「呼哧呼哧」地抱著窯雞和堆在上面的一盤饅頭，正好和諸葛不遜到了此處，聽見自家姊姊打趣自己，立馬辯駁著：「咱們可沒偷吃一點兒呢。」說完臉色一紅，瞅了瞅窯雞上面堆著的那個盤子，裡面原本的四個饅頭儼然只剩下了三個。

諸葛不遜也沒點破這傢伙路上喊著「累極了」，然後偷吃一個饅頭的事，徐徐緩步踱上了竹亭，瞧著四下沈水無波，融融雪意也掩不住紫竹抽翠，點點頭。「這方獨院倒是個好自在的處所，雖粗陋了些，卻透著雅意，不錯。」說著自顧自落坐在墊好草榻的石凳上，端起子妤遞上的熱茶就喝了一杯下肚。

「哈哈，小花臉。」薄鳶郡主看著子紓走近，見他臉上兩團黑乎乎的印子，捂嘴就偷笑起來，一副幸災樂禍的樣子。

子好放下茶壺，也看到自家弟弟的窘樣，好笑地說著走了過去。「瞧你，顧頭不顧臉，以後改名叫花小臉算了。」

趕忙進了竹亭放下手中大盆，子紓靠著竹亭的扶手往水塘上面一照，果然看到自己臉上兩坨極不雅觀的黑團印在兩頰，直接用大手一抹，卻沒想手上沾的炭灰更多，一張臉越發地烏漆抹黑了，又不敢拿著簇新的袖子擦臉，只好嘟起小嘴轉頭望向子好。「姊，我擦不掉。」

忍住笑意，子好從懷裡掏了絹帕出來，用熱茶潑了點上去沾濕，這才走到子紓面前替他將臉上的黑炭灰一一擦乾淨。「好了，就用你的髒手把窯雞上的泥剝開，完了自己去那邊用池塘水洗洗手，不然不准吃。」

「哦。」瞅了一眼四個泥團子，子紓乖乖的把窯雞互相碰碎，又把泥塊小心的剝掉放在一邊堆好，這才仰起臉。「好了，再把荷葉給撕開就能一人分吃一隻啦！」說完趕緊乖乖地洗手，片刻也不耽誤。

這大冷天裡，有噴香垂涎的窯雞，又有大白饅頭和熱呼呼的茶水，四個人圍坐也不覺得冷，反而有種躍躍童趣在裡面，讓花子好這個再世為人的偽小孩兒也忍不住笑意暢快，猶如一個天真女孩兒一般。

一個侯府郡主，一個相爺親孫，兩個身分普通的小戲伶，四人不分貴賤出身，自這方小小的竹亭開始，也逐漸結下了一生不解的緣分和情誼。

章六十一 世事無常

四月，正是春暖花開，芳菲綿長的時節。

花家班自五年前在萬壽節上的絕冠演出以來，便一直穩坐本朝第一戲班的寶座，傲視天下同業，真是有種何其風光，誰與相爭的睥睨氣度。

可堪堪在今年宮裡的上元節演出時，花家班就遭受了一場突如其來的危機，差些讓本朝第一戲班的寶座易位。

此事說起，還得先回到三個多月之前。

正月十五，宮裡每年都會舉行上元夜宴。作為宮制的戲班子，進宮演出那是必然的。不過這些年來，每每都是上演固定的曲目，無非是【單刀會】、【大登殿】等熱鬧的武戲，還有【龍鳳呈祥】、【狀元媒】等喜慶的文戲。宮裡貴人們要求也不高，唱得圓滿不出錯就成，打賞也是一年當中最豐厚的。

但花家班身為第一戲班，自然也不會就此簡單準備。花夷雖然年近五旬，可精神仍舊極好，提前了一個月就張羅讓四大戲伶各自準備妥當，要把這四齣大戲拿來串聯，保證壓滿全場的彩。

哪知道，卻突然生出了無端的變故。

上元夜宴，花家班乃是壓軸上場。四齣戲唱了無數遍，各家戲班就算改，也不會變化多少，畢竟喜慶吉祥才是這團聚夜宴的主題。一開始也確實如此，各家戲班都按照先前排練好的，熱熱鬧鬧討了喜氣。可誰曾料到，輪到佘家班上場時，卻另闢蹊徑，連演了四齣未曾聽聞過的新戲，讓皇后大為欣喜，賞了一千兩銀子作為彩頭，使得花家班還沒出場就已經輸了氣勢。

再者，這佘家班除了水仙兒，竟又出現了個新的戲娘出來挑大樑，是個名叫小桃梨的十五歲青衣旦。

此女唱作俱佳，貌若星月，青衣扮相絲毫不輸已經成名多年的金盞兒和水仙兒。一時間，京中戲曲圈內的人都把這小桃梨當作了將來青衣旦的第一人。

這樣一來，除了戲文上的彩頭，又讓花家班在戲伶上輸了一大頭。畢竟整整五年以來，有四大戲伶坐鎮，花家班並無什麼新人出頭。雖有青歌兒和紅衫兒以及止卿、子紓等翹楚，但上有一等戲伶，這些新進弟子只能偶爾入宮登臺演些配角，不如佘家班那般大膽，敢用新人來挑大樑。

如此，花家班被佘家班搶去了所有的鋒頭，也是順理成章之事。

上元夜宴之後，連續三個月來花家班的氣氛都不太好，加上唐虞因為接替了花夷，每日忙戲班的日常事務和琢磨新戲，也染了風寒病。

「唐師父，該喝藥了。」

上午正是無棠院戲課的時間，南院裡顯得異常幽靜，只聽得唐虞屋中偶爾傳來輕咳之聲。說話間，一個身形纖細高眺的女子推門而入，清秀的眉眼間透出兩分關切，手中托了一只還騰著熱氣的藥盅和一碗熱粥。「今兒個天氣倒是極好，你不如歇上一日，反正離諸葛貴妃的生辰還有一個多月的時間，也不急於一時。」

唐虞正好在換衣，聽見門外響動，加快了手上的動作，繫好腰帶這才轉身過來，無奈道：「子妤，我都說了多少次，進門之前先敲敲。妳已經不是小姑娘了，有些事兒要避嫌。」

這送藥進屋的正是花子妤。

五年過去，眼看就要滿十七，她卻仍舊一副清瘦纖弱模樣，但好在身量高眺，柔若柳條，纖腰一握盈盈生姿，遠遠瞧去，倒也是個風致玲瓏的端端美人兒。

細腰一擺，蓮步輕移，春日裡子妤只穿了件單薄的細布裙衫，素淨的水色，裙角和袖口繡著瓣瓣花架，一頭青絲綰作懶懶的斜髻，別了那支沉香木的簪子，渾身上下只見輕盈俐落，不見繁複做作。

薄唇輕抿，子妤也沒理會唐虞的話，進屋來放下手中的東西，就開始忙著替唐虞倒水擰帕遞給他洗臉，又將茶水斟好給他漱口，做完這些，才抬袖拭了拭額邊的細汗。「這南院裡一個人也沒有，誰會說什麼呢。況且我現在也差不多結束了無棠院的戲課，閒來無事四師姊又不會主動找我，正好你病著，我不來伺候你誰來呢？」

「說不過妳。」唐虞抵不過花子妤伶俐的小嘴，含著淺淡的笑意也就不說話了，接過熱粥輕慢地下嚥，之後又將藥盅打開一口氣喝光，這才起身來，準備去找四大戲伶對戲去。

伸手拉住唐虞的手腕，子妤一步過去攔住他的身子，抬眼眨巴著。「今兒個就歇著吧，你的咳嗽若是在貴妃的生辰之前好不了，連宮門都沒法子進去，到時候豈不更麻煩。」

低首看著子妤，唐虞恍然間才發覺眼前這個小姑娘終於長大了，以前伸手就能摸到她的額頭，如今身高卻已到了自己的胸前。而且，她眉眼間不經意的嬌嗔，也褪去了從前的雋秀溫和，帶著一股青澀的嫵媚，少女氣息已然無法掩藏地從渾身上下透出來，讓人一嗅，不禁有種溫溫縈熱之感。

「罷了，就依妳一次。」側過身，唐虞悄然移開身子，與子妤拉開了距離。推門望著院外那棵巨大的香樟綠樹，才發覺春日已然悄悄地來了，又要悄悄地溜走，而他自己從年前就開始忙碌，也真的許久未曾歇息過了。

想到此，唐虞回首，看著子妤。「不如叫上止卿和子紓，我們一起去城外的煙波湖走走，那兒有一批良馬到了，正好可以騎著耍樂一番。」

「果真？」子妤水眸一亮，狠狠地點了點頭。「我這就去尋了子紓和止卿過來。」剛邁出門檻，又想到了什麼，回頭噘著嘴。「朝元師兄今兒個叫了子紓過去琅園學戲呢，怕是去不了了，只有叫止卿了。」

「也好，改日再帶了那小子去也一樣。」唐虞點點頭，目送了子妤出去，也轉身關上屋門，準備換一身俐落些的衣袍。

離得京城十三里地，有處絕妙的踏春之所，名喚煙波湖。

此湖乃是護城運河的一處蓄積湖，極為開闊，茫茫淩波恍然千里，繞著京城的郊外緩緩而淌，流動不息，滋潤萬畝良田。每日清晨，均有朦朧白煙籠罩在此處，恍若仙境，煙波湖也由此而得名。

湖邊不遠處有一座馬場，主人正是西北侯薄致遠。因給薄鳶郡主治病，薄二夫人帶著女兒常年住在京城，每隔七日都要到花家班應診，服用戲班秘制的清喉丸，所以花家班的人每每到此，均被當作貴客招待。

馬場管事姓胡，年約四旬，面色微黃，細眼高鼻，唇下三縷長鬚直掛胸前。一身細布長衫看起來像個屢試不中的酸秀才，一點兒也沒有馬場男兒的雄姿勃發。此時見了唐虞和他身邊的兩個弟子，忙含笑迎上。「唐師父，今兒個好興致，小的已有快四個月沒見您過來了。」

唐虞拱手抱拳，和此人很是相熟的樣子。「胡爺，好久不見，有禮了。上次你託人帶信，說西北侯挑選了一批良馬送過來，今兒個天氣好，所以帶著弟子過來散心。」

胡管事又對著花子好和身邊的止卿點點頭，算是打過招呼，這才回答道：「這次的馬毛光水亮，個個都是膘肥體壯，定能入您的眼。」說著將三人迎進了馬圈，開始一一介紹起來。

花子妤對騎馬倒是沒什麼興致，只看到一匹匹顏色各異的馬兒很是可愛，湊上去東摸摸、西看看，笑靨如花。瞧著身旁的止卿一副若有所思的樣子，便過去輕聲道：「止卿，唐師父好不容易出來散散心，你就別老板著臉了。」

止卿年滿十七，如今也是三等戲伶了，自從跟著唐虞學小生戲，無論是平素的語氣還有身形動作，看起來都像是當年的唐虞一般無二。且看他姿容挺拔，隱隱已經高出了子妤一個頭，眉目俊秀，粉唇玉齒，端端一立，便是個風致翩翩的絕代公子。

此時他卻眉頭蹙起，似有心事道：「子妤，我倒是羨慕妳，無論什麼事都不放在心上，好像一切都不重要似的。」

噘起粉唇，子妤佯怒。「怎麼，你拐著彎罵我缺心眼兒是吧？」

伸手輕點了點她嬌俏晶瑩的鼻尖，止卿有些寵溺地嘆道：「我哪敢罵妳。先前出來時，子紓特意從琅園跑出來，說他姊要是傷著了一根寒毛，都要拿我問罪。他小子身高八尺，比朝元師兄都生得威武，妳說我還敢嗎？」

對於止卿的親密動作，子妤倒沒當回事兒，因為從小一起長大，心中早已將對方看作親人一般無二。只是瞧著他俊顏懷愁，不解地眨眨眼。「那你唉聲嘆氣的做什麼？」

看了一眼在不遠處挑選馬匹的唐虞，止卿壓低了嗓子，輕聲道：「師父昨夜找我詳談了一番，說貴妃的壽辰演出，準備讓我和紅衫兒演一齣【遊園驚夢】。妳知道，紅衫兒素來……」說到此，止卿眉頭蹙起，頓了頓。「總之，我寧願和青歌兒演，卻也不願和那紅衫兒對戲，真是煩人。」

捂嘴偷笑，子妤這才明白了止卿愁的是什麼。

要說花家班除了如錦公子，就數這長大了的止卿生得最是禍害。好端端的一個男子，卻秀眉鳳目，風流婉轉。小時候還好，看著只是有些男生女相罷了，可現在他已然是個十七歲的翩翩少年，身姿高闊挺拔，卻面容含媚，除了七分俊朗之外還帶著三分魅惑，試問有哪個妙齡女子見了不臉紅心跳。

所以，除了一起長大的女弟子們，紅衫兒也心儀止卿已久，明裡暗裡尋著機會接近他，更是把和止卿關係親密、猶若兄妹的花子妤恨到了骨子裡，嫉妒她平素裡能時常接近止卿師兄。

好在有青歌兒師姊從中斡旋，幾人之間的關係才避免了太過尷尬。主要是她身為新晉弟子中的佼佼者，紅衫兒倒也不好拂了她的面子，雖然偶爾挑釁花家姊弟，好歹不會太過分。

不過子妤看得真切，這個青歌兒的心思也放在了止卿的身上，雖說她藏得好，但總能似有若無的製造些事情來接近止卿。

「怎麼，有美如此，師兄你還不滿意嗎？」想著此事就覺著有意思，花家班兩個年輕貌美的女弟子都屬意止卿，子妤一雙水眸不由揚起淺淺笑意，恍若彎月。她已記不清打趣過止卿多少次了，每每提及紅衫兒，冷靜端然的他都會露出一副無奈之色，唇角略抽，眉頭微蹙。但是他對青歌兒卻並不排斥，好像也有兩分那種意思在裡面。

瞧著子妤笑意促狹，一對梨渦也是若隱若現，止卿勉強一笑。「光臉皮子美有何用，倒不如子妤妳的自然率真讓人來得喜愛。」

被止卿讚得有些不好意思，子妤嬌面微紅，垂目低首，悶悶道：「我倒願意生得如紅衫兒那般美貌張揚，或者如青歌兒那般柔媚嫣然，也好有機會得了班主青眼，讓我上場唱一回呢。」

「上次師父不是說了，妳嗓子倒也甜糯誘人，清新婉轉，有機會還是可以上場試試！」止卿說這話，輕輕拍了拍子妤的秀肩，一起往唐虞那邊走去，遠遠看去兩人親密無間，細語低言，倒也真有兩分相配。

胡管事正給唐虞介紹馬匹，看著他們緩緩踱步而來，忍不住道：「唐師父，你那一對弟子倒真是璧人啊，雖然止卿公子相貌過於驚豔，但子妤也婉約清秀，氣質不凡，兩人倒也堪配、堪配啊！」

聞言，唐虞回首，看了兩人，一抹淡淡的笑意浮在面上，感嘆著時光荏苒。當初那兩個半大的小娃已然成為了翩翩公子和卿卿淑女。若不是戲班裡有規矩，他們倆如結成連理也是一樁美事吧。

想到此，唐虞的笑容略微有些凝固，輕輕甩頭，彷彿不願多想，喊道：「你們過來各自挑選一匹馬，咱們圍著湖走上兩圈。」

「是。」兩人齊齊而來，臉上均帶著兩分笑意，各自選了合意的馬兒，套上馬鞍牽了一併出去。

第六十二章 湖畔賽馬

清晨的薄霧已被春日間嫩嫩的陽光給照得雲開霧散，露出粼粼波光的湖面，金燦燦的，映出四周的綠樹茸草，顯露出煙波湖一絲截然不同於以往的美態。

三人並肩馳行在湖邊，那種暖風拂面，衣袂翩翩的暢快心境彷彿互相感染，連素來面色冰冷的唐虞和止卿都同時展開了笑意。子妤更是銀鈴般的笑聲不停地響起，此景此情，也讓偶爾經過的路人感慨，好一派春光明媚的湖畔山色，好一眾風雅美然的俊男淑女。

止卿縱馬於上，有種意氣風發的男兒氣概，徐徐而行已然無法滿足此時胸中豪邁，扭頭大聲道：「唐師父，不如我們賽賽，看誰能先到那棵老槐樹下就算贏了。」

勒馬，唐虞依言停住。「也行，不過要有彩頭。」

止卿看了一眼身邊的花子妤，唇角微揚，絲毫沒有猶豫，朗聲道：「我若贏了，求師父為子妤安排一次登臺的機會。」

沒想到止卿會脫口而出幫自己求得一個登臺機會，花子妤水眸圓睜，纖手捂唇，一驚之下抬眼望向了唐虞，一抹同樣的請求之色盡顯眼底。

意料之外，彷彿又是在意料之中，唐虞看了看馬上意氣風發的止卿，又看了看神色期盼的花子妤，半晌，才揚眉一笑。「好吧，若你輸了，幫我調製一個月的藥丸就行。薄鳶郡主的藥量已經不多，這些日子為師有些忙碌，你幫忙分擔一下也行。」

得了唐虞允諾，子妤這下可來了勁兒，趕忙從懷中掏出一張淡紫色的絹帕，纖手捏住空中一揚。「我來作裁決，止卿，這回你一定要贏。」說完，熟練地勒馬掉頭，面對著兩人停在中間的空隙處，眸中光彩熠熠，俏臉微紅地大聲一喊：「走勒！」

隨著嬌喊之聲，絹帕落地，兩匹駿馬已然奔蹄開拔，片刻不停地往前衝去。

「答答」的馬蹄聲迴盪在湖邊的密林中，悠悠遠遠，長長久久，子妤俏臉微紅，情緒也是隨之起伏不定，韁繩一勒，掉轉了馬頭揮起鞭子便緊追向前。

眼前的兩匹駿馬飛馳著，左邊是唐虞，一身竹青色的長袍隨風揚起，腦後隨意一束的長髮也飄飄欲動，他身形微弓，策馬揚鞭，眼看就要將身側的止卿甩出去兩丈遠的距離。

「駕！」

右邊，止卿的背影被逆風勾勒得越發挺拔，手中鞭子一揮，雙腳夾緊了馬肚子，馬兒吃痛，當即便撒開蹄子狂奔向前，將與唐虞之間的距離拉近了不少，只差半個身子就能徹底越過。

只呼吸間的剎那，唐虞卻又超出了兩個馬身的距離。且不說他技高一籌，座下馬兒又是經過先前細細挑選的，膘肥體壯，奔跑起來猶若如風，沒兩下又將止卿坐騎給甩開，直奔前頭的老槐樹而去。

「止卿，加把勁呀！」

跟在兩人身後，眼看著止卿就要落敗，子妤也顧不得其他，大聲喊了起來，迎著風也急忙快馬加鞭地趕上去。

騎在棗紅大馬之上，唐虞兩腿夾緊，扯住手中韁繩，聽到耳後傳來子妤的一聲嬌喊，不由得唇角微微揚起一抹淺淡的笑意，抬眼看著前方的老槐樹近在眼前，突然一鬆腳，韁繩也隨即放開了三寸。

身上負荷隨即一輕，馬兒似乎感到了主人的意動，當即便漸漸緩下了蹄子輕鬆蹦躂起來，不像先前那般使勁兒往前衝。

如此一來，一呼一吸之間，止卿已然超越了唐虞大半個馬身，提前到達了目的地，惹得老槐樹上未落的枯葉隨風而動，撲簌簌地零落而下。

「籲——」

勒住韁繩，回頭望著唐虞，見他面上笑意悠然，止卿突然明白了幾分。若不是他最後放馬緩下，自己怎麼也難以勝出，頓時心生感激，朝對方眨眨眼，隨後翻身下得馬來，才朝後大喊道：「子妤，我們贏啦！」

子妤緊跟而來，也是熟練地翻身下馬，提起裙角就迎了上去，興奮之情溢於言表，一把抓住了止卿的手臂，高呼道：「太好啦！真是太好啦！」

看到子妤笑靨如花，止卿和唐虞默契地對望了一眼，唐虞更是抬手不自然地摸摸鼻翼，轉身過去忍不住甩頭，笑個不停，心道：這個傻姑娘竟看不出是我最後讓了止卿，單單去謝他，也不來謝我。

「唐師父，您說啥時候讓我登臺？」

耳畔傳來子好細柔中略帶激動的話語，唐虞將馬套好，這才整了整面色，有些嚴肅地轉過身來，盯著她。「明日我便告知班主，若他同意，那就儘快安排。」

「啊……」有些失望地抿了抿唇，子好垂目。「萬一班主不允，豈不是竹籃打水一場空。」

「別擔心。」止卿也將馬兒拴好。「唐師父的話，班主又何曾否定過。讓妳登臺不過是小事。就只怕紅衫兒她們幾個鬧，其餘，則沒什麼好顧及的。」

子好點點頭，還是掩不住心中的歡喜，眉眼間笑意濃濃，水眸猶似彎月般。「這可是止卿給我討來的彩頭，回頭定要好生感謝才是。說吧，你要什麼？」

故作思索狀，止卿埋頭看到腰間掛的那個香囊，還是五年多以前子好贈給他的拜師賀禮，如今也顯舊了，便道：「那就再為我繡個香囊吧，要荷塘月色的花紋，可好？」

當然一口答應了止卿的請求，子好又歡喜地一仰頭。「唐師父，雖然這個彩頭是止卿替我贏來的，可沒有你的應允也不成。我一併也做個香囊送與你吧，喜歡什麼花紋？」

「止卿要夜荷，我便要青蓮吧。」唐虞想也沒想，直接脫口而出。

子好一愣，知道唐虞所言的青蓮其實便是綠荷，但不知為何，自己卻突然聯想到了那「並蒂青蓮」，面色不由微微發紅。

這個朝代的女子繡蓮花，多用的是這款「並蒂青蓮」的圖樣，因其寓意頗為曖昧，若非相戀男女，一般不會輕易送與別人，但子妤看著唐虞一副無心的樣子，她玉牙一咬便嬌嬌然地頷首道：「那好，我今兒個回去就趕工，定能趕在端午前繡出來。」

唐虞倒並未將子妤的嬌羞之色納入眼中，只環目看了看這湖光春色，長長地呼吸了一口清新之氣。「走吧，班主差不多要回了，得趕在之前定好貴妃生辰演出的曲目才是。」

於是，三人再次上馬，並肩齊齊回了馬場。

子妤心中高興，遠遠跑在了前面。止卿緊緊跟隨，路過先前賽馬啟程的地方，勒馬下來，將地上那方落在茸草上的絲帕拾起。看背影似乎遲疑了半晌，才舉手一晃衝過去趕上了子妤，將絲帕還給她。

章六十三 一石擊水

「鏗——鏗——鏗——」

晌午剛過，花家班的集合鐘聲就響了起來。百年來，花家班若非重大事宜，不會輕易敲響此鐘。聽見鐘聲響起，但凡三等以上戲伶和所有的教習師父都得馬上集合，聆聽班主訓示。

無棠院吹過一陣暖風，捲起幾片落葉，到了牆根卻又被攔下。風兒正想發力，原本清淨的院落突然就匆匆填滿了人，正是南院的師父們和三等以上的弟子們齊齊趕來了，此刻均聚在無棠院中，等候班主花夷的到來。

由於大家都不知道是何要緊之事，紛紛低聲猜測，無棠院猶若一群採花的蜜蜂在「嗡嗡」直飛，略帶吵嚷和壓抑的氣氛讓眾人的臉色都有些不太好看。

金盞兒是最後一個到的，臉色有些蒼白，卻下巴尖尖，更顯得清麗動人。一頭青絲只簡單的綰了個垂髻，別上一支木簪，看起來有些病弱盈盈之姿，我見猶憐之態。

她身邊跟了個高眺清秀的女弟子，正是青歌兒。

十八歲的她已然出落得亭亭玉立，一身水色繡裙，腰肢細弱，眉眼也越發雋秀雅致，立在金盞兒旁邊，兩人倒有幾分類似的氣質。

如今南婆婆年事已高，已是二等戲伶的青歌兒平素就時常去落園幫著做些活兒。按理她現在已是高階弟子，每月在前院包廂裡上戲的時間不少，極受京城貴公子的追捧，雖不是頂尖的戲伶，也算半個名角兒了。

她五年來經常出入落園，一如既往未曾改變。能如此主動的盡心盡力，讓態度從來冰冷的金盞兒很是感激，不但時常指點她一些唱功上的不足，而且兩人也逐漸培養出一絲亦師亦友的情誼來。

但塞雁兒卻有些看不慣這個青歌兒，時常在沁園裡諷刺她，說不過是想借借金盞兒的光。

畢竟金盞兒今年已經二十有三，比塞雁兒大了整整有近兩歲，再唱兩年估計就該退了。另一個如錦公子則隨著年紀增大扮相也逐漸顯出一分不恰，如今上臺或者出堂會的機會也少了，花夷就安排他閒暇時在無棠院教弟子們青衣戲課。

大家都揣測著，這次諸葛貴妃的壽宴便是新舊弟子大洗牌的重要時刻。掐著手指頭算，年輕弟子裡除了紅衫兒能與青歌兒一爭長短，其餘都不太可能，她自然要哄得這個大師姊開心，到時候也免得阻了她的前程。

除了青歌兒，紅衫兒也來了。

年前剛滿十七，與幼時的嬌豔明媚不同，現在的她渾身上下都散發出一種灩灩絕美的姿態，且不說身段纖穠合度，氣質更是嬌若羞花。她師從花夷，雖不經常受教，但悟性極高，一口水磨腔盡得真傳，婉轉細膩，字正腔圓。與青歌兒的柔美雋秀相比，她的美豔嫵媚在扮相上是更勝一籌，加之唱腔絲毫不輸半分，倒也有一爭之力。

紅衫兒也在年前入了三等，這是她第一次參加高階戲伶的聚會，臉色很是興奮，隱隱透出一絲紅暈光澤，端端一立，在一眾女弟子中顯得極為出色。

同為三等弟子的止卿也該來的，可眼下還沒看到人，怕是要等會兒跟著唐虞一併現身，畢竟他是唐虞唯一的親傳弟子。

另外，花家姊弟雖不是三等以上的弟子，但一個是四師姊塞雁兒的婢女，一個是三師兄朝元的弟子，倒也都聚在了此處。

不一會兒，唐虞也來了，今兒個他著了一身絳紫輕袍，越發襯得其身形高眺，氣質深默。他身邊跟了一個素衫的玉面公子，正是止卿。

看到子妤也在，止卿頷首，眼神柔和地與其打了招呼，只是瞧見紅衫兒時，眉頭微蹙地匆匆別開眼，也不顧紅衫兒一雙美目癡癡顧盼著。

受了止卿冷落，紅衫兒又狠狠瞪了一眼花子妤，眼中閃過一抹不屑，紅唇微抿，隨即又別過眼去。

子妤倒覺得好笑，這些年來，紅衫兒明裡暗裡都和自己有些不痛快，也不知她到底怎麼想的，不過她懶得與其計較，畢竟對方是正牌三等戲伶，而她只是塞雁兒的婢女罷了。自己這五年來雖然也一直在無棠院上戲課，卻根本沒機會上臺，按理對這紅衫兒沒有半分的威脅。

可花子妤卻沒想到，紅衫兒純粹是看她不順眼罷了，心裡從來想的是：憑這婢女，長得不夠美貌，唱功不夠驚豔，卻時時處處都和自己平起平坐，真是豈有此理！奈何她一來和諸葛府的小少爺交好，二來和薄侯千金也是常有來往的，自己除了心中不忿，卻不敢真的和她撕破臉皮，只能偶爾用眼神挫挫她的銳氣。

倒是青歌兒在一旁看得仔細，在花子妤和止卿之間來回掃了掃，眸子中閃過一抹淡淡的涼意，卻又不知是為何。

眾人等了一會兒，陳哥兒就來了，說是班主稍後就到，於是大家也不再說話，靜靜地垂首而立。

一臉的風塵僕僕，花夷此番也是從宮中歸來。每次有重要的演出，三家宮制戲班都得進去先碰碰頭，聽從內務府的各項安排，這才好回來制定自己的計劃。

臉色有些鐵青，花夷一身青藍的綢服也被他一手攥得有些縐了，端坐在無棠院的上首，接過陳哥兒遞上的熱茶喝下一口，這才沈緩道：「這次諸葛貴妃的壽宴演出，不是咱們花家班壓軸。」

「什麼？」

「怎麼可能？」

「這些年來，咱們都是壓軸的啊……」

花夷寥寥幾句話，就引發了下首弟子們的騷動。三等以上戲伶雖不多，共有二十來人，加上師父們，三十四人聚在一起吵吵嚷嚷，使得整個無棠院都陷入了一種迷惘喧鬧的氣氛中。

「大家安靜。」

還是唐虞率先發了話。「且聽班主如何應對，大家都先別著急議論。」

身為戲班二當家，唐虞的話還是有些作用。畢竟輔佐花夷五、六年的時間，他也並非當年那個十七歲的淡漠少年，如今眼神雖然同樣冷漠，卻多了一絲犀利和沈穩，讓人無法忽視。

「好了，一個個都如此沈不住氣，都住嘴！」

花夷揮揮手，臉上有無奈的神色，看著花家班所倚重的這些三等以上戲伶，心頭總有種微微發苦的感覺。任挑一個，都是全國各大戲班子搶著要的人物啊，讓他們都在花家班待著，久久不能出頭，也是一大憾事。

清清嗓，不讓自己去想那些，花夷又喝了口茶，徐徐道：「內務府的馮爺和本人也是老交情了，他的解釋是：只想圖個新鮮，抬舉我們做打頭亮相，好讓貴人們一看就高興。」

花夷口中雖如此說來，眼中卻流露出一絲輕蔑。「他們說得好聽，讓我們開個好兆頭，其實就是給宗家班的小桃梨騰位置。為師想了又想，既然讓咱們做開場，那就給他們個好看，叫宮裡的貴人們先記住咱們的好，再看了後面的只覺乏味，這才能徹底打敗佘家班。」

說到這後面兩句，花夷話音漸漸亢奮了起來，尖細的嗓子越發顯得嘹亮激昂，讓一眾弟子聽得均有些熱血沸騰起來，紛紛附和，高聲叫「好」。

唐虞稍顯冷靜，只探問道：「班主可是已經有了對策？」

抬手示意大家安靜，花夷又道：「為師的確已經有了主意，準備在戲班裡擺個擂臺，誰要是得了頭彩，就能直接參加下個月諸葛貴妃的生辰演出。」

要知道諸葛貴妃可是皇太子的生母，將來要做西宮太后的人物，就是皇后娘娘也要禮讓兩分。這次佘家班之所以如此猖狂，就是因為小桃梨得了皇后的喜愛。而後宮之中，唯一能與其對抗的便是這諸葛貴妃，要是能討了她的好，花家班再憑藉太后對塞雁兒的喜愛，想要再壓過佘家班也是輕而易舉的事兒了。

花夷這次真的算是破釜沈舟了，準備豪賭上一把。

讓戲伶們憑本事來爭取，而並非按常理仍舊派四大戲伶演出。雖然此舉可能有些風險，沒有直接讓金盞兒等人上場來得穩妥，但既然佘家班敢用新人，花家班若還是一些老面孔，首先就會輸了一大截。

所以，當花夷此言一出，在場眾位弟子均是一凜，隨即想到了自己也可能在宮中唱主角，臉色由驚轉喜，個個都暗自興奮了起來。

只有四大戲伶面面相覷，均露出一絲無奈的笑容，並沒有其餘弟子那般興奮莫名，反而有些情緒低落了起來。

子好聽了花夷此言，心中也是忐忑不定。想起先前在湖邊，止卿替自己贏得了一個登臺的機會，若是好生利用，豈不是能藉機也博一把？想到這兒，檀口微張，不由自主地望向了唐虞，目中的期待猶如汩汩春水，怎麼也擋不住地流露出心中所想。

而紅衫兒更是美眸微睜，輕咬著粉唇，纖手捂住心口，怎麼也抑制不住內心的激動。還是青歌兒稍微顯得鎮靜些，雖然也是有所期盼，好歹強教自個兒穩住心神，端立在金盞兒的身後，目光並未透出太多的情緒。

「曲目內容皆不限，十日後在前頭戲臺決出勝負。」花夷環視眾位弟子一圈，看到他們個個摩拳擦掌的樣子，心中很是寬慰。「這次為師說了不算，由前頭看官作主。具體怎麼安排，下來唐虞會一一吩咐交辦下去。今兒個就散了吧，記住，只有十日的練習機會，想要參加這次角逐的，三日後去唐虞那兒報名。」

「是，弟子明白。」

一眾弟子齊齊答了，聲音均隱含著一絲激動顫抖。

章六十四　躍躍欲試

待花夷從首座退下，院中弟子們才三三兩兩相熟的一起離開，也都忍不住交頭接耳的，熱烈討論著這次到底要不要參加比試。

只有金盞兒這四大戲伶顯得頗為淡漠，互相看了一眼，也明白了彼此心中所想，四人齊齊而去，卻無一人開口論及這次前院擺擂之事。

向塞雁兒告了聲假，子好等著眾人離開，面含微笑地朝院外的角落走去。止卿和子紓都沒有隨即離開，只等大家散去得差不多才來到外庭，就著偌大的槐樹躲開日頭，等著子好過來，三人好說說話。

「姊，我一定要參加比試。」子紓咧嘴一笑，露出一口白白的牙齒。今年他也和姊姊一樣已經十六歲了，小時候的圓臉和彎彎的眼睛已沒了蹤影，身板兒魁梧頎長，面色堅毅俊朗，儼然是個男子漢了。

不過他說話時還能看到一絲真摯和憨厚的表情從眉眼間透出，見止卿和姊姊都一語不發，狐疑地問：「怎麼，止卿哥，你不興奮嗎？」見止卿只用柔目注視著子好，面含微笑，也不理會子紓，搞得他越發摸不著頭腦。「怪了，姊，妳和止卿哥玩瞪眼兒嗎？」

「如何，要抓住這次機會嗎？」止卿仍舊不理會在一邊鬧騰的子紓，終於開口詢問道。

子妤當然知道止卿的意思，先前他幫自己贏得了一次登臺的機會，若是善加利用，說不定真能讓自己有朝一日以戲伶的身分站在臺上。可是……這次三等以上的戲伶全都要參加，如青歌兒、紅衫兒，還有止卿和弟弟這樣的卓越弟子均是競爭對手，而自己，不過是個塞雁兒的婢女罷了，就算想一試，花夷能給這個機會嗎？自己又能有幾分勝算呢？

彷彿看出了子妤的顧慮，止卿乾脆道：「其實，我總覺得這次唐師父會輸，是故意讓我的。而他也早知道班主今兒個公佈的消息，明裡暗裡是在成全妳一次。」

強壓下去的希望又被挑起，子妤捂住粉唇。「果真是唐師父有意讓你贏的？」

「喂！」子紓在一邊總算忍不住了，扯開嗓子一吼。「你們打什麼啞謎，告訴我啊！」

「子紓，唐師父答應讓我登臺演出一次，說不定，姊姊這次也能和你們一起參加前面戲臺的比試了。」子妤一口氣說了出來，眉眼彎彎地看著弟弟，等他的反應。

原本就圓溜的眼睛睜得像銅鈴一般大了，子紓的表情由迷茫到驚喜，由驚喜又到不解，忙拉著子妤的衣袖。「到底怎麼回事，什麼贏了唐師父，還有姊妳何時能登臺，我怎麼都聽不明白。」

這時，止卿才含笑將早晨三人一起去煙波湖賽馬的事告訴了子紓，見他聽得一愣一愣，點頭道：「如此，若子妤願意，唐師父也不反對，那你姊姊說不定能有機會入宮演出。」

不顧自己已經長大，子紓高興得像個孩子，明亮的笑容在臉上綻放開來，猶如和煦春日的陽光，大呼道：「太好了！咱們這就去求唐師父答應，走走走！」

一把拉住這個毛躁脾氣的弟弟，子妤把纖指放在唇上。「噓，你可小聲些，別讓人聽見了。我今晚熬夜把香囊繡出來算作酬禮，明兒個再去求他答應。」

「那好那好，若是姊能參加比試，我們三人乾脆合演一齣好戲，齊齊進宮去給不遜兄的姑奶奶獻藝，那該多好。」子紓已經開始憧憬了起來，俊顏之上滿滿全是歡喜和興奮，怕是今兒個夜裡就要開始失眠了。

止卿伸手敲了敲他的頭，笑道：「八字還沒一撇，你就這樣高興。還是讓你姊先以平常心態，若是唐師父不答應，也沒那麼失望。」

拍拍自己的胸口，子紓哼哼道：「不怕，唐師父表面上嚴苛無比，可對我姊那是很疼愛的。咱們軟和些，實在不行就一齊去求他，怎麼樣也會讓他妥協的。」

「好了，你們先回後院，我也得回沁園去了。」子妤說著起身來，拍拍裙後沾到的灰塵。

和阿滿一起用了午膳，子妤拿來繡籃，一邊做活兒一邊和她閒聊，也將花夷允許弟子們比試的事說給她聽。

阿滿聽著子妤的話，笑道：「丫頭，這次妳得好生求求唐師父，若他答應讓妳參加比試，說不定真有可能入宮為諸葛貴妃演出呢。若是一舉得了宮裡貴人們的喜歡，班主一定不會再埋沒妳了。」

「或許吧。」子妤心中不敢抱太大的希望，只點點頭。

瞧了一眼子妤手上剛剛開工的繡囊，阿滿忍不住打趣道：「另外，還得好生謝謝妳的止卿師兄，我看他待妳猶如親妹子一般，這香囊也是繡給他的吧？」

「嗯，若不是止卿替我贏了這個機會，那是全無可能的。」抿抿唇，子妤還是掩不住有些期待，目光閃閃的。「上了五年的戲課，但因為不是弟子的身分，始終沒能登臺演出過。師父們都曾說過，我的嗓子雖然底子不如青歌兒、紅衫兒她們，但有種清新質樸的感覺在裡面，唱起青衣來也不輸她們幾分。可戲班規矩不可廢，別人都是一等一等熬上來的，我若直接演出，班裡弟子們定會有非議。我想，這也是班主一直沒有答應讓我上場的緣故吧。」

「妳倒是看得開。」

阿滿心疼地看著子妤，從床上坐起身來，伸手拍拍她的肩頭。「妳是知禮懂事的，班主看在眼裡，哪裡會不心疼，只是平素裡苦於沒有藉口機會，才不得不埋沒了妳。這次大好的機會，若不把握住，以後說不定也像我，等到了年紀就被發配地嫁了呢。所以，自己的命運一定要掌握在自己手中。這些年來，妳一刻也沒荒廢，我瞧得清楚。論用心，妳看了這麼多戲文，寫了厚厚的一疊心得；論用功，妳每日的練習怕是沒有三個時辰，也有兩個時辰，每每夜裡我起來，都能聽見妳在琢磨唱段。四師姊其實也是看在眼裡，妳這樣用功，她都是默許的，只要妳機靈些，多給她想出小曲兒來唱，她才懶得管妳做不做這沁園的婢女。所以啊……」

一口氣說多了，阿滿自顧自端了床頭的一杯熱茶潤潤嗓，又道：「我看唐師父平素待妳也是極好的，妳好生哀求，說不定就能把握住這次的機會。」

阿滿的話，每一句其實子妤都仔細想過，也都想得清楚明白，曉得這或許是自己在花家班唯一的一次機會了。花無鳶留下遺言，要她和子紓除非成為「大青衣」，否則身世之謎就永遠也無法解開。子紓小時候看起來還能唱唱青衣，可隨著年紀增大，他又練了這些年的武生，身材、長相早已沒法子再扮青衣了，除非是自己這個做姊姊的，還能趁著才十六、七歲的年紀去爭取一下。

平日裡，子紓那傢伙嘴上不說，其實心裡還是一直想著此事的。他身材闊碩，面貌威武，要唱旦角是不可能的，自己又沒法子像一般弟子那樣一級一級地熬到五等以上戲伶，看在眼裡只有乾著急的分兒。

朝廷雖然已經十多年未曾封過「大青衣」的名號給戲伶，但總還是有希望的。若是姊弟倆都沒能唱青衣，這一丁點兒的希望也就成為泡影了，身世之謎，也將永遠無法解開。

想到此，子妤也加快了手上的動作，想著先繡完給止卿的，再仔細用心地繡給唐虞的香囊，爭取用自己的真誠來打動對方，一定要順利得到參加比試的資格。

章六十五　並蒂青蓮

銅魚小燈散發出柔和的光暈，小屋的窗戶也幽幽地露出一道縫兒，迎進滿滿月華如水，倒也顯得通透清亮。

子好守在阿滿的床頭，揉揉眼，強打著精神，手中一刻未停地用心做著香囊。

送給止卿的「荷塘月色」已經做好，是靛藍的錦緞底兒，用淡金色的絲線勾勒出彎月和點點荷塘，意境朦朧，優美柔和，與其俊朗中略帶一絲陰柔的氣質極為相稱，想來他也一定會喜歡。

現在手上做的是要給唐虞的碧波青蓮，子好特別選了上好的米色錦緞，有細密的暗水紋，極紮實又耐看。她取了碧色的細絲，先將迢迢碧波繡好，現在就剩用淡青色絲線來勾勒出飽滿的青蓮花樣了。

又是近半個時辰過去，子好放下手中香囊，長長的舒了口氣，滿意地看著成品，忍不住唇角微翹地點點頭。伸了個懶腰，看著阿滿還在熟睡之中，自顧自起來斟了杯熱茶潤口，又坐回床榻前頭，瞧著夜色還不算很深，便又取了略帶光澤的月白絲線，想再細細地給青蓮勾個邊兒，看起來好飽滿一些。

做了近一半，覺著睡意來襲，眼皮子忍不住地往下垂，子好放下香囊，揉了揉有些發痠的肩頭和手臂，想著乾脆趴在床沿上休息一會兒再繼續繡，反正離天亮還早，只要趕在明兒個之前做出來送給唐虞便好。

捂嘴打了個呵欠，子妤尋著阿滿床身的一處空隙，扯了件長袍搭在肩頭，輕輕地趴了下去，不一會兒便呼吸沈沈，不出意料地睡著了。

半夜，銅魚燈還燃著，半開的窗戶偶爾吹進來一絲春寒夜風，卻把阿滿給驚醒了。

看到趴在自己前頭的子妤，阿滿含笑地伸手拖過來一件厚些的小毯為她蓋上，心疼地搖搖頭。

偶然瞥到了子妤手邊的繡籃，那個米色錦緞的香囊上還插著一支繡花針，月白的絲線在淡淡月光的映照下有些微光泛起。單從這底料和絲線的質地來看，均是價值不菲，若是送與普通人，子妤可不會拿出自己壓箱底的東西來用。

取了香囊在手，仔細把玩，蓮花獨獨而立，按理應該是繡完了的，可是繡花針別的位置卻是花蒂之下，看起來好像還未完工。阿滿柳眉微蹙，總覺得一支單蓮有些孤單了，想這丫頭是繡了送給止卿的。他們兩個男的貌若玉郎，女的纖巧似雲，若是將來雙雙退下，做一對伴侶也是極為合稱的。現在談及婚嫁雖然還早，可止卿這樣的好相貌，將來前途無量，惦記的姑娘定然不在少數，不如……

反正這層窗戶隔紙總要有人先去戳破才好，阿滿眨眨眼，露出一抹打趣的目光斜斜瞥了一眼還在熟睡的子好，暗道：丫頭，以後好事成了，可別太感謝我這個姊姊喲！

想到這兒，阿滿也不耽擱，就著月白的絲線，在這支青蓮旁邊又繡了一朵小些的，因為顏色和底緞區別不是太大，若不仔細瞧倒不會發現。但就這燈燭的光暈輕輕一轉，便能看出這香囊上的花樣正是「並蒂蓮」。

好事做到底，幫子好繡了並蒂蓮，阿滿又繡了個指腹大小的淡紫色花兒在底部，這可是子好手工活兒的標記，每做完一個都會留下這樣的五瓣兒花。

做完這些，已是天色漸亮，桌上的燭檯也「噗」地一下子隨即熄滅，外間偶爾傳來兩聲雞鳴。阿滿輕手輕腳地翻身下床來，將繡籃裡的一袋乾桂花填裝進香囊，又把子好準備好裝香囊的荷包取了勒緊繫帶放好，以防她發現其中的奧妙，這才輕手推了推還在熟睡的子好。

感到肩上有人在拍自己，子好蹙了蹙眉，細密的睫羽輕輕撲閃了兩下，緩緩睜開了眼。只覺得腰間痠痛無比，撐著身子起來，長長地伸了個懶腰，才發現阿滿正含笑看著自己，手裡捏了個荷包。

輕輕捶打著腰際，子好眨眨眼。「阿滿姊，妳醒了呀，我這是睡了多久呢？」說著扭頭往外一瞧，發現天色竟已濛濛發亮，一驚。「哎呀，我的香囊還沒繡好！」

「喏！」阿滿遞上荷包。「見妳累極了，也沒叫妳。反正我醒了也睡不著，就幫妳繡好了，拿去送給止卿吧。」

也沒解釋什麼，子好點點頭，不好意思地接過荷包。「太好了，多謝阿滿姊。」

正欲打開看看，阿滿忙道：「我的手藝妳還信不過嗎？保準比妳自己繡的好看。快幫我挑件衣裳，得先去準備早膳，再伺候四師姊起床了。」

花家班對於戲伶等級有著嚴苛的規定。

除了每兩年一次的考評可以晉升之外，除非為戲班掙了重要的好處可以破格提升，否則是不可能一躍而成三等以上戲伶的。

這好處也是分了類的，其中之一就是前院戲臺的打賞。若一年裡能超過一千兩，就直接晉級，不用等待考評；還有就是得了貴人的青眼，在外出堂會中壓過了其他戲班子，也算作立功之賞，獲得班主准許後可直接晉級。

五年裡通過兩次考評，青歌兒早已是二等戲伶。

但戲班規矩，三等以上的戲伶不設考評，要想晉級就只能看打賞的數額和為戲班立功的多少。不過到了這分兒上，要升上去一等雖說有些難，卻也並非不可能。因為到了三等以上，就可以在前頭戲園子的包廂中唱堂會，接觸達官貴人的機會比平時多了些，要立功得賞也容易些。青歌兒便是新晉弟子裡最有望擢升為一等戲伶的人物。

像當初的四大戲伶，均是十五、六歲就升為了二等戲伶，不到兩年時間又升了一等戲伶。撇開唱功、身段不說，這打賞豐厚和宮裡貴人們的喜歡就足夠讓他們穩坐花家班臺柱的位置了。

紅衫兒在戲班因為是花夷的親徒，如今也早已是三等戲伶。說起來還是兩年前，有一次諸葛右相家中堂會，紅衫兒得了諸葛老夫人的喜歡，讓佘家班受了冷落，回頭花夷就給她從五等提升為四等。

那次一併提升上來的還有止卿和子紓，因為他們也參加了右相府的演出，並且這兩人跟的師父一個是唐虞，一個是四大戲伶朝元，頗受花夷照顧，都從六等提到了五等。

今年又過了一次考評，如今新晉弟子中除了青歌兒，就數紅衫兒、止卿，還有子紓晉升最快，四人年紀也均是十六、七歲，差別不大。雖然離頂尖還有一段距離，也比之當年的四大戲伶要大了幾歲，但總算是摸到了邊兒，好過茗月那幾個當初一併升為八等弟子的師兄弟、師姊妹，要風光了不少。

花子妤因為婢女身分，從未參加過考評，但她的弟弟如今也是四等戲伶，情同兄妹的止卿又是新晉弟子中的翹楚，小生一角扮相絕妙，綸巾若翩，除卻步蟾師兄，他當屬戲班第一人。有了這兩人作後盾，加上又是四大戲伶身邊的人，戲班上下對其也是平和恭敬，小戲伶們見了都會喚聲「子妤姊」。

即便是青歌兒、紅衫兒等人，見了也是要頷首主動招呼的。

無棠院的戲課只對五等以下的弟子開放，子妤得了空總是每日去聽，五年下來也學了不少的東西，加上平時自個兒勤學苦練，雖然未曾參與考評，但唐虞曾說過，她一口清婉的唱腔也算是不俗。若選戲得當，扮相合適，也是能和一眾四、五等戲伶們一爭的。

有了唐虞的這句話，才讓子好心中始終記掛著一件事，那就是真正的上臺演出一次，讓臺下觀眾的反應來證明自己是否有成為青衣旦的能力。

若不是湖邊賽馬得了這個機會，子好想想還真是無望的。而既然機會來了，自己也要認真把握才是，絕不能輕易放棄，否則，這一輩子姊弟倆恐怕都會和「大青衣」這三個字無緣的。

章六十六　玉足若魚

大清早，子妤估摸著唐虞已經起身，便收拾了繡籃裡的荷包，先把送給止卿的拿去了後院。

五等以上的戲伶都住在三進的院子，中間有個小花園，分隔兩個跨院。男弟子住左院，女弟子住右院，無論是白日還是夜裡都有婆子們守著，免得這些成年弟子們亂了規矩就不好了。

看到子妤一早就過來，熟悉的婆子趕忙招呼著，以為她去找子紓，也沒問什麼，直接放行去了左院。

此時院子裡稀稀落落已經有些弟子起了身，好幾個還打著赤膊在練功，羞得子妤趕緊埋頭就沿著廊下匆匆而去，正好止卿和子紓住一個屋子，其他人瞧見了也不會說什麼。

直接敲開了止卿的屋門，子妤進得屋裡就是一陣忙活。

子紓懶散，止卿淡泊，兩個男子住一個屋裡當然會有些雜亂，子妤每次來都是放下東西就開始動手收拾，先把兩人換下的衫子、袍子之類的找來用布兜裝好，準備等會兒出去的時候先泡上，得空了回來再替他們倆洗乾淨。

這件事兒倒教這左院的弟子們好生羨慕，有個女子幫忙打掃和洗衣，又時常捎帶些吃食，簡直是他們想都不敢想的事。但因為子紓有個雙胞胎姊姊，幫著做這些事也稀鬆平常，只是止卿有些不好意思，經常主動先把換下的衣裳洗了，免得子妤多費心。

想著早些去南院見唐虞，子妤也沒有留下陪子紓他們兩人用早膳，只掏出一只香囊遞給止卿，說是前日裡說好的謝禮。

止卿打開來看，溫和地笑著說了句「多謝」，也沒耽擱就當著子妤的面掛在了腰上，將原先子妤送的那個香囊取下來收好。

看在眼裡，子紓暗自偷笑，也沒像小時候那樣鬧騰，賴著也要姊姊給做一個，只說筋骨癢了，自個兒跑出去練功了，像是有意讓姊姊和止卿單獨相處說話似的。

知道子妤等會兒就要去求唐虞，止卿為其斟上一杯茶，關切地問：「其實也不用緊張，唐師父的性子妳我均是瞭解的，他先前並未嚴拒，那就說明定有幾分希望。而且班主極為倚仗和器重唐師父，雖不至於對他所說言聽計從，但肯定要斟酌兩分。況且妳平素裡也幫著戲班做了不少的事，這次就算給妳一個機會也是合情合理的，想來其餘弟子也不敢非議什麼。」

點點頭，子妤粉唇微抿，知道止卿是勸自己不用太過憂心，朝其莞爾道：「其實我也明白這些道理，可唐師父你又不是不知道，他雖然對你我都溫和愛護，可涉及戲班的公事，他向來分明得很；其餘弟子都挺怕他，就是因為他素來處事嚴明。以前從未偏袒私護過你，對我們姊弟也是如此。這次求他答應讓我參加比試，算起來始終是越了戲班規矩，和先前他所答應讓我登臺一次是完全不同的兩件事，所以……」

說著說著，子妤眉頭鎖得更緊了，看得止卿不忍，上前一步伸手輕輕拍了拍她的肩頭，柔聲道：「若是唐師父不答應，等會兒我和子紓也過去求他，咱們三個就算是跪在地上，也一定讓他點頭；如此毅力誠心，定能打動他、打動班主的。」

感激地看了看止卿，子妤的表情終於輕鬆了半分。「我可不敢讓止卿陪我跪著，怕是那些個女弟子們都會朝我扔爛菜葉子呢。」

「咳咳。」止卿臉色變得有些尷尬，每次子妤拿這些事來打趣自己，都讓他覺得有些好笑並無奈，也不解釋什麼，反過來取笑道：「妳曉得尋我開心，那應該也算放輕鬆了吧。妳快去吧，這時候唐師父應該在小竹林那邊，正好也沒人打攪。」

捂嘴淺笑，不再多說，子妤收拾了東西，別過止卿出了左院，這才有些忐忑地前往一進的南院。

師父們已經去了無棠院授課，一般這個時候唐虞都會去紫竹小亭那邊練練竹簫，順帶琢磨戲文，準備也像余家班那樣，寫一齣新戲來給戲伶們唱。

子妤繞到後廚房，備了幾樣點心還有一壺香茗，又不放心地摸了摸揣在懷中的荷包，咬著牙給自己打了氣，這才提著裙角，踩在被露水沾濕了的青石小路上，前往那方僻靜幽趣的紫竹林。

還未靠近，老遠就聽見一陣陣悠揚樂音從小院圍牆後飄然傳出，絲絲縷縷，猶若雲霞繞身不散，玉水流淌入心，知道定是唐虞已經在那兒了，不由得加快了步子。

粉牆青瓦，雖有些斑駁，襯著這方紫竹小林和陋陋池塘，倒將此處勾勒得別具野趣，清幽安靜。

一眼就看到了竹亭上一身青袍的唐虞，此刻正把簫吹奏，從側影就能看出他眉頭舒展，眼神遙遙凝望著遠處。風動，衣袂翩翩而揚，好似這林中幻化而成的竹仙，簫聲繚繞，卻謹守在這一方小小天地，偶爾透過牆頭傳出去，也只是樂音縹緲讓人不得實聞。只有走進這竹林，才能真正感受到他曲中的逸遠深闊，悠長綿延。

不忍打擾到唐虞，子妤輕手輕腳地移步過去，將手中提籃輕放在地，掏出一張繡帕鋪在亭邊的石墩兒上，就此坐下。

頭頂是春日暖陽灑灑而下，耳邊聞得簫聲如醉，眼前又是一潭綠汪汪的碧水，總覺心癢癢的。瞧著唐虞並未發現自己，乾脆脫去繡鞋布襪，露出一雙玉瑩光潔的金蓮，輕輕沁入水中。那種微涼酥癢的感覺，讓她忍不住「嚶嚀」一聲逸出唇邊，怕擾了唐虞，又趕緊捂住了粉唇。

其實背對子妤的唐虞早已發現身後有異，但他知道是誰來了，只繼續吹奏這一曲〈送風〉，並未停下。此時聽到一聲悶悶嬌呼，他也沒了繼續吹簫的興致，收了曲，轉眼過去便看到一幅少女裸足戲水的清妙畫面。

章六十七　宛若心動

春日裡的小竹林別有一番景致，陽光薄薄地透過竹林間隙，斑駁似金玉粒粒而落，灑在水塘的面上，暈起點點光霧蒸騰而升。

原本安靜的水面被子妤玉足輕點，隨即揚起圈圈漣漪陣陣散開，將這方從來無憂無擾靜如處子的水塘也惹得有了生命一般，熠熠隨之生出些波光，粼粼間彷彿有游魚律動，活泛了起來。

唐虞瞧見的便是這樣一幅清妙絕美的少女裸足戲水畫面。

這畫面鮮活、靈動，當中的素衣少女笑意淺淺，粉唇微抿，清眸顧盼間生怕擾了這方寧靜之處，猶豫的神情就像一隻闖入林中的小雀兒，反而讓人不忍將其驅走。提起裙角露出的一截粉腿和玉足，被陽光和水面反射的波光映照得白皙若玉，讓人宛若心動……

戲耍著微涼的塘水，直到耳邊的簫聲停住，子妤才驚覺唐虞已然發現了自己，抬眼正好碰到對方含笑的目光，低首看著自己裸足呈於人前，不禁面紅，趕緊從塘邊石墩兒上坐起身來。

慌亂間也來不及穿上鞋襪，子妤的一雙裸足踏在長滿了苔蘚的青石小徑上，更顯得瑩白如玉，乖巧猶如一對出窩的小兔。偶然與唐虞的眼神相碰，見他仍舊笑意溫和，自己卻心中一顫，總覺哪處不妥。懵然間回神過來，才意識到這已不是她曾經所處的時代，古時的女子裸足尤其私密，被男子瞧見豈不越禮？

羞紅著臉，跳步著想要尋個地方坐下穿好鞋襪，偏生春夜露水更深，穿著繡鞋還不覺得，光腳踏在其上稍微一動便會濕滑不穩，也讓子妤顯得越發嬌羞著急了。

眼看她已然手足無措，臉頰上的緋紅像是兩朵紅雲氤氳而起，唐虞才無奈地搖頭道：「妳不用如此慌張，過來坐下，把腳底沾的污塵擦乾淨再穿上鞋襪即可。」說著走過去，伸手扶住了子妤的臂彎，輕輕將她帶到亭中的橫欄上坐好。

「妳等著，別再弄髒了腳丫子。」唐虞說著，竟走到水邊去替子妤拾起了鞋襪，又回到其面前，半蹲下來，從懷中掏出一張素白的絹帕，伸手捧住了一對裸足，輕手擦拭了起來。

感覺唐虞大手微溫，自己的一雙裸足卻有些顫抖了，子妤一口玉牙緊緊咬住，羞得有些不知所措，但看唐虞神色清朗，毫無齷齪之感，彷彿替她擦拭裸足是天經地義一般，只好忍住心頭那股羞赧異樣的感覺，乖乖地讓其為自己擦乾淨了足底，又穿上鞋襪。

做完這些，唐虞仰起頭，發現子妤雙腮緋紅，薄唇抿得緊緊的，羞赧怯怯的樣子有種說不出的旖旎媚顏，才覺著先前自己似乎有些逾矩了，拍拍手站起身來，自嘲地搖頭。「罷了，妳已不是當年的那個小姑娘了，我似乎也不該像以往那樣替妳做這些事的。」

說完，唐虞已然背過身去，執起竹簫，又吹奏了起來，想以此化解兩人之間的尷尬。

趕緊穿戴好，子妤理了理衣袍，又悄悄深呼吸了兩口氣，玉牙輕咬唇瓣，暗自提醒莫要多想。這些年來，偶爾自己也會來竹林玩水，常常都是唐虞替自己擦乾淨裸足再穿上鞋襪，對方從來都是坦坦然然，毫無一絲半點的邪念。

想到這兒，子妤的神情才清明了不少，看著唐虞背影挺拔，身形修長，還是忍不住暗嘆：這樣的男子還真是讓人難以漠視啊！在外人的眼中，他淡漠冰冷，嚴厲沈穩，可實際上，當他微笑的時候，彷彿連堅冰都能被融化，豈是溫潤如玉、和煦如風這幾個字能概括的？特別是他總對自己流露出細心和關切的一面，而自己已然是個二八年華的女子了，從前還能裝裝小孩兒，不用多想，可如今呢，兩人再如此相處，又豈止是尷尬，簡直就是曖昧至極啊……

簫聲一陣委婉而動之後又戛然而止，唐虞將竹簫別在腰際，轉頭過來，見子妤半垂著眸子低首瞧著眼前的水塘，一方秀緻的下巴正好在玉頸前映出一個陰影，越發顯得娟娟婷立、綽約生姿，確實已非自己印象中那個小丫頭了，不由得暗自提醒：以後還是保持些距離的好，免得平白惹出些不必要的誤會和尷尬。

這兩人雖然一句話都沒說，想法倒是有些不約而同，只不過，一個是春心萌動而不願，一個是謹守禮數而不知。因得對方幾乎算是看著自己長大，雖然年紀相差不過五、六歲罷了，可亦師亦長輩的感覺卻猶若一道鴻溝，切斷了某種可能。

懶得再多想，子妤抬眼，已經恢復了如常的笑意，眉眼彎彎地說著，一邊將食籃裡的東西擺放出來。「唐師父，我送來了茶水和糕點，您休息一下吧。」

唐虞也笑笑，拂去先前心中那抹異樣，畢竟眼前的子妤是自己看著從稚齡女童長到二八少女的，算得上半個弟子，以後注意些也就行了。伸手主動替子妤也斟了一杯熱茶遞過去，知道她在人前恭敬守禮，私底下卻還是那個性格不改、活潑靈動的姑娘罷了，便指了指對面的石凳。「妳也過來坐著吧，此處鮮少有人來，不用太過拘禮。」

「嗯。」乖巧地點頭，子妤隨即端坐在唐虞的對面。其實這些年來，她和唐虞已經很熟悉了，兩人時常在一起談論戲文，偶爾提及老戲的創新，還會爭執一番，相處下來，倒是少了那些輩分之禮，實則是亦師亦友的關係。

用了幾樣小點，見子妤閉口不提參加比試的事，唐虞主動問道：「怎麼，既然來了，卻又不敢求我讓妳參加十日之後的比試嗎？」

抬眼，子妤水眸眨巴著，輕緩地點了點頭，從懷中掏出一個荷包放在石桌上，推到唐虞的面前。「唐師父，昨兒個答應給你的謝禮，您看看滿意否？」

唐虞收了荷包，也不打開來看看，直接放入了懷兜。看著她一副小心謹慎的樣子，也不忍再逗她，搖搖頭。「罷了，三日後我會把名單呈報上去，若班主沒有異議，妳就好生準備十日之後的比試吧。或許，這也是妳僅有的一次機會了。」

不敢相信自己所聽到的，子妤睜大了眼，眸子中閃出韻動的光彩，好半晌才「噗哧」一聲笑出來，纖手捂住心口，表情一變。「先前我還以為要跪下求唐師父才能討得一個機會呢，卻沒想到您竟這麼爽快直接答應了。止卿說的不錯，您是早就知道班主的意思，昨兒個在湖邊又故意輸給了他的吧？」

見她露出真性情，唐虞也不想再裝作不知。「以那小子的騎術，恐怕再過十年才能贏了我。所以……算是吧！」

得到對方肯定的答案，子妤心裡暖暖的，話語裡充滿了感動。「唐師父，謝謝您。」

有意想要逗逗子妤，唐虞故意端正了臉色，清清嗓子，有些嚴肅地反問：「妳以為這麼便宜就能如願嗎？」

以為唐虞要反悔，子妤粉唇嘟起，也顧不得男女之別，伸手捉住唐虞的手腕，輕輕搖晃，撒嬌道：「唐師父，您要我做什麼都成，就請答應了吧。」

由著子妤在眼前撒嬌央求，唐虞除了暗笑這丫頭骨子裡還是個沒長大的小姑娘之外，也覺著挺受用，好半晌，才徐徐推開她的手，揚起唇角。「答應妳可以，不過要代替止卿幫我做一個月的藥丸子。」

「這好辦！」子妤激動地起身來，圍著小小竹亭踱步走上了好幾圈，細細叨唸著：「我每日上午替四師姊做活兒，下午就是自己練功的時間，不如每日黃昏過後我抽空到南院來，只是得悄悄的，免得四師姊知道了不樂意。」

唐虞未置可否，微微點頭，輕啜了一口熱茶。只不過聽見她提及塞雁兒，抬眼問：「怎麼，塞雁兒還是對妳來南院幫忙做事心存不悅嗎？」

不願背後說人是非，子妤勉強一笑，並未回答，只是有些事埋在心裡不吐不快，坐回到唐虞的對面，有些遲疑地啟唇道：「唐師父，你和四師姊，還有四師姊和大師姊，還有您和大師姊，你們三個，是不是以前發生過什麼事？為什麼我總覺得，你們之間的關係有些耐人尋味呢？」

未曾想到子妤會突然提及這等事情，唐虞捏著杯盞的手一滯，清眸微瞇，看著她認真探究的表情，終於還是搖搖頭。「妳怎麼突然這樣問？」

子妤明知道唐虞不喜她說此事，但心中疑惑不是一天、兩天了，趁著此時對方主動問及，自然要乾脆地講出來。「每每過來伺候您，我總要躲著四師姊，也該知道個緣故吧。」

不著痕跡地擺擺額首，唐虞凝神看著子妤半晌，沈沈道：「妳確實想知道？」

眨眨眼，子妤一雙水眸盼著對面的唐虞，即便不出聲回答，那答案，也是肯定了的。

章六十八　瑣憶當年

或許是這樣的清晨讓人忘卻了所固守的一些堅持，又或許面對子妤這樣清澈的雙眸讓人無法拒絕……總之，唐虞清了清嗓，竟果真將當年和金盞兒、塞雁兒三人之間的糾葛一一訴說出來，好教子妤清楚箇中因由際會。

唐虞的嗓音很沈緩，卻柔和朗潤，一字一句，猶若串線的珠子，讓聞者會有種漸入其中的感覺。

此時的花子妤就是這樣的感受，聽著唐虞細細說來，加之平素裡從阿滿處旁聽來的一些流言蜚語，腦中彷彿浮起了七年前，當金盞兒和塞雁兒還只是二八年華時，那段動人的風華。

身為曾經名動京城的古竹公子，少年時期的唐虞手神俊朗，玉面琉華，雖不是女色，卻仍能絕代傾城。而那時的金盞兒和塞雁兒，卻只是剛剛盛名在望的二等戲伶，上頭還有好幾個能壓著她們的師兄、師姊們，不如眼下身為四大戲伶的尊貴驕傲。

唐虞剛剛出道，同樣十五歲的年紀，卻已成為京中備受追捧的一等戲郎。每次演出，包廂內都會坐滿達官貴人，甚至京中閨秀們也會湊到一起來悄悄點了唐虞的堂會。且不說打賞，就是日日送來的演出請帖，就已經足夠花家班的下人們忙活一陣子的了。

但唐虞卻從不驕傲，與同期進入花家班的幾位師兄弟和師姊妹相處得極為融洽。那時的他脾氣溫和，對人總是微微含笑，不似現在的那般冷漠淡然。

所以不過十五歲的少年唐虞，漸漸成為了戲班裡女弟子們私下紛紛議論的對象，傾慕者眾多；每日拋送秋波、暗許芳心的女弟子能從花家班裡面排到街尾巷口都不止。

雖然戲班規矩，戲伶之間不得有私情，否則將會被逐出戲班，發配給人牙子轉賣。但私底下的愛慕和明裡的相好是不同的，規矩如鐵，也有縫隙可鑽，只要不出現苟且暗合之事，這些年輕弟子私下的你來我往花夷也並不阻止。而這些女弟子中最為大膽的，便是仗著身為班主愛徒的塞雁兒。

塞雁兒在同期的師姊妹裡年紀最小，和金盞兒情如姊妹，夜深人靜無法入睡時，她總會提及唐虞，那個清朗玉潤的美少年如何如何……每當這個時候，金盞兒只是含笑不語，也不勸塞雁兒死心，只說等大家都退下了戲臺，說不定塞雁兒真能與唐虞成就一段緣分。

十五、六歲的年紀總是愛幻想的，如花少女一般的塞雁兒性格爽利，開朗愛笑。唐虞並沒有發覺塞雁兒對自己有所愛慕，只是保持著師兄妹的關係交往著，但因為對方嬌憨可愛，年紀也最小，唐虞只當她是個小妹妹，平素裡若送來吃食糕點或是幫忙縫補衣裳，唐虞一概接受，並未有過任何拒絕的言辭或行動。

漸漸的，戲班裡傳出了些流言，說塞雁兒和唐虞互相鍾情，郎情妾意、柔情密意等等。

花夷雖不信，但傳言多了對戲班裡規矩要求也不太好。分析一番，覺著唐虞不是那等不明輕重的人，所以只找來塞雁兒加以詢問。

以塞雁兒的機靈，肯定不會承認，但也從花夷的口中得知，唐虞身分與眾不同，乃是前朝皇族的後裔，來花家班只是因為他喜好戲曲之藝罷了，也沒有簽下死契。花夷心疼塞雁兒，好言勸她死了這條心，因為就算將來退下，唐虞也不可能會安於留在花家班，娶一個戲娘做妻子。

得到花夷的規勸，塞雁兒黯然而去，當夜就把所知一五一十的告訴了金盞兒。金盞兒聽完，也和花夷一般，勸塞雁兒莫要再去招惹唐虞此人，免得將來落花之意付諸流水，白白浪費了情感。

可依塞雁兒的脾氣，除非聽唐虞親口拒絕，又怎會熄了懵懂初開的情竇心思？

第二日，塞雁兒就尋到了正要上場演出的唐虞，說出了心中所想。雖然對方嬌羞之下，意思有些含糊不清，唐虞聽完塞雁兒的敘述也知道了個大概，一愣之下正色拒絕了對方的兒女情思。

塞雁兒初開的情竇就這樣遭受拒絕，一氣之下自然又是向金盞兒哭訴一番。金盞兒替姊妹不值，便想著趁第二天和唐虞一起去出堂會的機會，再好生盤問一番，也替塞雁兒爭取一線希望。

金盞兒的這些心思，唐虞自然不知。他年紀尚輕，本來就對情愛之事沒有絲毫興趣，加之與塞雁兒是師兄妹的關係，怎麼也沒想到男女情事上。當時他只覺得塞雁兒行事荒唐，卻沒想到金盞兒又拿這件事來煩他，本不想多作理會，但那時的金盞兒頗有傲氣，言辭中指稱唐虞看不起同為戲伶的師妹，語氣也是忿忿不平。

二八年華的金盞兒雖然為人清冷，但向來視塞雁兒如親姊妹；其實她心中也對唐虞有些傾慕，卻因塞雁兒一再提及有多喜歡唐虞，自己也就逐漸把那顆騷動的芳心深深埋藏起來。這次塞雁兒被拒絕，金盞兒除了替她不平，總有種意氣之爭在裡面，只想得知唐虞是不是真的看不起戲娘們，將來會不會像花夷所言，徹底乾淨而毫不留戀的離開花家班。

她想問的，也不過是將來自己所抱的一個渺茫的希望罷了。

眼看堂會演出就要開始，主人家又是當朝的四品大員，絲毫耽擱不得，唐虞不得已只好答應下來再和金盞兒細說分明。

知道對方不過是敷衍自己，金盞兒當時腦子一熱，在演出中看到那官員望著唐虞的眼神有些淫靡邪意，對當時喜好男色的民風也有所得知，便心生一計，想藉此挫挫唐虞的傲氣。

中間歇息換場之時，金盞兒到側屋寫下一張字條，上書：得逢君，明珠蒙塵也終有重見光彩之時。落款：古竹親書，君且細品。

託了小廝交予那位官員，當下金盞兒就有些後悔。但想起唐虞骨子裡那種驕傲，又讓她下定決心要好生教訓一下他，讓他明白戲伶就是戲伶，即便花家班是宮制戲班，比普通老百姓身分隱隱高出一籌，也不過是供人取樂的戲子罷了。

正好下一齣戲裡，唐虞的唱詞中就有這句「明珠蒙塵，請君珍視」。剛唱到此處時，那位官員半借酒意竟當著幾位賓客的面起身來，一把握住了唐虞的手，舉起酒杯湊到他的眼前，臉色猥瑣地吐出一句：「且讓本大人替你拂去蒙塵，可好？」

以為唐虞會嬌羞推卻兩下就從了自己，畢竟對方送來書信挑逗在先，可哪裡知道眼前的古竹公子年紀雖輕，卻大力地猛然推開了他，並一把摔碎了酒盞，面色冷冷地拂袖而去。

這位官員在眾賓客前失了面子，自然把氣都發洩在離開了的唐虞身上。當即便命人前往花家班，要花夷將這個古竹公子給逐出戲班，發配賣了。

心疼弟子，花夷又是極為護短愛才，當夜就讓唐虞好生待在屋中不許出來，只派了陳哥兒找來人牙子，將一個買來不久的年輕小弟子給打發了，對外便宣稱古竹公子已被逐出戲班，終生不得再回戲臺子。

畢竟那官員的面子也不好看，只放話這京中戲臺上將再無古竹公子此人就罷了，至於對方是否真的被發賣，倒沒有深究。

回到戲班，冷靜下來的金盞兒才發覺自己先前的舉動既卑鄙又下作，若不說清楚，恐怕連覺都睡不好，只咬著牙又尋到了唐虞，把事情的先後一股腦兒的全交代了清楚。

本以為唐虞會大罵自己一頓，可對方只是冷冷地看著她，眼神裡流露出一種近乎於不屑和淡漠的情緒，讓她驀然間感到一股心寒，彷彿以前那個溫潤朗朗、面帶微笑的唐虞已消失，取而代之的是一個從未見過的陌生人一般。

其實唐虞並未過多責怪金盞兒，只是藉由此次事件，他選擇了用一副冰冷淡漠的表情來面對戲班裡的師兄弟及師姊妹們，免得再惹來一些不必要的麻煩。畢竟他當時選擇進入花家班，除了對戲曲的喜歡之外，只想找一個清淨的處所，遠離家族帶來的一些枷鎖和負擔。

這件事的起因，唐虞也沒有告訴花夷，只選擇了把「古竹公子」這個名字隨著流言蜚語而埋葬，並發下誓言，今生若無必要，絕不會再登臺，也不會再用「古竹公子」這四個字。

就此，唐虞和塞雁兒還有金盞兒之間便多了一層隔閡，和莫名的糾結因緣。

多年來，那塞雁兒是因為求愛不成，羞憤之下產生了些許的恨意，而金盞兒是因為心存愧疚，無法釋懷。

反觀唐虞，心中並無太多罣礙，畢竟臺前的五光十色非他所求。安於花家班一隅，做個教習師父，閒時研讀戲文、醫術，吹簫弄笛，倒比原來的「古竹公子」日子過得逍遙自得。

花夷知道唐虞心思不在臺前風光，心中是真心喜愛這個弟子；再加上接受了唐家捐贈給花家班一萬兩的學藝銀票，即便他一輩子在戲班裡白吃白喝都綽綽有餘，也不再多勸什麼，讓他做自己喜歡做的事情便好。

如此，唐虞便成為了花家班的一個特殊所在，明明身懷絕藝卻不登臺獻藝，雖是教習師父卻不去無棠院為低階弟子上戲課。因他心思清明，睿智懷謀，花夷倒是好生善用了他，戲班裡大小事宜均令其參與決策，久而久之，他二當家的位置便在眾人心目中確立了下來。

章六十九　竹林小聞

紫竹小亭中的氣氛舒緩寧靜，聽著唐虞講起當年之事，他語氣淡泊無擾，好似在敘述一個和他並不相干的故事。

子妤卻聽得入神，偶爾眨眨眼，卻是陷入對那個「古竹公子」的遐想當中：「真想回到七年前，親眼看看唐師父登臺的樣子啊……」

年方十五而名動京城，少年的唐虞又該是怎樣的一種風流姿態呢？是清朗若玉，還是英色逼人？

可惜，時光易逝，無法倒流，子妤也只有在腦子裡勾勒一番古竹公子的輪廓，雖然僅僅是想像而已，卻已經有些癡了。

看著子妤雙手捧著桃腮，清秀的眉眼間流露出一種對自己的極度眷戀。這樣的眼神他是熟悉的，從她還只是個半大丫頭時就會時常透露出來。

可現在的她已非當年那個稚齡女童，唐虞面對子妤如此毫不掩飾的情緒表露，微不可察地也有些迷惑了，好像心中存留了一抹遺憾：遺憾眼前女子不曾看到過自己當年在舞臺上的絕倫技藝；遺憾自己年少喜歡戲曲的美好時，未曾遇到過這樣一個真正的知己……

如此想法也只是一閃而過，唐虞便含笑甩甩頭，伸手輕輕點了點眼前還在迷濛遐想中的子妤。「好了，五年前在太后的萬壽節上妳不是曾見過我的演出嗎？不用再想了，七年過去，我也二十有三，不可能再有那種純然清澈的狀態來演出了。」

被唐虞寵溺的動作逗得俏臉微紅，子妤替兩人斟了茶，避免眼神對視的一絲尷尬，知道對方還是把自己當作小姑娘，可這樣的動作卻已經不適合現在的她，無論是誰見了，也會覺得有些親暱得過分。

可唐虞還是一如既往，態度平和坦然，面對已經長大成人的子妤，無論是說話的語氣，還是神態動作，不曾改變分毫，也不曾將其看作一個真正的女人……

沒有發現對面嬌人兒的胡亂心思，唐虞只捏著杯盞，環顧四周的春日美景，嘆息著春日光景果然誘人，連竹影也變得婀娜多姿了起來，池塘中原本波瀾不驚的水面也微微漾起了點點漣漪，彷彿有一群小蝌蚪在水下簇簇而游，尋找它們的母親。

長長地舒了口氣，回眸間，卻見子妤只抱著杯盞埋頭不語，露出一片光潔的額首，安靜中略帶嬌羞的樣子，讓唐虞想起一隻小貓，總覺得每次單獨與她在一起，都讓人有種無比慵懶的感覺，便朗聲笑道：「想什麼呢？髮絲都要掉到茶盞裡去了。」

抬起頭，子妤不好意思地笑了笑，纖指將額前垂落的兩縷青絲攏到耳後。「沒什麼，覺著此處安靜得很，好像能讓時光停駐一樣，絲毫感覺不到流逝。」

「妳小小年紀，怎的講出如此感傷的話？」唐虞談笑間已立起身來，走到亭邊，看著池塘中自己的倒影有些模糊不清。「我在花家班待了七、八年，也不曾覺得時光流逝。經妳一說，倒真覺著自己有些變了。」

「唐師父，你為何總說我小小年紀？」子好不依，也來到他的身旁，探頭望向水面。

「妳難道不小嗎？」唐虞一副長輩模樣，笑著側身，看她噘起小嘴兒，分明就是個撒嬌的小姑娘，忍不住伸手揉了揉她的頭。

子好抬眼，盯住唐虞的雙眸，清澈猶如碧潭無波，在裡面能看到自己的倒影，隨即語氣有些認真。「我已經滿十六了，也算及笄之年呢。唐師父也不過二十有三罷了，比我大不了幾歲。」

「哦？」唐虞哪裡看不出眼前的女子已經出落得亭亭玉立，只是這些年來習慣了她跟在身邊，像隻黏人的小貓，心中也難以將其當作成年女子對待，所以故意逗她。「我的子好真的長大了，如此鄭重提醒，難道要我找班主，替妳說親不成？」

「唐師父！」

子好從他略帶笑意的眼底看出他意在逗弄自己，不依地伸出粉拳打在其胸前，帶著嬌羞的紅暈，嚷嚷道：「為老不尊，您好歹也算我半個師父，哪有如此戲弄人家的。」

唐虞可不介意她捶打自己，只覺得撓癢癢一般，見她又是惱怒又是嬌羞的樣子著實有趣，仰頭哈哈一笑，便揚手捉住了子好的皓腕。「罷了罷了，以後我不拿妳當作小姑娘看待可好？」

被唐虞箝住手腕，子好掙脫不得，氣得跳腳，卻奈何對方不得，咬著牙正要反唇相稽，卻腳下一滑，感覺身子不由自主的就要往外側傾倒……

「小心！」虧得唐虞還沒放手，眼見子妤俏臉憋得通紅，身子卻不聽使喚一般竟往竹亭外側倒，嚇得他一把收緊了手臂，騰出一隻手來順勢攬住面前人兒的腰際。

這一瞬間，驚得子妤喉嚨被那口氣給堵住，半句話也說不出來，害怕似的睜大眼瞥了瞥水面，心想若是自己真跌落下去，那可就成了落湯雞，豈是一個「慘」字了得？

感覺現在還腳踏實地地站在亭中，子妤長吁了口氣，正要抬眼，才發覺自己一隻手被唐虞握住，一隻手竟無力地搭在了對方的胸膛上，而自己的腰際也被他環住，兩人之間的距離幾乎呼吸可聞，唐虞身上那股夾雜著藥香的男子氣息就像一張網把自己罩住，頓時連大氣也不敢出，深怕吸進一口，就會湧出一股子酥軟的感覺，會讓自己更加無力……

淡淡的幽香從鼻息間灌入，讓唐虞從先前的緊張中緩緩地回神過來，發現子妤正埋頭不語，呼吸間似乎有些侷促，身子還略微顫抖著，以為她嚇到了，趕緊鬆開手，關切地問：「怎麼樣，剛才是不是扭到腳了？快坐下讓我看看。」

說著，唐虞已經扶了子妤坐到亭中石凳上，蹲下身子，想要替她檢查腳踝是否傷著了。

子妤尷尬地收回腳，趕忙擺手道：「我沒事兒，就是差些落到水裡，嚇到了而已。唐師父您不用管，我在這兒坐坐就好，您先回去吧。」

「妳真的沒事兒？」唐虞見她臉上紅暈如霞，粉唇微張，水眸也是不停地眨巴著，像隻受驚的小兔子，但腳上確實並無大礙，只好起身來，覺著口中有些乾了，拿起杯盞飲盡茶水，拍拍身後衣袍沾染的灰塵。「既然沒事兒，那我先離開了。對了，正好兩日之後薄鳶郡主要來服藥就診，今晚黃昏過後就來一趟南院吧，我先教妳怎麼做藥丸。」

隨著聲音漸遠，唐虞的身形也已經消失在林間。

子好眨眨眼，玉牙猛地咬了下自己的唇瓣，告誡自己趕緊把腦中那些個亂七八糟的想法給趕出去，打起精神，看著時辰差不多到了午膳的時候，也起身來收拾了食籃，匆匆離開。

章七十　得償所願

春日的傍晚，微風輕送，吹在臉上就像絹絲拂面，涼涼的，但絕不沁人。沁園和落園的簡單古樸不同，庭院裡植滿了各色時令鮮花，圍攏著當中一方挑高的石台，上面擺了漢白玉雕作的一桌四凳，對於普通戲伶來說，單是這一套桌椅就夠他們贖身和置辦屋舍了，端的是奢靡無度。

主僕三人圍坐於庭院當中，面前擺了四樣葷素各異的精緻菜餚，還有一小罈紹興黃酒作陪，氣氛自然大好。

五年過去，塞雁兒也二十二歲了，卻越發的豐腴窈窕，媚眼如絲，嬌若春水扶綠，豔若桃李爭輝。現在的她，無論是扮相還是唱功，絲毫不輸戲班裡那些十來歲的年輕戲娘們，甚至在風流姿態、女人嬌媚上又更勝那些個小姑娘不止一點半籌。

在梨園這個行業，真正的絕頂戲娘，是不怎麼受年齡限制的，只要不超過二十五、六，薑還是老的辣；她們就像熟透了卻尚未被摘下的鮮果，能死死的吊住看官的胃口，唱功和表演猶如一鍋爐火純青的老湯，是越熬滋味越香。

同樣身為頂尖戲伶的金盞兒也是如此，她比之五年前要更加清麗雅致，身段纖柔，猶如扶柳，下巴尖尖，我見猶憐，青衣扮相甚為柔美甘潤。只是最近她老是說嗓子不適，推了許多堂會。

「四師姊，您多用些吧，近日清減了不少呢。」阿滿今兒個穿了一身芙蓉花樣的翠綠衫子，頭上別了一支粉色的花朵，整個人看起來精神奕奕，清麗嬌美。

「不，我可吃不下了，還是妳們多用些，最近伺候我也辛苦。」塞雁兒擺擺手，鮮紅的蔻丹襯著瑩白如玉的肌膚，就像雪中的一點紅梅，煞是耀眼奪目。

阿滿有些不好意思地笑了笑，看著塞雁兒用得極少，還是替她挾了兩塊芙蓉雞片到碗裡。「您多吃些，這兩日沒有演出，也不用餓著肚子。」

「唉！」塞雁兒紅唇微抿，眉眼間有一絲愁色。「我才不是因為想著有演出而吃不下呢，師父這次讓三等以上的戲伶在前院戲臺打擂，誰得了看官的喜歡才能去諸葛貴妃的壽辰上獻藝。說白了，就是讓我們這些個老人家不要主動去爭。」

「這倒也是，四師姊身為一等戲伶中的翹楚，早已不在前臺戲院裡登場多年，除了給達官貴人們出堂會，也就只接宮裡的演出。若是那些個看官知道花家班的四大戲伶竟要登上前院戲臺子，豈不是會把戲班的門面給擠爆了？」子好倒是懂事地說出了心中所想。

「還是子好機靈。」塞雁兒點頭。「師父這樣做，是讓我們這些人莫要自降身段和師弟、師妹們爭。也好藉著這個機會起來幾個鎮得住檯面的新面孔。」

子好笑笑，看得出塞雁兒其實並不願意真的放棄這次機會，柔聲勸道：「不過這次宮裡給諸葛貴妃獻藝，恐怕也少不了要四師姊您親自出馬才行。若說少了大師姊或者四大戲伶中的任何一個都可以，但花家班只有您最得宮裡貴人的喜歡，豈能漏了？」

塞雁兒星眸微睜，覺得子妤此話有道理，她自己倒是沒有多想過，如今聽子妤一說倒真是有這個可能，便嬌然一笑。「若是讓妳說準了，回頭賜兩串珠子拿去耍樂。」

子妤見塞雁兒正歡喜著，趕忙乘機探問：「只求四師姊答應件事兒。」

「喲，妳這丫頭也學會鑽縫隙啦！」塞雁兒纖手捂唇，倒也不介意，玉頷輕點。「說吧，只要是妳師姊我力所能及的事，都准了就是。」

靦覥的笑笑，子妤這才柔聲道：「是因為薄鳶郡主的病。唐師父說這些日子要為諸葛貴妃的壽辰演出作準備，可能沒什麼時間調製藥丸，按理可以交予別的弟子去做，但花家班的秘方一來除了班主或者花姓之外輕易不會外傳，二來，郡主和我交好，也不願把這樣要緊的事假手於人。所以，想求四師姊恩准我這一個月過去替唐師父製藥。」

一邊拘謹地小聲說著，一邊不停地打量塞雁兒的表情，子妤見她雖然眉頭微蹙，倒也沒有多大的不悅。

看來過了這麼多年，塞雁兒對唐虞的反感也少了許多，只沈吟了半晌。「去吧，知道妳大了，我也管不住了。不過妳常去也行，得幫我看著唐虞可有給大師姊開什麼小灶兒，或者有什麼偏頗的事兒，回頭告訴我，我才好找師父理論去。」

「知道了。」子妤得了准許，眉眼笑得彎彎如月，想著今夜就能過去南院見唐虞，心中升起一抹難掩的歡欣。

沁園的好氣氛也感染了子妤的心情，加上飲了兩杯黃酒，此時的花子妤桃面若水，笑意如絲，步履輕快地提著幾樣糕點便往南院而去。

日已西斜，夜幕微沈，這個時候前院的戲臺子已經開始熱鬧起來，五等以上的戲伶按照掛牌，該上戲的已經去了後臺準備，若沒有輪到上戲，也安安靜靜地待在後院休息。所以一路走來，子妤沒有見到幾個弟子。

等到了南院，倒是好些個師父們在大樹下乘涼。

戲班的師父們都是男子，年紀也不大，二、三十歲左右的居多，而且個個都好似文弱書生，一副綸巾長衫的打扮，畢竟教習戲曲是斯文人做的事，除非是武生師父，才顯得粗獷些。

其實十來個師父已經成家的超過半數有餘，他們晚膳前就可以離開戲班回到自己的屋裡，剩下三、五個並未娶妻的，平時閒暇便愛聚在一起吃茶論戲，或者和樂師們交流樂器上的心得，抑或者輪流唱唱段子，自娛娛人。

子妤進了南院便一一和幾個在吃茶閒聊的師父打過招呼，這些師父也是看著子妤長大的，對她很是親切，紛紛點頭微笑地回禮。見她又來找唐虞，都有些唏噓。「哎，要是我也收了這麼個女弟子就好了，過來給打掃房間，還捎帶吃食糕點，簡直像女兒一般，又像個貼心小棉襖。」

「什麼女兒?!唐虞也不過二十三歲，哪裡能把子妤當作女兒，最多頂上半個長輩就不錯了。」

說話的是一個身著青衫的年輕師父，擺擺手，看著子好窈窕而去的身段，有些感嘆。

不知道院子裡樹蔭下的幾個人在議論自己，子好來到了唐虞屋子的門口，此處正好位在一方安靜的角落，門前有個小廊角，擺了幾個藥爐子，方便他偶爾為生病的戲伶熬藥；前頭也植了些翠竹，如今長高壯了不少，隱隱將此處圍成了一個單獨僻靜的所在。

看到屋中燃著燭燈，子好輕叩房門。「唐師父，我是子好，請開門。」

唐虞正在研讀戲文，聽見喚門聲，只隨口道：「沒鎖，推了進來就是。」

推門，子好側身而進，順手將屋門關上，放下手中的食籃，一邊取出幾樣糕點。

唐虞放下手中書本，起身來替子好和自己斟了一杯茶，端坐在桌邊，看著燭燈暈染之下的人兒，發現她兩頰有一絲異樣的緋紅，便問：「怎麼，妳莫非飲酒了不成？」

捂了捂臉，感覺一陣微微的燙手，子好不好意思的點點頭。「陪著四師姊飲了兩杯，不礙事的。」

「等等。」唐虞說著起身，拿了茶壺將裡面的茶葉倒在門外，準備泡一壺解酒的蜜水熱茶給子好喝。

看著唐虞為自己忙碌，子好心中有些小小的感動，嬌嬌諾諾地笑著。「不用麻煩，我喝茶就好了。」

「妳不是想登臺嗎，嗓子不好生調養著怎麼成？」唐虞將備好的幾樣乾果放入小火爐上的沸水中，動作輕緩而優雅，側臉在爐火的輝映下被勾勒出一個有些迷濛的線條，俊朗卻又不失溫柔。

子妤一聽唐虞所言，有些欣喜。「難道班主答應了？」

將泡好的一壺蜜水茶提起來，唐虞為子妤斟了一滿杯遞過去，見她驚喜非常的模樣，點點頭。「嗯，先前我已經去了班主那兒一趟，將妳想參加比試的事告訴了他。原本他估計其他弟子會有議論，但班主也是愛才惜才之人，只略微思考了一下便答應了。不過這次若是不成，恐怕以後不好再通融第二次，免得壞了戲班的規矩。」

「我一定不會讓唐師父您失望的。」子妤得了同意，心裡哪有不高興的。雖然只有這一次的機會，但總好過絕無可能，況且這次一等戲伶們多半都不會參加比試，自己若另闢蹊徑，憑藉再世為人的那一丁點兒優勢，想要取悅外間的普通客人們應該不無可能。

想到此，臉上的笑意也逐漸明朗起來，子妤接過杯盞輕輕捧著，感激地看著唐虞，嘴上雖然不說，卻已下定決心，若能如願，回頭定然好生謝謝他，即便是一輩子替他製藥丸也是可以的。

「還好妳姓花，否則我還真不好找幫手。」唐虞從書案後的櫃子上取下一本古舊泛黃的小書，又拿了一個烏木匣子，一併放在子妤的面前。「這書裡記載的均是花家班百年以來蒐集的秘方，多為治風寒咳嗽以及調理嗓子的。這個箱子裡是郡主所服用的『百花蜜丸』配方，妳先打開來看看妳識得哪些，我好一一為妳說明。」

接過書，又瞧了一眼烏木匣子裡的瓶瓶罐罐，子好認真地一個個打開來聞一下，也不急著說出來，等全部都看完了，才整理了一下思緒，啟唇道：「我只識得百合、紫菀還有烏梅，另外這兩種就不識得了。」

「很好。」點點頭，唐虞還是頗為滿意，畢竟這些藥已然磨成了粉狀，原本就不易區分；要教子好製藥丸，若是對方沒有一點兒天分，也是件難事。況且花家班的事務越來越多，唐虞曾請示過花夷，有意要將戲班中擔任治療郎中的這個職責卸下，另尋合適的人來代替。奈何花家班的規矩，除非是花姓，或者班主、當家的，是不得讓外人翻看這些秘方的。

看唐虞滿意的笑意，子好也沒想到自己都猜對了，樂得莞爾一笑。「我都說對了嗎？」

「五種配藥妳識得三種，著實不錯。」唐虞指著另外兩種子好並未猜出的，解釋道：「百花蜜丸其實並非由百花所調，反而配料是極為簡單的。除了妳認出的百合、紫菀、烏梅，還有兩味藥是款冬花和百部，只因這些配料裡有『百』和『花』二字，所以才叫做百花蜜丸罷了。」

「這麼簡單……」子好拿起兩個瓶子又打開仔細聞了聞，有些不解。「我還以為秘方有許多奧妙的藥材呢，不然效果怎麼那樣好，讓郡主的咳症幾乎從未復發。」

唐虞將五個配料瓶一一擺放出來，順帶解答子好的疑惑。「其實，治病並非要猛藥，反而越簡單越溫和平性的藥材越有用處。若非如此，就算一時把病患治好了，也會虧損他本來的身體，揠苗助長罷了。」

輕點額首，子妤彷彿明白了，聽著唐虞為她講解這些醫理知識，也越發產生了興趣，加之唐虞嗓音如潤，令聞者安心，自然極為順當的接受了。

「百合甘苦澀，為斂肺主藥，款冬花味辛以舒其斂閉之餘邪，能散肺熱而除痰定喘。另外，烏梅酸鹹，酸以補肺而斂陰，鹹以補心而散血，亦補肺主藥。而百部苦甘，功專入肺，甘補苦泄，主治哮喘。最後是這紫菀性辛味苦，舒鬱熱而行痰止血。」說完這五味藥的特質，唐虞停了停，怕子妤一時消化不了，指著泛黃的小書。「這裡均有記載，妳可以回頭好生研讀。」

隨手翻看著，子妤邊聽邊點頭。

「百花蜜丸，有了這五味藥磨粉，還有一味重要的調和之藥，妳可知道？」唐虞有意考考子妤，說到此便以詢問的表情望著她。

子妤一點就通，脫口回答：「既然名叫百花蜜丸，應該是花蜜吧。」

唐虞點頭，笑容中看著她的眼神也越發的愛惜起來。「我沒看錯人，妳果然心性通透，蕙質蘭心。不如，妳拜我為師，學學這簡單的岐黃之術吧，也好教戲班裡的人知道，妳是我唐虞真正的弟子。」

「真正的弟子……」子妤一時啞然了，心頭滋味兒卻有些莫名，不知該一口應下，還是不應。

章七十一　契合相調

淡淡的月光從窗隙中透進小屋，比當中點燃的銅魚燈要清亮了許多，幽幽冉冉的，卻遮不住這春夜的脈脈風情。

對於唐虞一時戲言，子妤片刻思慮過後卻不願真的做他弟子，若輩分確立，總感覺有些彆扭。在子妤眼裡，寧願把唐虞看成自己亦師亦友的知己，也不願真成了他的徒弟，以後無論言行做事都得執以師禮，豈不麻煩。

見子妤久久不應，唐虞故意蹙眉道：「怎麼，莫非妳不願做我的弟子？」

擺手，不想讓唐虞誤會，子妤恬然一笑，輕聲道：「唐師父在我心中一直是兄長一般的人物，我也將您看作是半個師父。做不做您的弟子，難道很重要嗎？」

重要嗎？

這三個字猶如一石擊水，在唐虞的心湖裡激出了點點波瀾。

是啊！眼前的子妤是自己從十歲稚女看著漸漸成長，二八年華的她雋秀柔潤一如當年，輕靈聰慧卻更勝同齡女子。有時候看著她水眸中泛起的點點光華，流動著彷彿綿延了千年的天湖之水，平淡中有種超脫於世的安然和恬靜，自己就會有種錯覺，覺著面對的並非是一個妙齡少女，而是一個睿智於心的成熟女子。

就像她剛剛的那句話，也確實點破了一些自己執著的東西。為什麼非要收她為弟子？這些年來，她一如既往地稱呼自己為「唐師父」，哪裡又不是自己的弟子呢？

被子好反問之下，唐虞才明白過來，自己似乎落入了一種執迷於形的意念當中，不由得啞然失笑，連連搖頭擺手。「罷了罷了，還是妳看得比我清明無擾，妳我之間，何嘗不是師徒關係，也不用執著於形式。卻是我落了下乘。」

「想通了？」子妤眨眨眼，眉眼彎彎好似窗外的上弦月，心中也不知為何的，暗暗鬆了口氣。

「當然。」唐虞伸手拿起那本泛黃的舊書，一旦勘破便不會再固執於先前的想法，收起了笑容，面色認真起來。「好了，先前妳答對了我的問題，且繼續聽聽這百花蜜丸的製作方法。」

同樣收起笑意，子妤也乖巧的點點頭，睜大眼睛仔細看著唐虞和他所指的東西，一個字一個字地收進耳裡，記在心裡。

作為傳道者，能有一個明慧聰靈、一點就通的學生是一件樂事。唐虞看著燈燭下子妤充滿探求的目光，自然也知無不言地將所學傾囊授出。

「蜜能潤肺，止嗽生津。此藥丸取百合、款冬花而名百花，而蜜亦是百花之英。」說完，唐虞放下書頁，取出一瓶製好的蜜丸打開放在子妤面前，頓時一股清淡的香味飄然而出，聞之心神氣爽，絲毫沒有一點兒藥丸的苦味和辛辣。

捏著一小丸在手，子妤仔細瞧了，又靠近鼻端輕嗅之後伸手送到唐虞的面前。「唐師父，這蜜丸怎麼調和，快教我吧。」

輕輕摘下子妤指尖的蜜丸，唐虞將其放到一邊，指了指烏木匣子裡的一個拳頭大小的精緻白玉石臼。「其實很簡單，先將五味藥分別搗碎成粉，再放入少量花蜜調和，待陰乾一夜之後用手捏成丸狀即可。」

「我現在可以試試嗎？」子妤說著站起來，先拿了水盆到屋外淨手再回屋，有些躍躍欲試。

「稍等。」唐虞也起身來淨手，順便把燈芯挑了挑，又打開了些窗戶讓屋內變得亮些，這才取出石臼。「妳先將五個小瓶依次按書上所記載的分量一一倒入其中。」

在柔和的燭燈下，子妤的纖指顯得越發細白如蔥，她小心地將瓶蓋打開，按照書上所列分量一一將五種不同的藥粉倒入了石臼當中，最後才把放置花蜜的那個略大藥瓶拿在手中，準備調和。

花蜜有些黏稠，呈晶瑩的暖黃色，裡面摻雜了些細小的微粒，因為瓶口偏小，子妤剛剛將其傾斜了半分，瓶口濃稠的花蜜緩緩滴落，卻沒想後面的蜜液要稀薄許多，隨即便一瀉而出。

「小心。」唐虞在對面看得分明，見花蜜汩汩流出，趕緊伸手一把握住了子妤拿著小瓶的細腕，讓其止住傾倒的趨勢。

惶惶地看著石臼當中的花蜜，子妤忙問：「是不是我倒多了？」

「怪我沒說清楚。」唐虞認真地就著燭燈看了一下石臼中花蜜的分量。「瓶口處的花蜜會濃稠些，不好倒出來，後面的卻清了許多，一不小心就容易倒多了。這樣吧，我執著妳的手，妳且仔細感覺。因為花蜜若是多了，藥丸就沒法子調製成型，此步驟甚為關鍵。」

說著，唐虞已經放開了子妤的手腕，直接用手掌反握住了她捏著藥瓶的纖手之上，眼神盯著瓶口。「來吧，再試試，最多三滴銅錢大小的花蜜就該夠了。」

原本子妤就有些小小的緊張，這下手被唐虞一握，怦怦直跳的心好像已經不是自己的了，趕緊用另外一隻手捂住胸口，薄唇緊緊抿著，大氣都不敢出一口，只強迫自己集中注意力在瓶中的花蜜上，而非兩人手心手背的片刻相交。

或許感受到了子妤的緊張，唐虞也覺著這樣直接握住對方的手有些不妥，想到此，手上加快了動作，掌握著分量幫子妤倒入了三滴花蜜。「記著前後的量，下次小心些，不要再出錯了。」

說完，唐虞才不著痕跡地收回了手，感到掌心還殘留著半點滑膩觸感，側臉隨手拿起杯盞飲下了一口微涼的茶水，想要消除那一絲尷尬的感覺。

被唐虞手掌覆蓋的手背突然沒了那種暖暖的溫度，子妤也縮回了手，只乖乖地收拾好了幾個藥瓶，岔開話題道：「這下是否要拌勻了才行？」

「對。」唐虞特地拿出一張乾淨的布帕，取了開水燙過，抖抖不燙了之後才遞給子好

「擦擦手吧，我教妳怎麼揉製成丸。」

「不是要陰乾一天嗎？」子好接過布帕，擦著手，不解的問。

也不直接回答，唐虞來到書案前拉開一張細白的薄絹帕子，露出用瓷碗盛好的藥泥，端了過來。「明日郡主就該過來服藥了，這是我昨日備好的，來試試吧。」說著從烏木匣子裡拿出裏好的一支乾淨小勺，輕輕挖出指腹大小的一團。「攤開手心，動作柔和一下就行，這最後一步沒什麼太要緊的，只要揉出大小均勻、形狀規整的藥丸即可。」

依言伸手，把掌心朝上攤到唐虞的面前，子好看著他把藥泥落到自己手中，也不多想，就輕輕地用雙掌開始揉捏藥丸起來。

兩人也不多話，對坐著開始製作藥丸，不一會兒，瓷碗裡的藥泥都變作了一顆顆指腹大小的渾圓顆粒，倒也均勻。

拿起一個白瓷小瓶，唐虞將藥丸悉數倒了進去，用紅布木塞子封好，遞給了子好。「明日郡主過來，妳親自交給她吧。若知道是妳親手所製，她肯定會很高興的。」

「好。」子好倒也並未推辭地就塞入了懷兜裡妥善放好了。五年的相處，他們姊弟都和薄鳶郡主這個小妮子很是熟悉了，子好也把對方當作小妹妹一般看待，這下能親手為對方盡些綿薄之力，自然有些高興。

藥丸也做好了，唐虞眼看著並無其他事情，開口道：「時候不早了，把這蜜水茶喝了，就回去休息吧。」

起身來，子妤一口飲盡了唐虞親手為她泡的蜜水茶，雖然已經微微有些涼意了，但喝進肚裡卻有種甜滋滋、暖洋洋的感覺。

動手替唐虞收拾了桌面的烏木匣子，又用抹布擦乾淨，子妤這才乖巧地福了一禮，拿了那本記載秘方的舊書放進食籃，提了裙角邁步出了屋子。

待子妤離開，唐虞又獨坐了一會兒，只飲茶而不語，盯著燈燭眉頭微蹙，也不知在想著什麼。

章七十二　一夜思量

春日的夜晚倒也涼快清爽，門上叩響，唐虞起身過去，卻是鍾師父提了酒說要和自己打發打發閒散無聊的時光。

推開窗戶，唐虞讓夜風透進屋子，又給燈燭加了個薄絹罩子防風，再取出碗筷置好，兩人對坐，斟了酒，先一杯飲盡才開始說話。

鍾師父喝開了，說話間手一不小心卻打翻了一個杯子，唐虞連說「沒事兒」，俯身去拾，卻從懷兜裡掉出一個荷包來。

「咦？」

鍾師父眼明手快，一把撿了這荷包，拿到鼻端一嗅，淡淡的清香甘甜味道從中透出，聞著很是舒服，而且明顯是女兒家的東西，便促狹一笑。「喲，你什麼時候揣了這東西在身上。好像是香囊……」說著已經扯開荷包繫著的帶子，打算把香囊從裡面拿出來。

只看了一眼，才想起這是自己早前收的「謝禮」，唐虞正想解釋是子妤送給他的玩意兒罷了，可沒等話出口，鍾師父已經將香囊取了出來，就著燭燈下一瞧，臉色越發變得驚訝。「這……這可是『並蒂青蓮』的花樣啊，唐師父，莫非是哪個相好送給你的？」

蹙眉，伸手取過香囊在手，仔細一瞧，果然是一朵濯濯而立的青蓮，卻在同蒂上生出了另一朵較小的蓮花，雖不細看容易忽略，可燭燈一照，卻又清晰得很。這繡功精細靈動，那並蒂而生的青蓮活靈活現一般，上頭兩滴露水彷彿還在顫巍巍地往下掉落，這……豈不正是「並蒂青蓮」的圖案?!

有些不敢相信是子妤所贈，唐虞又仔細地翻看了香囊，見底部仍舊繡了一朵淺紫色的小花圖案，分明是花子妤慣用的標記。

見唐虞看得失神，鍾師父小聲打趣他。「怎麼了，看你意外的樣子，收了這荷包竟沒打開來看啊。嘖嘖嘖，我就說，唐師父可是咱們戲班的第一美男子啊，論樣貌絲毫不輸那些個年輕的戲郎們，又是戲班的二當家，身分不是一般，怎麼會沒有個相好呢？哈哈哈，告訴老鍾我，到底是哪家姑娘這般幸運，紅繡球都丟到你懷中了啊？」

唐虞收起神思，胡亂地將香囊塞回到懷中，敷衍道：「不過是隨手收的禮罷了，沒什麼要緊的，你別誤會。」

話雖如此，卻總覺著心裡有塊地方像是被人撒了一顆種子，如今春暖花開，好像也該發芽了，有些蠢蠢欲動的想要破土而出……朗眉微鎖，唐虞趕緊把心頭這種異樣的感覺打消掉。

「好好好，你不想提，我也不多問了。」鍾師父又是爽朗一笑。「只是到時候要提前通知我才是，我親手給你們做一個架子床當賀禮，哈哈哈！」

無奈一笑，唐虞只覺得有些蹊蹺，想著子妤那丫頭，難不成是送錯了對象？可止卿明明要的是荷塘月色的圖樣，而這青蓮也確實是自己曾要求的，到底，她是根本就不知道這「並蒂青蓮」寓意為何，還是……她對止卿有意，特別繡了這個花樣來表明心跡，卻弄混了送到自己這兒來了？

腦中輾轉反覆，怎麼也揮不去各種猜想，唐虞心頭悶悶的，乾脆陪著鍾師父多喝了幾盅，若是醉了，倒不用去琢磨這些個煩人的事兒了。

雖不經常飲酒，但唐虞的酒量極好。他身為戲班的二號人物，也常常陪著花夷一起應酬貴人們，練就了一副鐵胃，所以半罈子的燒刀子一般醉不了他。可不知怎麼的，今兒個喝了下來總感到頭有些昏沈沈的，心口也悶得慌、堵得慌。

既然睡不著，唐虞乾脆備好筆墨紙硯，把這幾日腦中構思好的新戲書寫下來，趕明兒個讓花夷看看，能不能在貴妃的壽宴上表演。

寫著寫著，夜色漸漸被一片迷濛的銀白所取代，灌滿了油的燭燈也「噗」的一下終於熄滅了。

唐虞抬起頭來，才發現自己竟一夜未曾合眼，心中醞釀了許久的新戲卻也沒有寫完，就卡在女主角的塑造之上，不由得搖搖頭，起身來到窗前，伸手推開了窗戶。

看著一輪旭日即將衝破濃霧阻隔的天際，心裡始終無法明悟，回頭看了一眼靜靜放置在書案上的那個荷包，裡面裝的正是子妤親手所繡的「並蒂青蓮」。

無論她是送給止卿的也好，或者並不知道這繡樣的寓意也好，自己又何必如此介懷呢？不過是小女兒家的隨心之作罷了，只要看好她別和止卿暗許私情便罷，其餘多想也是毫無用處的。

自嘲般地笑笑，唐虞已是釋懷了不少，回到桌前拿起一疊書稿，上面還有淡淡的墨香，裡面似乎還摻雜了一絲桂花的香味，仔細一看，想起這是子妤親手為他做的墨塊，黑色中有著點點金斑，正是隨了她自己的喜好，放入乾桂花粒子在墨中。

看著子妤從稚齡女童長成二八少女，她在唐虞心目中始終猶如這桂花，生於高冠的樹木之上，雖然嬌小輕盈綴於綠樹之間，卻讓人無法忽視，雖不如牡丹國色，卻在歸於泥塵之後仍然餘味幽香……

想到此，唐虞心中又有了些文思的萌動，低首看著自己寫下的新戲，裡面的女主角是個孤身一人來到紅塵中拚搏的女子，她外表纖弱，內心堅毅，雖不是國色天香，卻能在屬於她自己的舞臺上傾國傾城。

若是借鑒了子妤作為女主角的意象，或許別有洞天也說不定！

心中已有定論，唐虞頓時精神一振，將書稿放回桌上，取了墨筆。這個時候的他已然突破了瓶頸，薄唇微抿，腦中勾勒著子妤從十歲入戲班的樣子到現在，不假思索地把心中所想一一落筆。

直到雄雞啼鳴，旭日東昇，天色大亮之際，唐虞才終於完成了這部醞釀已久的新戲文。

臉色中掩不住有些激動，也不顧此時才清晨，推門而出，只想直接找到花夷，將此戲文給他評閱。若是可行，一個月之後的貴妃壽辰，定能將佘家班殺個措手不及！

快步來到花夷所居的單獨閣樓，此處離得紫竹小林也不遠，周圍種了稀稀落落的香樟樹，雖不成林，卻也清幽。

拾級而上，陳哥兒正好端了早膳過來，準備伺候花夷梳洗。瞧見唐虞一臉精神，忙招呼道：「唐師父，您怎的這麼早？」

兩、三步踏上閣樓的幾層木階，唐虞揚揚手中的戲文稿子。「連夜寫好了新戲，準備給班主過目，他可是起來了？」

陳哥兒點頭。「平日這時候還沒起來，不過這幾日班主心裡一直掛記著貴妃壽辰演出的事，晚上也不怎麼睡好，日日雞還沒打鳴兒就起來了。走吧，正好可以讓你勸勸他，讓他少操些心。」

「班主還是頗為憂心嗎？」唐虞倒是能理解，畢竟這次諸葛貴妃三十九歲的生辰乃是今年朝中最重要的一次宴席，容不得半點疏忽。加上佘家班咄咄逼人，陳家班又緊追不捨，花家班如今的處境可以用「岌岌可危」來形容，也難怪花夷如此憂慮揪心了。

「走吧，還勞您順便給班主瞧瞧脈。這幾日春寒，昨天還聽他咳嗽呢，如今身體也是不如以前了……」陳哥兒一邊說，一邊領著唐虞來到花夷寢屋的門口，知道班主已經起身，也不敲門，直接說了聲「班主，用早膳了」，便直接進屋去了。

章七十三　青梅竹馬

花夷做了花家班近二十年的班主，一直住在一方兩層的小閣樓上，名曰「無華」。小樓表面看起來簡單樸實，絲毫不顯鋪張奢華。

此處院子毗鄰四大戲伶的單獨跨院，中間隔了一片香樟林子，時常都能聽見他大清早在二樓的小平臺上吊嗓子。雖然年紀漸大，但其嗓音一如二八少女一般，輕柔婉轉，新嫩嘹亮。

聽見門響，花夷開門見是唐虞。「可有要事找老夫？」

「見過班主。」唐虞先恭敬地頷首福禮，這才含笑走過去，將手中文稿雙掌上呈。「連夜寫下了新戲文，還請班主看看是否適合在貴妃壽辰上演出。」

花夷頗為倚仗唐虞，見他推敲琢磨多時的戲文終於完成，心中一塊大石頭也放下了一半，將文稿拿在手中便迫不及待地翻開來。

新戲分了三個唱段，總共兩千多字，也不算長，花夷將文稿拿在手中一口氣看完，神色由凝重到輕鬆，終於在看完最後一頁後長長地舒了口氣。「甚好，這一齣【木蘭從軍】乃是取了《樂府詩集》中的〈木蘭詩〉作為原本改編，甫一開始有種熟悉感，可戲文內容卻別有洞天，讓人耳目一新，唱詞也頗有感染力，只是有幾處過場不太流暢，等會兒下來我親自再改一改。」

既然花夷對戲文內容沒有異議，唐虞也鬆了口氣。「我想趕著將此戲在貴妃壽辰之前排好，到時候定能將宗家班殺個措手不及。」

「不錯！」花夷的欣賞之情溢於言表。「諸葛貴妃善騎射，當年以馬上英姿得了皇上的喜愛。這齣文武兼備的新戲一定能讓貴妃滿意。」說到此，花夷神色立馬就興奮了起來。「宗家班上次用新戲和新人把本班彩頭給奪了不少，這次，憑藉你的新戲，咱們再從戲班裡選拔些新面孔登臺，一定能博個滿堂彩！只是……」

花夷慎重的翻看著戲文，琢磨一番之後發現了個問題，頓了頓，才道：「這裡面的主角兼具刀馬旦和青衣旦，不但是身段、功夫要求極高，唱功還要氣息極穩，恐怕戲班裡要能演出如此神韻的戲伶很難找到啊。」

唐虞其實心中早有人選，但擔心此時提出花子妤反而不適當。畢竟她未曾登臺，沒有經驗也沒有任何能讓花夷放心的理由，還是等七日之後比試完了再說，便閉口不言。

兩人又議了一會兒比試打擂的事，將細節敲定，唐虞才起身告辭，離開了無華樓。

過了午時三刻，花家班迎來了兩位貴客。

一位是薄侯千金薄鳶郡主，一位是諸葛右相的親孫諸葛不遜。兩人一如平常，每隔幾日都輪流來花家班走走，各自所求不同。

薄鳶郡主是藉著服食藥丸的機會找花家姊弟耍樂。花夷曾經想要將藥方子送與劉桂枝賣個人情，但劉桂枝並未接受，乾脆藉機帶著女兒在京城住下了，也好遠離侯府的那些紛爭，圖個清淨。而且薄侯每年也是要來京城裡住上一段時間，這京城侯府還不是劉桂枝作主，總比回去西北當二夫人好。

除了薄鳶郡主，這諸葛不遜則是一來就溜到樂師的住所與他們切磋絲竹琴弦的技藝，然後和子紓一起弄窯雞來吃，五年來頗有些樂此不疲。

每次子妤都帶著薄鳶郡主先去南院讓唐虞診脈，之後才到紫竹小林裡等著子紓和諸葛不遜，晚膳便一起在此用了。

四人不論身分高低，不分彼此厚薄，倒也培養出一種與旁人不同的特殊情誼來。

眼看黃昏將近，子紓已經將窯雞和白麵饅頭擺上了桌，與兒時不同的是，還有兩壺諸葛不遜從府中帶來的杏花村汾酒，甘洌清爽，猶若甜水，一點兒也不醉人，讓薄鳶郡主和子妤雙雙喜歡得不得了。

「來來來，先喝一杯。」子紓擼起衣袖就開始吆喝，拿起酒杯一飲而盡。

子妤伸手打了他一下，罵道：「就你貪杯，郡主和遜兒連杯盞都還沒摸到呢。」

咧嘴一笑，子紓抬起衣袖抹了抹唇。「你們動作太慢，我喝了三杯你們才喝了一杯，不能怪我。」

「是不怪你。」雖說現已十五，勉強算得上個弱冠男兒，但諸葛不遜還是一副老氣橫秋的樣子，玉面之上表情缺缺，只是唇角微微牽動了一下，雙目更是一如古井，毫無半點波瀾。「也不知你和子妤姊是不是親姊弟，不但模樣不像，連性格也是千差萬別。」

「沒關係，你喝你的。」薄鳶郡主倒是沒有附和諸葛不遜他們一起數落子紓，甜笑著替他又斟滿了一杯。同樣是十五歲的年紀，小時候那種羸弱病態已經完全看不出了，桃腮緋緋，不再是異樣的潮紅，模樣也娟秀斯文，細長含水的眼，柳葉微挑的眉，一張嬌俏無比的小臉兒，端的是我見猶憐。

「郡主莫要縱他。」子妤伸手敲了敲子紓的腦袋瓜。

撓撓頭，被姊姊說得有些臉紅，子紓才訕訕笑道。「好嘛，姊既不許我喝多了，那我今兒個就只喝十杯……哦，不，八杯，只喝八杯，好不好？」

子妤終於憋不住了，「噗哧」一聲就笑了出來，捏了捏他的臉。「羞不羞，這麼大的人了還在姊姊面前撒嬌，真是讓遜兒他們看笑話了！」

有了子紓這小子的貪酒傻鬧，席間氣氛也越發的好起來了，大家酒足飯飽之後，子妤才從懷中掏出昨夜在唐虞處趕製的百花蜜丸放在薄鳶郡主的面前。「這裡面有十二粒藥丸，可是我親手在唐師父的指導下做的，算起來足夠郡主服用近半年。唐師父說了，您現在病情已穩，倒是無須每隔七日前來看診，只是平常要注意休息，別累著了，尤其不能染了風寒，否則肺氣受涼，咳症便會輕易復發，萬萬小心。」

點頭，薄鳶郡主將藥瓶收了，眨巴著眼。「多謝子妤姊為我操心，不過我還是想每隔七日過來找妳和子紓玩兒。在侯府裡，丫鬟、婆子們都讓著我，去宮裡探望皇后娘娘，那些公主們又一個個鼻孔朝天，一點兒也沒意思。還是此處樂得清閒，你們對我也視如常人，沒有將我當作病秧子那般看待。」說著，郡主的頭已經埋到了胸口，還側眼悄悄瞥了一眼子紓，竟是有種脈脈含情的小女兒姿態流露出來。

這一幕讓子妤看在眼裡，笑容之下不由得有些僵了，心中愕然，難道這身分無比尊貴的薄鳶郡主，竟看上了自己的弟弟？

想到此，子妤眼眸微沈，心中泛起一絲後悔。

後悔不該讓子紓如此接近這個薄鳶郡主，諸葛不遜還無妨，對方是男子；可薄鳶郡主不同，她自幼患病，身子羸弱，從小到大接觸的同齡男子又有限，女子都希望有安全感，相比起弱質斯文的諸葛不遜，自己弟弟那般英武颯爽的樣子恐怕才是她所喜歡的。而且「日久生情」這四個字可不是空穴來風，少男少女若不是彼此實無好感，便很有可能情愫暗生。

有些懊惱地咬住唇瓣，子妤暗暗責怪自己，已是再世為人，怎麼會忽略了這些本該極為敏感的男女之防。自己心裡年齡自是不會有什麼「青梅竹馬」的感覺，卻沒顧及到眼前的三個小傢伙，從小到大接觸頻繁，青澀的果實已然泛出紅暈，眼看就要萌出春芽。

若是任其發展結出秋實，害的恐怕除了自己的弟弟之外，還有整個戲班的名聲！

看來，在以後的交往中，自己要多注意一些，至少要把子紓那顆剛剛破土萌動的春芽給拔了才行。

至於郡主，有些話雖不便明說，但若是有機會也得點醒她一下。

起身來收了碗筷到食籃裡，子妤覺得還是早些結束今日的聚會才好。「郡主，這個時候翠姑該來催您了，早些回去，免得夫人擔心。」

薄鳶郡主點點頭，有些不捨地看了看這方小小天地。

「真希望日日都能在此，咱們一起吃窯雞、喝汾酒，無憂無慮，也不用擔心那些個無聊的事情。」

子妤故意逗笑道：「下次換我們過去，郡主可要好生招待。」

四人前後走出小竹林，免不了要經過四大戲伶所居跨院周邊的小迴廊。

子妤在前頭帶路，薄鳶郡主親暱地挽住她的手臂，隨後緊跟著是閒談不絕的子紓和諸葛不遜。

四人剛過了連接小竹林和跨院的抄手遊廊，迎面而來一個青衫如畫的女子，對方先是一愣，隨即綻出柔和笑顏，端端上前一步，福禮道：「青歌兒見過薄鳶郡主，見過諸葛小少爺。」

面對恭敬有禮的青歌兒，郡主和諸葛不遜兩人卻只是淡淡一笑，連半分也未停頓地踱步而過，似乎並未將其看在眼裡，子紓點頭回了個禮，也趕緊追上了諸葛不遜，繼續語氣熱烈地談說著。

只有子妤停下步子，端正地頷首福禮，正想啟唇客套兩句，卻聽得前面的薄鳶郡主喊道：「子妤姊，妳快來呀。」

「青歌兒師姊，您慢走。」一子好無奈，只好匆匆拋下這一句，才扭身快步迎了過去。

臉上保持著一如既往的微笑，青歌兒看著四人走遠的背影，眼底卻掠過一抹不易察覺的複雜情緒，一轉身，也挺直了腰背，走往大師姊所在的落園。

章七十四　非議難消

自從花夷公佈了本次貴妃壽宴的演出可以由三等以上戲伶在前院戲臺打擂，誰若是拔得頭籌就能作為主角入宮登臺，花家班裡猶如一石擊水，激起了弟子們的熱切討論和無休無止的練習。

三日的報名之期已到，名單被唐虞貼在了無棠院的粉牆之上。

不出所料，上面果然沒有四大戲伶的名字，超過二十歲的幾個一等戲伶也自動自覺地放棄了這次機會。看來，花夷私底下曾一一勸過這些早已成名的弟子，讓他們把機會讓給師弟、師妹們。

算算名單上不過十來個名字，如意料之中，青歌兒、紅衫兒、止卿、子紓，這四個新晉弟子中的翹楚一個不落地出現在上面。前三個是名副其實的三等以上弟子，只有子紓，聽說是朝元師兄找到班主，為其爭得一個名額。

畢竟除了朝元，戲班的武生有些短缺，子紓若不參加，戲臺上的武戲就無人可演。因此他能憑藉四等戲伶的身分參加比試，旁人也無法議論什麼。

只是當大家看到名單中竟赫然出現了「花子妤」三個字時，表情實在是有些驚訝加難以置信。

身為四師姊的婢女，從花子妤離開後院的那一天，她就已經脫離了花家班戲伶的範疇。雖說也是弟子，但她既不用一階一階地往上熬，也不用參加平時練功。這五年，她雖也一日不缺地學了戲課，可那只是班主額外恩准讓其旁聽罷了，兩年一次的晉級考評可從沒有她的分兒。

弟子們瞪大眼睛，議論紛紛，按理說她既不是三等以上弟子，也並非可以登臺的戲伶，怎麼她的名字會白紙黑字的列在榜上呢？

可落款處「花夷」兩個大字並非作假，既然班主並未阻攔，這些個弟子就算再怎麼不理解，也只能私下低語非議罷了，倒並不敢真站出來質疑什麼。

但這些人裡並不包括紅衫兒。

當她昂頭與青歌兒攜手來到人群中，聽見弟子們小聲的竊竊私語還有些不信，一把撥開了人群往前望去，果然「花子妤」三個字在最下面，雖不顯眼，可真真切切，絕不可能是自己看花了眼。

青歌兒步子倒是不疾不徐，四周的師兄弟、師姊妹們也主動讓開一條道，紛紛朝她恭敬地含笑打招呼，態度頗為友好，也隱隱顯出她在戲班裡新晉弟子中的領頭位置。只是等她來到紅衫兒身邊，仔細一瞧那名單的時候，才神色微變，發出一聲「咦」。

紅衫兒壓不住的怒氣和驚疑，一手拉了青歌兒師姊，一手伸出青蔥似的玉指，戳在花子妤的名字上。「青歌兒師姊，妳看看，怎麼那花家姊弟都通過了報名？他們明明一個是四等弟子，一個是四師姊的婢女，師父不會眼花了沒看清楚就簽了名公佈出來吧？」

略點了點尖削惹人憐的下巴，青歌兒並不像紅衫兒那般露出不可思議的表情，只抿住薄唇，眉頭微不可察地蹙了蹙，半晌之後才輕輕拉了紅衫兒的手，走出人群來到角落處，四下看了看，輕聲道：「既然是班主決定，那就不會有錯。只是不曉得他們姊弟到底憑藉什麼而入選此次前院戲臺的比試。或許……」

有意頓了頓，青歌兒垂眼掃了掃紅衫兒一副被什麼東西給梗住的樣子，柔聲一嘆。「罷了，先前我還看到花家姊弟和薄鳶郡主還有諸葛小少爺一併從小竹林裡走出來呢。許是他們求了這兩個貴人幫忙說情吧，班主也拉不下臉拒絕的。」

「豈有此理！」紅衫兒氣呼呼地雙手扠腰，嬌容一怒。「咱們一階一階熬過來，不知道多辛苦才成為三等以上的戲伶，這才有了機會可以嶄露頭角。可他們姊弟倒好，以為伺候了幾年郡主和諸葛小少爺，自己就跟著成了貴人嗎？靠著攀附權貴來取得機會，真是小人之徑，著實讓人不齒。」

見紅衫兒越發激動，青歌兒卻還是聲若細蚊，柔柔怯怯，吐氣如蘭。「人比人，氣死人，誰教咱們當初沒有去巴結到郡主或者諸葛小少爺，只日日夜夜不停歇地練功吊嗓。不過話說回來，就算班主格外開恩讓花家姊弟參加比試打擂，恐怕最後的結果也只有一個……」

「什麼結果？」紅衫兒顯然氣得不輕，豐滿的胸脯上下起伏著。

青歌兒卻依舊不疾不徐，聲如婉啼。「大家憑本事相爭，到時候是騾子是馬，拿出來溜溜才知道。」不過此言卻也顯露出了她心底的一絲不平衡，語氣刻薄。

紅衫兒鳳目流轉，倒沒發現平素裡和善文靜的青歌兒師姊也有這樣的一面，只跟著點點頭，勾起紅唇一笑。「也對，憑得他們諂媚糾纏班主得了個機會而已，最後可是要拿出真本事來比試。聽說七日之後的擂臺，唐師父請了戲班的老看官們作評，不多不少只有一百個，他們可是老戲精，一個個火眼金睛，比那些個達官貴人們還要識貨。到時候，看他們姊弟倆不當下怯場才怪，特別是那個花子妤，幾乎從未登臺，學了五年的青衣旦又如何，論扮相不如我等，論嗓音更是不如我等，咱們就走著瞧，看誰才能笑到最後！」

說完，紅衫兒心裡的怒氣也散了許多，眼神中充滿了自信，和青歌兒告辭之後，柳腰一擺，就邁著大步去了「無華樓」，準備找花夷問個清楚明白，也好消消心裡的火。

這邊青歌兒也不耽擱，看著紅衫兒的背影收斂起了笑意，心中悶哼一聲，也轉身去了落園，準備找金盞兒指點一下她參加比試的唱段，好藉此機會一舉成為新晉弟子中真正的領頭弟子才是。

與此同時，子妤還在沁園給四師姊浣衣，打算替她備好下午的糕點再去無棠院看看，到底名單張貼出來沒有。雖然唐虞口頭上說了，但沒有親眼看到白紙黑字上自己的名字，心裡始終還是有些放不下。

剛收拾妥當，子妤回屋換了身水色的裙衫，點點綠萼綴於袖口裙角，雖然舊些，卻是她極為喜歡的一件衣裳。腰帶繫好，露出纖細單薄的身形，又對鏡將一頭青絲重新綰好，仍別上那支唐虞相贈的沉香木的簪子，雖然上面的點翠已經掉落了星點，但她從來捨不得換下。

「子好呢？子好……」

聽見外面傳來阿滿的喚聲，子好趕緊理好服飾，推門而出。「阿滿姊，我在這兒呢。」

阿滿一臉笑意，上前拉了她的手腕，面色興奮地道：「走，聽值守的劉婆子說整個戲班都議論開了，妳和子紓都被獲准參加七日後的比試呢。我這就陪妳去親眼瞧瞧，若是真的，今晚一定要加幾樣菜大夥兒好生慶祝一番！」

聽見消息，子好已經高興得不知該說什麼，玉顏之上綻開了掩不住的笑意，任由阿滿牽著自己往無棠院匆匆而去。

一路上，除了少數幾個人神情有些酸溜溜的，兩人所遇到的弟子和教習師父均主動開口道賀，幾個相熟的更是真心替她高興。

雖然子好並非一階一階升上去的弟子，但平時的戲課、練功，可從未缺席過，甚至比好些個弟子都還要努力。看在眼裡，大家心裡也明白，這是花夷給花子好的一次機會罷了。至於她到底能不能真的憑藉這個契機扶搖直上，成為真正的戲伶，一切都還是未知數而已。

不過對於曾經和花子好同屋的杏兒等人來說，心中的妒忌可就不只是一絲半點了。因為資質平常，她們辛苦萬分才熬到如今的境地，可花子好不過是四師姊的婢女罷了，竟能和一眾三等以上的弟子同臺比試，單單這份榮耀，就算最後未能如願，也足夠讓杏兒她們垂涎不已了。

所以當杏兒和幾個當初與子妤同屋的姑娘正好迎面碰上她時，對方的臉色就不僅僅是妒忌了，那種憤慨又含酸的表情，讓子妤一句話也沒法說，只好將笑容收斂，匆匆對著幾人頷首打過招呼，便跟著阿滿離開了。

剛才被人用那樣的眼神凌遲了一番，子妤臉上的笑意也消退了兩分。看著來往的師兄弟、師姊妹們，她知道自己能獲得特殊待遇完全是因為唐虞，若是被人知曉，恐怕免不了一番口舌唾罵。所以暗自提醒自己，一切還是保持低調的好。

與阿滿姊攜手來到無棠院，弟子們已經走得所剩無幾。但凡上了名單的都趕緊去練功，逗留在此地的多是三等以下的弟子，因為資格限制無法參加比試，大家也只有口頭上羨慕這些能參加的師兄和師姊們。

當眾人瞧見大家口中所議論的主角出現時，原本鬨鬧的院子卻突然噤聲了一般，只齊唰唰地看向了兩人，大家神色各異。

「子妤，恭喜妳。」

撥開人群，竟是茗月從後面閃出身來，歡喜地攬住了花子妤的手臂。「真沒想到妳也能參加比試，咱們都好生羨慕呢。」

其餘的師兄弟、師姊妹都冷眼瞧著茗月上前道賀，沒有什麼興致湊上前去捧花子妤，再看下去也沒什麼意思，便三三兩兩攜手離開了，免得多待上一刻，多受刺激。

被其餘人等用這樣的眼神掃過，子好面對著笑意誠懇的茗月，心中越發覺得難得。

不過眼前的茗月讓子好看在眼裡卻覺著心裡頭有些酸酸的，因為她不過才十七歲的年紀，本該青蔥絢爛的大好歲月，卻猶如一朵經過風霜的花朵，花瓣兒上斑斑駁駁，留下了點點殘痕。

戲班裡的姑娘哪個不是養得水靈靈、清透透，且不說個個美若天仙，單是膚色紅潤、體態婀娜已是基本。茗月本該也是如此，若不是她母親突然臥病在床，按照她的資質和悟性，也早該熬上五等以上弟子的位階了。如今原本二八年華的一個如花少女，站在一群花樣少女中間，竟顯得滄桑老態了不少。

子好估計，再這樣下去她扮相不好看了，就算當上五等以上的戲伶，在前臺上戲恐怕也得不了多少的打賞。

攏了攏耳旁散落的髮絲，從子好的表情中茗月也看出了對方的一絲憐憫，故意憨然一笑，笑容透著股堅毅，眼中也有著掩不住的羨慕。「先前聽杏兒她們提及，我還不信呢，過來一看，果然有妳的名字，真好！」

抿唇，子好反過來拉住茗月的手，順口道：「我和妳們不一樣，妳能一步步熬上去，至少有個希望在那兒擺著，即便現在還不到時候，總有個指望。這次機會是我求了好久，總算班主鬆口答應了，也算是給我留個希望。」

茗月聽了卻有些替子好不值。「話雖如此，可妳的努力咱們都看在眼裡，每日練功、學戲可沒有少過。且戲班規矩並沒有明定不能讓師姊們的婢女參加演出，所以班主也是覺著委屈妳了吧，才點頭答應讓妳試試。既然有了這機會，可要好生抓住，免得將來後悔。」

被茗月反過來安慰自己，子妤有些不好意思，含笑點點頭，見她臉色比之前又蠟黃了不少，擔心地問：「這些日子阿滿姊身子微恙，我忙著照顧她，也沒機會去探望伯母，鋪子上還好吧？」

「還好。」茗月眼神一黯，彷彿不願多提。接著三人又一起說了會兒話，子妤說要去謝過唐師父幫忙，各自告別也就散了。

章七十五　水眸迷心

半開著窗戶，迎進來春日午後的絲絲暖風，南院屋中，唐虞正好在按照花夷的意見重新修改戲文。

聽見外頭幾個師父和花子妤打招呼，唐虞不自覺地泛起一抹淺笑，也不停筆，繼續寫著新戲。

子妤正準備伸手叩門，卻發現沒鎖，輕輕推開，邁步而進，發現唐虞正在右手邊小隔間的書案後埋頭寫著什麼，身側的窗戶透出絲絲清風，拂起他散落的幾縷黑髮，纏纏繞繞，飄飄揚揚。

看得有些挪不開眼，子妤緩步上前，正好此時一道暖陽也隨之照了進屋，為唐虞的側臉打出一個陰影，只有高挺的鼻尖恍若一點晶瑩掛在上面，反射著淡淡的微光。

不能否認，唐虞是子妤有生以來見過長得最為俊朗溫潤的男子。黑眸間掩不住的淡漠，朗眉不經意的微蹙，總讓人想要伸手替他撫平這絲暗含的憂傷。

知道子妤進來了，卻沒聽見她說話，唐虞終於還是抬眼，對上她有些迷霧遮掩的水眸，有些不解的開口道：「怎麼，來了也不吭聲？」

臉上一紅，子妤才從先前的沈醉癡迷中回神過來，虧得離了比較遠，想來唐虞不會發現自己的異樣，趕緊道：「看唐師父在寫東西，不敢打擾。」說著，轉身回了小廳的茶桌前，藉著斟茶倒水的片刻時間調勻了呼吸，這才托了一杯茶盞走過去。

「正好，本想找人去叫妳，既然來了，拿去瞧瞧看看這戲文如何？」唐虞將手邊一疊文稿遞給了子妤。

狐疑的接過在手，子妤且先放下，忍住沒看，轉身過去取了清水研好墨，這才退到一邊，眸子笑如彎月。「唐師父，我過來是要給您道聲謝的。今兒個看到名單了，果真有我的名字呢。」

抬眼，見她額上細汗點點，桃腮緋紅，分明是趕著小跑步過來的，唐虞笑笑。「怎麼，先前我就說幫妳求班主，妳卻還一直抱著懷疑的態度。如今見了白紙黑字才放心了不成？」

不好意思地抿抿唇，子妤含羞一笑。「人家是怕班主不答應，所以才……」被唐虞說得羞了，也不知接什麼話，乾脆不說了，回身坐到桌前，拿起文稿仔細翻看。

唐虞知道她面皮薄，也不繼續打趣她，埋頭自顧自修改戲文。

細細把這疊文稿一頁頁地看下去，可越看子妤的表情就越驚訝，好半晌之後，才緩緩抬頭。「這一齣【木蘭從軍】可是唐師父您琢磨的新戲？」

「對。」唐虞也不抬眼，仍舊伏案寫字。「妳先別問，仔細看看裡面的角色和唱段，好生琢磨一番。」

強壓著心中莫名的欣喜，子妤答了一聲「哦」，這才埋頭又仔細讀了起來。

在唐虞的筆下，娓娓道來一個鮮活獨特的「木蘭從軍」故事。花木蘭年方十六便易釵而弁，離家代父從軍，當中經歷環環相扣，酣暢淋漓。特別是木蘭這個角色，既要扮旦角，又要扮生角，還得要有刀馬旦的基礎；除非是涉獵這幾個行當的戲伶，否則一般人實難駕馭。但偏偏如此，才更顯得此戲精彩！

雖然手中只有前半段戲文，但看到這裡，子好心裡的震撼和興奮已是難以言表的，當即抬眼想將心中所感訴予唐虞，發現他仍在認真地埋頭書寫，只好忍住了心頭的萬般言語，起身來將文稿一一疊好放在書案前，只拿了墨塊加入半點清水幫他研起墨來，並未出言打擾。

過了約莫一盞茶的時間，唐虞終於停筆，吹了吹紙上的墨痕，抬眼看到子好在一旁替他磨墨，順帶端茶倒水，心中一暖，覺得有個書僮在身邊幫忙也不錯，笑道：「過來，說說妳對這新戲的看法吧。」

隨著唐虞起身來到茶桌前坐下，兩人面對面，子好只略微思忖了一下，清清嗓子便朗朗開口道：「木蘭者，舊時一民間女子。可汗點兵，因其父名在軍書，與同里諸少年皆須當行。其父以老病不能行，木蘭乃易男裝，市鞍馬，代父從軍。溯黃河，度黑山，轉戰馳驅凡十有二年，數建奇功……」

說著說著，子好原本平靜下來的情緒又被自個兒給挑動了起來，音量也逐漸拔高，雙眸中閃動著微光。「『雄兔腳撲朔，雌兔眼迷離；雙兔傍地走，安能辨我是雄雌？』若是這個花木蘭的角色演好了，舞臺上定會滿場生輝的！」

說到最後，她乾脆站了起來，學著腦子裡所想像的花木蘭轉戰沙場，二指伸出來捏了個漂亮的手勢，一個回身動作瀟灑漂亮，可顯然有些太過得意而忘形了！

看著子好一招一式確實有些英氣逼人的感覺，唐虞也禁不住有些來勁兒了，起身來雙手拍響，讚道：「妳的身量和氣質，倒真如木蘭一般，柔弱與堅毅兼具。如何，對這個角色，有信心嗎？」

被唐虞一問，子妤這才收了勢，玩笑道：「剛剛您也說了，論高度和身段，我很適合扮這花木蘭。而且我看這戲文裡旦角的唱詞少，唸白表演居多，而且還有不少刀馬旦的武戲……若是我來演，呵呵，說句大話，肯定也差不到哪兒去的。」

「那妳明兒個過來試試吧。」唐虞隨口接了話，看著她會作何表情。

愣住好半晌沒有反應，子妤腦中只覺得亂哄哄的，唐虞那句話自己聽得分明，可總覺得不像是真的，只好反問：「您……說什麼？」

唐虞就知道她會是這副不可思議的呆樣兒，唇角微微一翹，含笑道：「怎麼，剛才不是還挺有信心的嗎？我真讓妳演這花木蘭，妳倒怯場了不成？」

檀口張啟，大到幾乎可以吞下一個雞蛋，子妤面上的表情已無法用「震驚」二字來形容了，那是一種難以言狀的激動和無法自制的狂喜。

等她意會過來唐虞此話的意思，腳下一蹦，雙手一伸就撲進了他的懷裡，歡喜中夾雜著淚花閃閃，含糊地大喊道：「我一定不會辜負唐師父的信任，您真好，真是太好了！」

被子好突然的動作嚇了一跳，但唐虞能真切的感受到她這是真情流露罷了，就像個小孩子太高興後也會撲到大人懷裡撒撒嬌，彆扭過後倒也坦然地接受她的親熱動作。「看妳，事情還沒落實呢，先別顧著興奮。」

說著，伸手撥開了子好環在自己頸上的手腕，穩住她的雙肩，一字一句地道：「妳可得想好，這雖然是個機會，但唱新戲的風險絕對比老戲大。前臺的看官們接受不接受，全靠戲伶的演出，他們的個人喜好會毫無遮掩的表露出來。畢竟陌生的唱段和表演容易讓人產生一種距離感，沒有聽習慣了的戲文來得順耳。」

子好對自己先前的舉動也回神過來，臉上也不知是羞赧還是因為太過激動，兩團紅暈久久不散，只毫不猶豫地狠狠點頭。「只要你信我，我就一定能演好。」

「我若不信妳，就不會把本子交給妳了。」唐虞安慰似地朝子好溫和一笑，聲如朗玉。「好一句『雄兔腳撲朔，雌兔眼迷離』……妳只記住，花木蘭這個角色需要的是一種外柔內剛，堅毅與靈動兼具的氣質，想要演好，也就容易了。」

小雞啄米似的不停點頭，子好心裡彷彿被唐虞點燃了一盞明燈，這燈燭雖然隨時有可能熄滅，但就是那一絲微光，卻讓她對自己原本漆黑無望的未來第一次有了憧憬和信心。

面對這個帶給自己希望的人，子好心存感激的同時，胸中升起的還有一抹說不清、道不明的溫暖，這種溫暖和煦的感覺從幼時起就猶如涓涓細流在腦中流動過無數次，時光荏苒，這細流在無形中彷彿已經變作了汩汩的溪水，再怎麼藏，好像也快要藏不住了。

似乎看出了子妤眼中一絲異樣的情愫在漸漸流露，唐虞淡淡的笑容逐漸凝在了眼底，取而代之的是一絲疑惑和迷茫。

這種暗含情愫的眼神，唐虞並不陌生。

記憶中，幼時的子妤好像也偶爾會流露出這樣的神態表情，但他從未放在心上。畢竟眼前的女子是他看著長大的，當花子妤還是個稚齡幼女，就算有這樣的眼神，也只是單純的依賴自己這半個師父，唐虞因此未曾在意。

卻沒想到，長大後的花子妤一旦露出這樣的眼神，竟有種柔情滿懷、溫情似水的感覺。就好像一汪清澈的碧水，幽靜時宛若處子，一旦被激起漣漪，卻能讓人陷入一種意亂情迷之中，堪堪難以自拔……再加上收到的那個並蒂青蓮……

子妤俏臉微紅，見對方用一種複雜的神情直直盯住自己，粉唇微啟。「怎麼了，我臉上有什麼東西嗎？」說著，還抬手捂了捂臉，有些不解。

意識到自己有些失態和失神，唐虞勉強一笑，別過眼，淡淡道：「沒什麼，剛才被風吹得蒙了眼。」

話一出口，唐虞卻暗自苦笑了起來，真不知自己到底是被風蒙了眼，還是被子妤無邪的笑容迷了心，以後，可不許再這樣胡思亂想了。

章七十六　竹園惹夢

花子妤得了參加前院戲臺比試的資格，且不說弟子們議論紛紛，有三個人卻是真心替她感到高興的。先前的茗月已經和子妤打過照面了，自不用提，另外兩個，卻是不得不提。

為了給子妤慶祝，也給自個兒打打氣，止卿和子紓早早備好了一桌尚稱豐盛的酒席，還有半隻子紓偷溜出去買來的燒雞，皮酥肉嫩，還直往外滲油，讓人看著就食指大動。

避開師兄弟、師姊妹們，三人仍舊選了紫竹小林為聚會的地點，掌了幾盞行燈，就著薄薄月光圍坐在亭內，斟好小酒，吃著小菜，臉上都是說不出的高興。畢竟能攜手參加比試，心底的擔心緊張也分擔成了三份，大夥兒商量著，信心也增了幾分。

待子妤將唐師父寫了新戲，並讓她唱「花木蘭」一角的消息說出來時，子紓和止卿俱是一驚，隨後又是同樣的欣喜無比。特別是止卿，他可是唐虞的關門弟子，平日裡老看到他對新戲念念不忘，定然是花了十二分的心血來完成的，水準自然不在話下。而且唐虞也曾許諾過，若是新戲出來，定會預留一個生角兒給止卿來演，如此，豈不是子妤和止卿能同臺上戲！

這下輪到子紓不高興了，七尺男兒倒像個委屈的小媳婦，一張臉愁得像苦瓜似的。「我不管，若是新戲有姊和止卿哥，那也一定要有我。要是落了個孤單下場，還不如不去參加比試呢。」

伸手揪了揪子紓的大耳朵，子妤嬌斥道：「噓！我仔細看了唐師父的新戲文稿，裡面正好有個將軍角色。新晉弟子裡，除了你還有誰能扮好武生，豈不是他專門給你留的？還傻乎乎地說什麼一個人就不比試了，討罵是不是?!」

雖然被訓斥了，但子紓聽了子妤的話，臉上表情唰地馬上就變了，由愁苦到欣喜，忙問：「果真？那妳問了唐師父，真讓我演將軍的角色嗎？」

子妤放開他，憋不住笑了。「總歸新戲裡的這個角色得有人演，你明兒個去問問唐師父不就知道了？」

止卿在一旁聽得分明，疑惑地問子妤：「難道，唐師父將戲文給妳過目了？」

「也是偶然罷了。」子妤攏了攏耳旁的髮絲，心中歡喜臉上表情也柔柔可愛。「前日裡唐師父教我做百花蜜丸，正好他剛寫完了新戲，就讓我瞧瞧。」

止卿臉上一苦，有些羨慕地搖搖頭。「連我這個弟子都沒能看過一字半句，唐師父還真是偏心啊。」

看著兩人你一句、我一句，一旁的子紓心裡頭感覺猶如螞蟻在熱鍋上。「不等了，不等了，我這就去問！」看著天色還沒黑透，他這急性子哪裡能等到明天，說著就從桌前起身，連碗裡的雞腿也顧不得啃，拔腿就往南院跑去。

「這……」止卿一愣，見子紓一陣風似的就這樣不見了，伸出來的筷子還來不及收回，原本波瀾不驚的玉面上露出難以置信的表情，端的是有些惹人發笑。

子好卻明白自己弟弟的性子，一把將他碗裡的雞腿挾到止卿那兒，搖搖頭。「隨他去，他就是那性子，若是不問清楚，恐怕一夜都睡不好。」

止卿也無奈一笑，見碗中多了一隻雞腿，卻又反挾給子好。「我夜裡不善多食，還是妳吃吧，這些日子妳照顧阿滿姊，也隨著她瘦了不少。」

有人關懷的感覺就是好，子好甜笑著也不拒絕，放下筷子，直接用手拿了雞腿就啃，率真可愛的樣子和人前那個溫柔淑女完全不一樣，看得止卿又是一陣搖頭。「子好，妳在我面前，難道一點兒也不用顧及形象嗎？」

理所當然的點頭，一對小小梨渦揚在笑臉之上，子好脆聲道：「在沁園時得伺候四師姊自不敢太過放肆。在南院裡，即便是唐師父那兒也不敢太張狂。只有在你面前，在這方小小天地之中無人打擾，清清靜靜，才敢如此呢。若是到了這地步還裝出一副纖纖淑女的端正樣兒，豈不辜負了這大好的氣氛。再說，止卿你可算是我半個親哥哥呢，自不會嫌棄我這副粗俗的舉止，對吧！」

止卿好笑地從袖口取出素布手帕，替子好擦了擦唇角的油漬，無可奈何地一嘆。「虧得前些日子那些師兄還問我妳的性子如何。平素瞧著妳斯文有禮、雋秀雅致的模樣，他們還心生愛慕呢。若是讓他們瞧見了妳這副樣子，豈不四散逃開，哪裡還有什麼『窈窕淑女君子好逑』的想法！」

子好聽得「嘻嘻」一笑，嬌嗔道：「那你可別出賣我，對外就稱咱賢淑溫良，貌慈心善，絕對是個好媳婦兒的人選不就得了。」說完，又是一陣銀鈴般的笑聲，只是手裡還舉著一隻雞腿，唇角的油漬還晶晶發亮，這模樣實在滑稽不堪。

面對真性情的子妤，止卿不但不覺著她粗俗，反倒認為這樣的她嬌憨可愛，才真正像個二八少女，便也不再刻板嚴肅，朗朗笑出聲。「罷了，妳這樣子比在人前娟娟淑女樣還更讓我看著喜歡順眼。」

「對了，說到喜歡……」子妤笑得臉色緋紅，此時眼底露出一抹促狹之意。「紅衫兒沒煩你吧？」

薄唇抿起，止卿習慣性地一聽見她的名字就蹙眉。「她見了參加比試的名單，這兩天非要纏著我和她一起演一齣【遊園驚夢】，煩得我都不想回後院了。」說罷自顧自斟了一盞薄酒，一飲而盡。

「【遊園驚夢】？」子妤聽了倒是有兩分興趣。「我可喜歡【牡丹亭】的故事了。『良辰美景奈何天，賞心樂事誰家院』！麗娘和柳夢梅之間亦真亦幻的愛情故事，簡直讓聞者心碎啊……」

隨著子妤話音一落，止卿也被她對此戲的喜愛之情感染，不由站起身來，擺出空手虛搖摺扇的姿勢，眉眼一凜，啟唇而唱：「原來姹紫嫣紅開遍，似這般都付與斷井頹垣。良辰美景奈何天，賞心樂事誰家院？朝飛暮卷，雲霞翠軒。雨絲風片，煙波畫船。錦屏人忒看的這韶光賤！」

來了興致，子妤也起身一手捏起蘭花指，一手併攏遮住半張玉顏，嬌嬌而唱道：「春如線，停半晌整花鈿。沒揣菱花偷人半面，迤逗的彩雲偏。我步香閨怎便把全身現……」

兩人一個扮杜麗娘，一個扮柳夢梅，堪堪在這小小竹亭當中演起了一齣【牡丹亭】。雖未身著戲服，但唱唸之間，已然道出了那種生死相戀、夢裡相依的濃濃深情。

「你們……」

一聲疑惑的話語打斷了小亭中的「深情」氛圍，原來子紓已經回來，身旁還立著一位青袍微揚、身長玉立的人，正是唐虞。

子妤收了勢，見弟弟竟帶了唐虞而來，面上笑意嫣然。「唐師父，我和止卿一時來了興致，禁不住唱起了【牡丹亭】裡的段子，讓您見笑了。」

有了子妤這般坦然如常的態度，倒讓先前感到有些尷尬的止卿覺得釋然了，也上前一步拜過唐虞。「師父，子妤唱功不俗，身段柔致，您選了她唱『花木蘭』，絕對能讓這齣新戲豔驚四座。」

唇角一揚，唐虞提步邁入小亭，端坐下，又示意三人也落坐。「剛才雖然只是驚鴻一瞥，但沒想到子妤對戲曲人物的揣摩拿捏竟是如此有分寸。杜麗娘這個角色著實不好演，若俗了，會流於下乘，若太清麗高致，又顯不出那種風流婉然。」

替唐虞備了碗筷，子妤又一一斟了酒，聽見唐虞誇獎自己，有些高興，又有些害羞。

「多謝唐師父誇獎，子好定會好生努力演好您的心血新戲，不讓您失望。」

「不只是妳。」唐虞接過杯盞，抿了一口杯中薄酒，覺得喉頭微辣之後便是沁入心脾的甘甜滋味，隨後看了看眼前的三人，才道：「止卿，你可願意演這齣戲裡的花木蘭未婚夫韓士祺一角？」

雖然早已知道必會有一個角色屬於自己，但此番聽得唐虞欽點，止卿面色微動，點頭答道：「弟子定不負師父所託！」

「很好。」唐虞得到了滿意的答案，又轉而看了看子紓，見他睜著大眼睛一臉期盼地看著自己，也不忍再遲疑，問道：「子紓，你可願演出這戲裡將軍一角？」

「弟子一千個願意，一萬個願意！」子紓剛才可是央求了好一陣都沒有得到唐虞的正面回答，此時心願達成，直接從石凳上蹦了起來，歡喜的樣子就像個毛頭小孩兒。

「子好，」唐虞也不再理會子紓這小子，轉而看向身旁端坐的花子好。「花木蘭一角，其實我猶豫了很久要不要讓妳來演。畢竟妳經驗疏淺，駕馭角色的能力是否符合要求也是未知數。但縱觀整個戲班，能兼顧青衣、花旦、刀馬旦的弟子，除了妳，我還真找不出第二個人來，雖然妳身量高佔了優勢，但最終讓我下定決心的，則是妳剛剛和止卿唱的一段【牡丹亭】。」

唐虞這番話由抑到揚，也讓子好的心情隨之起伏後才落定，不由得眸閃淚光。「多謝唐師父賞識，子好定不負您這位伯樂！」

看著風華正茂、青春年少的三人，唐虞心中有所感觸，嘆道：「你們三個也算長大成人了。這次機會可謂千載難逢，若能演好這齣【木蘭從軍】，在貴妃壽宴的舞臺上得到宮中貴人的肯定，你們三個一定會前途無量，一舉取代老一輩的戲伶，成為新晉弟子中的翹楚人物，而身為師長的我，也會與有榮焉。」

子妤、子紓還有止卿都露出了笑顏，化解了先前有些嚴肅的氣氛，與唐虞舉杯而碰，齊齊喊道：「與有榮焉！」

章七十七　夜避耳目

三日後，花家班要在前院戲臺讓弟子們打擂的事情不脛而走，早已傳遍了京城。

人人紛紛猜測花夷此舉到底用意何在。若是為了給貴妃壽辰獻演，大可不必公開打擂，這樣會讓佘家班和陳家班兩個對手知道他們的所有情況，白白失了先機；若只是想藉此機會給花家班拉抬人氣，那也毫無必要，因為在京城梨園圈子裡，花家班還是當仁不讓的龍頭老大，不曾輸給過佘家班半分。

花夷到底怎麼想？此舉的真實目的為何？

市井百姓的猜測無形中也為這次花家班打擂比試增添了幾分神秘色彩。特別是屆時到場觀看的只能是花家班五年以上的老主顧，還有送了邀請帖的京城達官貴人們，普通看官想要一窺，恐怕是絕無可能，如此一來越發的讓城中百姓對這三日後的比試格外關注起來。

還剩下三天時間才是正式比試，戲班後院裡參加了打擂的戲伶弟子們卻絲毫沒有懈怠。除了一早起來吊嗓、練功，更是讓後廚房加緊熬製水梨花蜜湯來滋潤喉嚨，三天裡一點兒油鹽也不進，只吃清爽菜粥和一些鬆軟糕點，就怕傷了嗓子。

子妤倒沒那麼多講究，本來也沒有錢買來水梨和花蜜交給後廚房幫忙熬湯。只按照平時的作息時間，早晨幫著阿滿做沁園裡的活兒，下午練功，傍晚再去唐虞處製百花蜜丸。吃的東西也全和平素一模一樣，反而是阿滿替她著急，花了些銅錢找後廚房偶爾要了些剩下的湯水替她保養嗓子。

入夜，按照唐虞的吩咐，子妤沐浴過後便換上一身輕鬆的衫子去往南院小屋，在那裡和子紓還有止卿一併練習【木蘭從軍】這齣新戲，得務必趕在比試前夕熟練磨合。

四人照舊聚在小竹林裡，此處僻靜，又是唐虞的半個私人領域，平素即便是花夷也不會輕易前來打攪，更別說其餘師父和弟子們，所以在此排練新戲倒也極為合適。

今夜排的一齣武戲，子妤扮作的木蘭初到軍營，一身功夫倒也讓戰士們側目，不敢譏諷嘲笑她面白如玉，猶若女子。子紓則扮作將軍巡視軍營，讓子妤扮作的花木蘭和止卿扮作的韓士祺來一場比試。

這場戲沒有一句唱詞，考的是戲伶的眉眼神態和身段動作。特別是花木蘭一角，面對絲毫不知內情的未婚夫，既不能傷了他，又不能露出自己是女兒身的端倪，還要打得精彩免得場面拖沓……這一招一式就要無比講究了。

虧得有子紓這個武生行當的俊才在此，聽了唐虞的意思後，他便認真替兩人琢磨出一套動作來。特別是給姊姊的，柔中帶剛，陰陽並濟，華麗的打鬥動作之下又不失女子的窈窕之魅，這才能讓看官們既覺得有趣，又覺得養眼，不至於真把花木蘭當作男子。

至於止卿的動作就簡單許多，幾個招式記牢了，來往之間英氣勃發，倒也有兩分軍中男兒的颯爽之威。

一開始還挺順利，子妤畢竟身量高，揮舞著一柄臂長的短劍倒也顯得伶俐輕盈，遊刃有餘。可偏偏因為身高的緣故，她和止卿有一個挽手相較後被對方劈過身側而斜斜倒下，最後由止卿伸手一攬將其腰際摟住的動作，這卻有些難了，好幾次都卡在了此處，極為不順！

深呼吸幾口氣，子妤有些著急，看了看一旁深思不語的唐虞，探問道：「唐師父，是否讓子紓改一改這個動作，我和止卿高度只差了半個頭，這樣一側腰，他只能攬到我的背，顯得不倫不類，一點兒美態也沒有。」

話雖如此，但幾個人心裡都明白，動作並非表面那樣簡單，還真的非要不可。因為花木蘭和韓士祺之間的曖昧關係是整齣戲的主線，這次軍中比試，花木蘭一點兒也沒相讓，就是不想讓對方發現自己便是他未婚妻的身分。奈何韓士祺始終技高一籌，招招狠逼，氣得花木蘭才一失神險些跌落當場出醜。

韓士祺自然不會真和戰友死拚，當即便伸手一攬想為其解圍，可這腰肢如柳的觸感，靠近之後眼前人兒的細膩肌膚和耳垂上不易察覺的耳洞，都讓韓士祺起了疑心，這才好延續下一幕的戲分。

神情與動作相結合，兩人要演出以上的意境，讓台下看官也融入其中的領悟到韓士祺突然發現臂彎中的戰友竟是女子時，這齣戲裡的高潮才會隨之出現，大家也才會有想要繼續看下去，急於知道下文的心思。

環環相扣，引人入勝，正是一齣好戲的重要因素。若是子妤和止卿無法完成這一幕，必然會被花夷點破，到時候直接換人來演花木蘭，唐虞自己也沒有任何藉口了。

想到此，唐虞抬眼，表情嚴肅地看了看三人，開口道：「子紓、止卿，你們先退下，回屋裡先各自練習琢磨唱段。子妤妳留下，得幫妳過了這一關，不然，整齣戲無法完美，妳也沒有資格再演花木蘭一角。」

子紓聽得心驚，正想出口相幫，止卿卻伸手一攔，搖搖頭，拉了他向唐虞告辭後匆匆離開了小竹林。

憋著一口氣被止卿拉回院子，子紓關上門就怒氣沖沖地甩開手。「為什麼阻攔我，若是姊不能參演這戲，我也不想演啦！」

止卿搖搖頭，也不理會子紓的氣惱，徐徐斟了杯熱茶，才緩緩開口解釋：「你以為唐師父為什麼遣了咱們離開？」

子紓氣呼呼的，也灌下一大杯茶，這才抹了抹嘴。「為什麼？」

悠閒地飲著杯中茶液，止卿笑道：「唐師父親自挑選的人，就算子妤氣餒，他也不會輕易就這樣放棄。相信我，明晚練習之時，子妤應該就能做好那個下腰的動作了。只是……」說到此，止卿免不了有些擔憂的口氣。「不知道唐師父會怎麼訓練子妤，想來應該極為辛苦才是。」

「我姊可不怕苦的。」聽了止卿這麼一分析，子紓才鬆了口氣，拍拍胸口。「她性子堅韌，這也是唐師父為什麼挑了她來飾演花木蘭的原因。若換了紅衫兒和青歌兒師姊那等嬌滴滴的女子，這武戲一關可不是那麼輕易好過的。」

「既然你都知道，那就放心吧。」止卿說著起身來，拿出抄寫好的戲文稿紙鋪在桌上。

「與其擔心子好，不如咱們好生練習，再過兩日就要比試，唐師父怎麼也不會臨時換人的。」

章七十八　馨香入懷

春夜涼薄，一絲微風掠過，吹起了林中竹葉「沙沙」作響。

子好臉上表情有些無奈，看了看一言不發的唐虞，只好怯怯地主動開口。「唐師父，這動作到底是改還是不改？」

提步來到小亭之中，唐虞端端而坐，看著前頭立在林中的子好，在月光勾勒下，臉上的表情分明是有些露怯，也沒立即回答她，只是斟了杯茶，輕啜一口才道：「依妳看來，這一幕對於整齣戲來說，到底有什麼作用？」

想也不想，子好啟唇便答：「自然是承前啟後的作用。花木蘭和韓士祺比試較量，終於讓對方產生了疑惑，認為花木蘭有可能是女兒身，所以下一場才會有〈三試木蘭〉的戲出來。若無這場作為鋪敘，後面一場，看官們也會覺得無緣無故，站不住腳。」

「那這場戲最重要的是什麼？」唐虞又問。

「最重要的……」子好略微思索，頓了頓，輕聲答道：「此段並無唱詞，考驗的是戲伶身段、功夫，除此之外，還有眼神和表演的功夫。若不能達意，一樣會使得看官們一頭霧水。所以看似簡單，其實整齣戲的關鍵還是在此。」

終於滿意地點頭，唐虞勾起唇角，心下對子好能如此認真揣摩戲文很是寬慰，這才放緩了語氣，朗聲再問：「所以說，若要改了這個動作，妳覺得可合適？」

「這……」子妤一時語塞，想了想，隨即玉頷輕擺。「花木蘭和韓士祺若沒有近距離的接觸，自然無法發現端倪。而這個攬腰動作的確也是最合適的，既能讓韓士祺看清花木蘭的面容，也能讓韓士祺對花木蘭女兒身段有真實的觸感……」說到此，子妤也知道此關不過，恐怕自己也就沒什麼臉面再演花木蘭一角了，當即朝唐虞央求道：「求唐師父指點弟子！」

起身，唐虞一邊邁步往子妤這邊走來，一邊問：「妳是否認為身量太高，所以止卿難以攬住妳的腰際？」

「我……」子妤正想回答，可這本是明擺著的問題，對方為何故意有此一問，頓時有些明白了幾分。「難道是因為我下腰不夠？」

說著，子妤也不等唐虞回答，素手一揚，仰面就往後擺出了下腰的動作，輕而易舉地將手倒舉觸地後才翻身而起，連氣都沒喘上一口。

這時唐虞已經來到她身邊，伸出一隻手，拇指和食指比劃著。「若是妳能再下腰三寸，身高便不是問題了。」

「三寸？」子妤愣了愣。

「妳可知道戲班裡下腰最低的是誰？」唐虞也不理會她的驚異，反問之後見其眸中疑惑，隨即答道：「是金盞兒，她能下腰到離地一尺半。」

睜大了眼睛，捂住嘴，子妤這才明白為何金盞兒能成為戲班裡的頂樑台柱。下腰只離地一尺半，不過是比小臂長一些的距離，這樣的腰身功夫堪堪讓人佩服，看來自己努力還不夠呢，頓時眸中透出一絲堅毅的神色來。

唐虞見她有了主意，也不耽擱。「來吧，趁著今夜，我幫妳練好這個下腰的動作。」說罷，靠近了一步站在子妤的身側，伸出一臂橫在子妤的後背。「只比以前低三寸即可，有我在一旁護住妳，不用害怕。」

有唐虞在身邊，子妤自然不用怕，也沒耽擱，深吸了口氣，左手覆在上腹，右手一揚，仰頭便往後徐徐傾仰。

下到先前的位置，子妤的右手已經觸到了地面，可仍舊感覺不到唐虞的手臂，眨眨眼，看了看上頭。「唐師父，我現在開始繼續下去，你幫著看看何時才夠。」說著，一咬牙，準備強行下壓身子。

「小心，要調整呼吸，別憋氣，不然一洩氣準會摔。」唐虞輕聲指點著，不由得又靠近了一步。

仰頭而下，夜空中的月光倒是皎潔清亮，正好唐虞低首擋住了光亮，讓子妤瞧不清他的臉色，但聽見其朗潤如玉的聲音響起，心裡頭也踏實了許多，便依言開始調整呼吸將腰際繼續下壓。

不過才下了一寸左右，子妤已經覺得小腿處傳來一陣痠麻感，看來平時練習並未太過注重下腰的高度，這時候想要突破極限，恐怕並非想像中那樣容易。

唐虞側眼看了看子妤的高度，還是不夠，又道：「再下一寸，有我護住，不需要顧忌什麼。」

保持著如此姿勢，子妤的腰際也泛起了麻木感，胸口一沈，知道自己若不豁出去肯定沒法再下去一寸，只好放棄平穩的呼吸，粉唇一閉，準備憋住一口氣往下壓。

眼看子妤臉色有些泛紅，胸口原本的起伏也驟然停止了下來，唐虞眉頭一蹙，知道她這是在憋氣下腰，知道其隨時有可能摔倒，趕忙手臂一緊。

果然，子妤這一憋氣，身上的痠麻感瞬間就充斥到了全身上下，感到腿上的勁兒突然一瀉，隨即腰上也沒了知覺，趕緊將兩手向上一伸，按平時練功的慣例，雙手一把環住了唐虞的後頸處，只靠兩手力量掛在了唐虞的身前。

唐虞一手攬住子妤的腰肢，被其撲了個滿懷，頓時一股夾雜著淡淡桂花味道的少女體香鑽入鼻息之間，掌中透過薄薄衫子，也觸到了子妤微溫的肌膚，頓覺一道悶雷在腦中炸響，四肢彷彿僵硬了一般，霎時便失去了控制，只想收緊手臂，將胸前的人兒攬得更緊。

只一呼吸間，子妤已經靠著支撐在唐虞的身前站好，也恢復了幾分力氣。發現自己竟雙手死死摟住唐虞的後頸處，眼前就是他起伏的胸膛，彷彿能聽見其中「撲通」直響的心跳，頓時驚覺過來，羞得俏臉「唰」地一下紅了一大片，不由得呼吸加速，剛剛回到身上的力氣又消去了一大半，只覺酥麻難忍，難以自制。

本來，戲班弟子從小練功，下腰時都有師父或其他師兄弟、師姊妹在旁邊看護。若支撐不住，反手將身邊的保護人環住就好，這樣也免於後背著地摔個結實。但今夜，陪在子好身邊的可不是阿滿姊，也不是隨便一個師兄妹，而是唐虞！

兩人這樣「相擁相依」的動作，乍看之下竟如男女親熱一般，實在曖昧至極。

懷中人兒的嬌軟無力，鼻息間似有若無的少女馨香，唐虞呆住片刻之後終於不再身子僵硬，反而心防失守，一種前所未有的莫名感覺襲來，好像很陌生，卻又很舒服，彷佛一股熱流經由子好身上傳導而來，讓自己心底生出一絲不捨。似乎一旦放開她，心中好不容易被填滿的地方就會再次空出來，空虛無寂，再難找回。

身為花家班的師父，唐虞這幾年來也偶爾替女弟子做過下腰的看護，比如紅衫兒和茗月。當然也遇到過今夜的此種情形，將弟子腰身攔住免得其摔倒。可為何面對著花子好，偏會生出一種想要將其緊擁不放的念頭呢？

這個念頭一閃而出，也讓唐虞突然間心神一震。

自小看著子好長大，從十歲稚女到現在的二八少女，就算不是自己的弟子，沒有師徒的名分，兩人卻有著難以磨滅的師徒之實，如師如父，自己怎能對其生出如此褻瀆的想法來？

正當唐虞逐漸恢復清明之時，子好也細不可察地微微「嚶嚀」一聲，比唐虞先回神過來，纖手頂住對方的胸膛退開兩步。「對不起，是我太笨，一時腳下發軟所以才……」

「嗯……」唐虞只好用咳嗽來掩飾自己先前的失態，側眼不再看子好，只望向水塘邊，壓低嗓音道：「沒關係，練習下腰這種事肯定會經常遇到。今夜太晚了，明天一早妳找阿滿幫妳做看護，嘗試再次練習時可多下腰三寸。」

巴不得唐虞讓自己離開，子妤粉唇輕咬，自知臉上的紅霞定未消褪，還好頭頂月光不似先前那般清透明亮，暗自祈禱著唐虞最好不要看出自己的窘態，匆匆福了一禮，轉身提起裙角就快步離開了小竹林。

隨著懷中人兒的主動離開，唐虞也鬆了一口氣的同時，卻感到心底泛起了點點空虛，好像有某種東西被人抽走了，又好像一顆被播撒下去的種子漸漸破開心防，隨時隨地有可能萌芽成長。

望著竹林中獨自的人影，一陣風過，青袍微揚，唐虞只想讓腦子靜一靜，並未急著離開。提步回到亭中在石凳上坐下，灌了一口冷茶，這才覺得心中原先那種莫名的微熱總算漸漸消失了。

低首看著掌心，上面似乎仍然留有子妤肌膚的溫熱，鼻息間也彷彿淡淡縈繞著殘存的少女體香，此時神智已然清明沈靜，卻抵擋不住一股難以言喻的莫名情愫在心底生根。細細想來，因為看著她長大，自己確實從未把對方當作女人看待，可掐指一算，子妤今年十六，他也不過才二十三歲罷了，連半個叔叔的歲數都挨不著邊兒。

看著子妤，有時候覺得她和幼時一般無二，聰慧機靈，笑意嫣然。可今夜才讓唐虞猛然感覺到，她已然長大了，成為了一個可以讓男子動心的美麗女人。

而且戲班裡大家對待子妤的態度，唐虞還是知道一二的。因為身量高，身段自然比一般女弟子窈窕有致，翩翩而來，許多年輕男弟子的眼神總會流連在她的背影上；雖然面容不比戲班裡的幾個戲娘嫵媚，可子妤清靈雋秀的眉眼、嫻雅恬淡的氣度，卻也沒有幾個女弟子比得上。

雖不是其師，但在花家班，輩分卻是不容混淆的。子妤並非普通戲伶，但只要在戲班一日，就是花家班的弟子，無論是不是師徒，若唐虞和子妤發生感情，那就是亂倫！

這和阿滿與鍾師父的情況並不一樣。阿滿名義上是弟子，卻從未真正上臺演出，而她與鍾師父兩情相悅已是戲班子裡大家都知曉的事，將來若嫁給鍾師父也是順理成章。但子妤卻不同，若她一直不上臺，只伺候塞雁兒做她的婢女，或許她和自己還有可能……

想到這一層，唐虞只好無奈地搖搖頭，一抹苦笑逸在唇邊，也不知道怎麼會胡思亂想到這一步，實在荒唐和突兀。

長長地吐出一口濁氣，似乎想藉由這個動作將胸中臆想給完全抹去，唐虞提步緩緩而行，漸漸走出了紫竹小林。隨之而起的，還有一陣突如其來的夜風，使得林中發出「沙沙」響聲，迴盪在夜裡，格外分明，卻又顯得含糊不清。

章七十九　夜掩迷霧

趕緊快步離開小竹林，子好怦跳著的一顆心才猛然鬆了下來。

先前唐虞直視的眼神，雖然是背對著月光，可子好卻能看得分明，那清澈一如深潭的眼底，怎麼也掩不住對自己流露出一抹淡淡的情愫。只因為是一閃而過，等自己發現後想要細看，卻又消失無蹤，恢復了以往的澄澈無擾。

難道，他也對自己動心了？

先前兩人幾乎全身緊貼，腰後的臂力將自己擁得緊緊的，子好能感到對方也和自己一樣，從一開始的僵硬，到後來呼吸急促，彷彿心神失守的那種迷亂無力。若是尋常，唐虞肯定會不疾不徐地扶正自己，再嚴厲地指出自己先前在下腰時的幾處錯誤。可剛剛，分明能感覺到他片刻的失神……

想到此，子好臉上的紅暈更甚，幾乎要燒燙起來，羞赧中一絲甜蜜悄然而生，身子也禁不住又有些發軟，只好倚在小迴廊的立柱上，勉強喘上兩口氣再走。

可隨即想到唐虞之後那副刻意壓制的表情，似乎根本就不願再正視自己，子好又覺得心中一陣發苦，提步而行，略有些紊亂不清。

深深地呼吸了幾口新鮮空氣，抬眼看看天，發現一團濃雲正緩緩飄向正中的圓月，此時手中也無行燈，子妤不便再耽擱下去，只好使勁兒甩頭，企圖將腦中那些胡思亂想全都摒棄，這才提起裙角，匆匆往四大戲伶所居的跨院而去。

小橋上守夜的兩個婆子裹著一床薄被，各自倒在一側已是熟睡中，細小的鼾聲此起彼伏的響起，倒叫子妤啞然失笑了起來。

若是被花夷看到這兩個婆子如此守夜，恐怕不暴跳大罵才怪。此時別說是閒雜人等，就是自己這樣跨了過去，她們也不會發現。

不過子妤也懶得叫醒這兩個婆子，守夜辛苦她也知道幾分，能偷懶就讓她們偷個懶罷了，反正戲班裡也不會有人敢夜闖四大戲伶的居處。

走到院中，子妤抬手捂住雙頰，發覺兩腮處仍舊有些發燙，怕被阿滿姊或者塞雁兒看出端倪，乾脆來到庭院中那棵大槐樹下，坐在一塊大石頭上，準備歇息後再回屋去。

只稍坐了一會兒，原本朗月清明的夜色突然被一團黑霧所遮蓋，子妤忍不住探頭望向天際，覺著有些寒風夾雜著陣陣陰冷而來，不禁打了個哆嗦，也顧不得再等，怕是要下夜雨了，趕緊提起裙角，準備回去。可剛走了兩步，就聽得一陣急促的咳嗽聲從後面傳來，雖然隱隱約約，可分明是落園那邊方向發出的聲音。

子妤回頭瞧了一眼，也不見落園有亮光，想著或許是南婆婆夜裡起來出恭，受了風寒才會咳嗽成這樣，只心裡暗想：南婆婆年紀漸大，趕明兒個見了唐虞找他討些祛寒止咳的藥丸給她服用才是。

想著，子好已經提步回到沁園之中，看到一個人影從屋裡出來，正是阿滿。

阿滿也感到外頭風大，出來收衣服，見了子好忙拉了她進屋。「眼看要下雨，妳怎麼才回來。先前四師姊還問起妳呢，我就說妳去排戲了。」

子好喝了口熱茶下肚，這才覺著舒服了些，聽見阿滿一說，心頭揪緊。「可曾說是排新戲？」

嘆了口氣，阿滿也不瞞她，無奈地點點頭，勸道：「別人能瞞著，四師姊可瞞不了。到時候她看見妳和子紓止卿他們以新戲參加比試，定然會埋怨妳不事先透露。妳放心，四師姊說了，只要唐師父的新戲不讓大師姊或者任何一個一等戲伶演都行。橫豎妳是沁園的人，肥水不落外人田，也沒什麼。不過，她讓妳過去好生說一下情況呢，妳先醞釀好說辭，這就去吧。」

板凳還沒坐熱就要去見四師姊，子好知道人在屋簷下不得不低頭的道理，只好起身來，勉強擠出一個微笑。「那我這就去了。」

來到塞雁兒的房門，心裡還是有半分忐忑，可想起阿滿先前所言，想來四師姊也不會為難自己，便抬手輕輕叩門。「師姊，是我，子好。」

「進來吧。」

裡頭傳來懶懶一聲喚，子好應聲而入，看到塞雁兒正好沐浴完畢，粉腮桃紅，肌膚泛起一陣如霞的光澤，半裸的香肩還來不及拉攏衣袍遮住，怕她著涼，趕緊隨手關上門，過去替塞雁兒更衣。

繫好衫子，塞雁兒才斜倚在貴妃榻上，眉眼含著半點精光，打量了花子好一番。「怎麼才回來，不是製好藥丸就可以了嗎？妳也不小了，這麼待在一個男人的房間裡，還一待就是大半夜，也要避避嫌才是。」

乖巧地斟了茶遞過去，子妤來到塞雁兒腳邊的梅花小凳上坐下，伸手替她一邊捶捏小腿，一邊答道：「是唐師父讓我和子紓、止卿一併排一齣新戲。因為還有三日就是比試的時間了，所以練得晚了些。明兒個我會早些回來的，多謝四師姊關心。」

這樣柔順的花子妤讓塞雁兒也刻薄不起來，聽她主動說出排練新戲之事，心中原本的一絲不快也消了不少，點點頭。「什麼新戲，若是阿滿不說，身為師姊的我還不知道呢。」

換了個手勢，子妤恬然一笑。「是一齣【木蘭從軍】的改編戲。這個故事可謂家喻戶曉，唐師父也真有本事，由此改編的新戲既不會讓看官們有陌生感，又有別於傳統戲。想來定會極受歡迎的。」

「唐虞可真關照妳。」塞雁兒說著，吹了吹指尖鮮紅的蔻丹，嬌豔欲滴的殷紅顏色甚為惹眼。「不過這樣也好，總歸是咱們沁園的人得了便宜，好過讓青歌兒那丫頭去鑽營著佔了好處。」

子妤忙接話，解釋道：「其實也不是唐師父特別關照我，實在因為花木蘭一角得找一個身量高、又會耍些拳腳功夫的戲伶才能演。原本好些個師兄也可以勝任的，但裡面有男女角色的對手戲，若是由戲郎來扮木蘭未免有些不到位，所以唐師父才挑了我來演，既能吃苦，又沒有一句怨言呢。」說到後來，子妤又故意自嘲了一下，免得塞雁兒真誤會唐虞對她有些特殊關照就不妙了。

「這也是妳的造化。」塞雁兒說著起身來，看了子妤一眼。「不過妳能不驕不躁，很讓師姊我寬心。給妳說個事兒，先前師父找我去用晚膳，說了這次諸葛貴妃的壽辰，也讓我準備個小段子去參加演出。」

說到此，塞雁兒柳眉微挑，露出一絲傲氣，子妤見了趕緊恭維道：「可不是嗎，弟子就說過，即便四大戲伶中其他人不去，師姊您也免不了要進宮獻演，若沒了您，太后的歡心誰去討呀。」

「承妳吉言，先前所說倒是不假。」塞雁兒說著，從懷裡掏出個白玉鐲子遞到子妤面前。「說了要賞妳，拿著吧！」

「多謝師姊！」子妤也不推辭，歡喜地接過來套在手腕上，倒也襯得皓腕如玉，肌膚潤澤。

塞雁兒眼波流轉，隨即道：「也別忙著謝我，這次去演出，妳也抽空給師姊想個點子。這些年，身邊虧得有妳出主意，又時常唱些小曲小調兒給我聽，太后才沒膩煩了我這兩把刷子。也不枉我當初看中妳，收了入沁園。」

果然！她還是為了找自己要小曲兒。

子妤當然明白自己在塞雁兒心目中的價值何在，雙方各取所需，自己倒也不吃虧。畢竟這些年她待自己也不薄，吃穿用度均是上好，也經常打賞些財物，說起來，不比紅衫兒等弟子在前院上戲掙得少。

所以，子妤咧嘴燦然一笑。「請四師姊容弟子回去好生琢磨琢磨，過了比試後就給您想個好點子。」

相當受用子妤的逆來順受，她好像從未當著自己的面說過一個「不」字，也從未露出一絲不情願的表情，塞雁兒露出盈盈一笑，滿意地揮揮手。「罷了，我乏了，妳也回去休息吧。」

起身扶了塞雁兒到床榻上，子妤先幫她扯過薄被蓋好，又取下窗簾的掛鈎理了理縫隙，這才吹滅了桌上的燭燈，悄悄打開門又關上，鬆了口氣，獨自回屋去了。

只是臉上的笑意漸漸隱去，取而代之的是一抹疲憊之色。心中那點兒前世所記得的民歌小調，這些年來幾乎已經掏空，這下塞雁兒卻還想要，恐怕自己得費點兒心思才行了。況且這樣的局面還得持續到塞雁兒退出舞臺，三、四年的時間說長不長，說短也不短，看來以後不能再一味的答應了。

子妤推門進屋，沒想到阿滿還在裡面候著。

她一手撐著粉腮，一手揉捏著眼皮正在強打精神，見子妤終於回來，趕緊上前攬住她的臂彎。「怎麼樣，師姊沒為難妳吧？」

看到身邊有個如此關心自己的人，子妤胸中一暖，先前還覺著世態炎涼的心頓時被煨熱了許多，甜甜一笑。「剛才阿滿姊還安慰我說四師姊不會說什麼呢，怎麼，敢情是哄我過去的呀?!」

被子妤笑容所感染，阿滿知道自己的擔心是多餘的，伸手點了點她的鼻尖。「小鬼頭，不老老實實答話，就愛拐彎抹角的數落我。這張小嘴兒以前就說不過妳，現在長大了，更是不得了。妳還是好生去前院演戲算了，眼不見心不煩。」

「阿滿姊可真的捨得？」子妤故意嘟起嘴兒，露出少見的撒嬌姿態。

阿滿卻是鄭重一嘆，攬住子妤的薄肩。「放心，就算將來我嫁人了也會待在沁園照顧四師姊，陪著妳的。」

子妤滿意地湊過去靠著阿滿，覺得自己也不是那麼孤獨，至少身邊有個如姊如母的阿滿。

八十章 初現端倪

夜雨過後，清晨的空氣越發清新，深吸一口，幾乎有種沁人心脾的美妙感覺。子好早早起來，拖了阿滿一併來到院中，央她幫忙作看護，自己要練習下腰。兩個人努力了一陣，子好還是有些不得要領，只多下兩寸便不行了，腰際僵硬無感，根本無法達到唐虞所要求的那樣，多下三寸。

看著時間差不多了，兩人只好暫停練習，端了早膳去塞雁兒屋裡伺候她起身梳洗。

塞雁兒今兒個起來就一副精神奕奕的樣子，笑意淺淺，嬌嬌媚顏特別動人。阿滿討好地湊過去取了朵海棠絨花別在她髮髻一側。「四師姊，今兒個好天氣，您也是好氣色，配上這朵討喜的花，顯得人更美呢。」

「是人比花嬌呢。」子好理好床鋪，也走過去湊趣兒。

「妳們兩個就是嘴甜。」塞雁兒被阿滿扶到屋中的食桌前端坐，掩口笑笑，指著上面兩樣清粥和幾樣小點。「坐下一併吃吧。」

「對了，」塞雁兒轉而瞧了一眼花子好。「妳既然要參加比試，若忙不過來就說一聲，我找班主再要個女弟子來幫忙。」

聽塞雁兒這麼一提，子好突然想到了茗月。「四師姊，我有個好姊妹叫茗月的。她的事想來您也聽說過，如今她母親養病，急需銀錢周轉。不如您給班主說一聲，讓她過來幫工，做些雜務什麼的。」

想也沒想，塞雁兒點點頭，紅唇微揚地便答應了。「妳先問她願不願意，每個月多支五十文錢的月例，加上她六等弟子的月例，也有一百文錢了，精打細算也能過得去。」

一旁的阿滿趕緊點頭。「她巴不得呢！而且這姑娘老實又聽話，四師姊一定喜歡。」

兩個丫頭這麼高興，塞雁兒也樂得成全，看看花子好，又想起一事。「先前聽妳拉著阿滿在院子裡練下腰呢，妳一個人瞎練可沒什麼用，不如去找金盞兒問問要領，她的水蛇腰可是咱們戲班的一絕，想必也有些竅門兒可以教給妳。」

「那我用過早膳就去請教。」不知道塞雁兒怎麼如此坦然地支了自己過去找金盞兒，子好也不多問，只埋頭扒飯，兩、三口吃完，向其告了半天假，直接去了落園。

落園門口因為一夜的風雨，地上積了不少的殘葉，和著泥水堆在路上，讓人有些邁不開腳。

子好走到門口，眉頭微蹙，心想落園裡只有個南婆婆，雖然粗使婆子們每日會來打掃，卻不會趕著時間過來，若是等一下開門時南婆婆沒看清腳下，踩了濕滑的樹葉摔倒可就不好了。

想到此，看到牆角邊的一支掃帚，當即便挽了衣袖，拉起裙角，走過去拿了過來就開始清掃。

掃了一半，子好抬袖擦了擦額頭的細汗，準備喘口氣再繼續，可一抬眼，瞥見身側好像有人過來，便轉身望去。

果然，一身鵝黃衫子的青歌兒正款款提步而來，腰肢輕擺，髮絲微動，玉面之上敷了薄薄胭脂，端的是清麗嬌媚，猶若春日芙蓉。她手裡還托著一個青瓷湯盅，似是給金盞兒送東西來了。

青歌兒走近才發現先前屈身清掃門前的竟是花子好，一愣之下眼底閃過一絲不可察覺的厭惡，隨即卻又被一抹動人溫婉的微笑代替。「原來是子好呀，我還想今兒個張婆子怎麼這樣勤快呢。」說著走近一看，膩聲嘖嘖道：「看妳，裙角和繡鞋都弄髒了，還是別掃了。」

總覺得青歌兒笑容柔美，卻並非真正的溫和，好像戴了面具的假人一般，子好勉強一笑，搖搖頭。「沒關係，這點兒活我在沁園也常做，青歌兒師姊妳先進去吧。」

兩人正說著話，落園的大門「嘎吱」地開了，果然是南婆婆一身青布小襖子站在裡面，一頭灰白夾雜的頭髮梳得是一絲不苟。看到子好竟拿著掃帚替自家院門掃地，心疼地邁著步子趕緊出來。「丫頭，妳不用做這些，快放下掃帚進來喝杯熱茶暖暖身子。這一夜春雨，早晨起來就像大寒冬似的，可冷死人了。」說著拉了子好就往裡走。

後面的青歌兒原本笑意揚起想和南婆婆打招呼，沒想到卻被直接忽視了，她臉色一僵，隨即又恢復了如常表情，提起衣裙，踮著腳尖自顧自跟隨而進。

見來人是青歌兒和花子好，金盞兒素顏如玉的臉上浮起一抹淡淡的笑意。「落園不曾這麼熱鬧過了，怎麼一大早都來了？」

金盞兒一身素白的裙衫清清濯濯，袖口和裙角綴了片片翠色蓮葉，將其襯得猶如一株白玉青蓮，無瑕動人。徐徐而來，走動間腰身顯得纖細柔和，盈盈不足一握，黑眸中含著半點柔情兼半分淡漠，清澈間彷彿又有一絲疲態，使其原本就尖尖的下巴更是清瘦堪憐。

她從側門步入花廳上座，端端落坐而下，額前兩縷髮絲隨即垂落，風兒一吹，露出光潔玉額，一舉一動都顯得美然如仙，嬌豔若花。

看在眼裡，子妤心中免不了還是一陣嗟嘆：如此美人如玉，就連自己這個再世為人的女子都不禁心動，何況是世間男子呢？

想得遠了，子妤收住心神，見青歌兒趕忙將隨身帶來的瓷盅端起來，走到金盞兒面前。

「大師姊，這是一早我去後廚房熬的清喉湯，現在正好溫度適中可以入口。」

「難得妳有心了。」金盞兒伸出素手纖纖打開瓷盅的蓋子，頓時一股濃郁噴香的藥味從裡面飄出來，她捧到唇邊輕輕喝了兩口再放下，掏出白絹絲帕擦了擦嘴，笑道：「這些日子虧得妳每日送來這湯水，我倒真覺得胸口的悶氣發散了許多。只是要勞煩妳熬湯又送過來，耽誤了不少的練功時間吧？」

青歌兒微頷首，柔柔地搖頭。「這清喉湯乃是我本家相傳，雖然用料簡單易熬，但好歹可以溫補調理；若大師姊喝了覺著有效，即便每日花些時間，這辛苦也是值得的。」

「這分情意，我身受心領了。」一番話說得很是動人，讓人挑不出一絲不妥之處，金盞兒也抿唇含笑，看向青歌兒的眼神多了幾分感激。

只是子妤聞著這藥味兒，總覺得有些怪怪的，按理，對嗓子好的湯藥都是性甘味苦的，唐虞給自己的那本書中也有記載，可這清喉湯怎麼聞著卻如此香呢？雖然心裡犯著嘀咕，卻並未開口說些什麼。

金盞兒飲了大半盅的湯水，才發現自己的另一位客人還被晾在一邊，有些抱歉地一笑，朗聲如玉地啟唇問道：「子妤，妳這麼早過來，可是妳四師姊有什麼話讓妳傳給我？」

子妤聽見她主動問詢，忙答話：「大師姊，確實是四師姊讓我過來一趟，不過卻是因為弟子有些練功的技巧想請教您一二。」

落落大方的子妤討得金盞兒幾分好感，她婉然一笑，擺擺額首。「莫說請教了，同門師姊妹大家切磋技藝自是毫無保留。」

有些不好意思，子妤含羞抿唇，露出一對淺淺梨渦。「大師姊，其實我是聽四師姊說戲班裡您下腰最低，所以想過來討教一二，可有訣竅？」

「子妤妹妹，妳是為了明天的比試在苦練吧？」金盞兒沒來得及答話，倒是青歌兒不動聲色地突然問了一句出來。

也不隱瞞，子妤點頭。「我和子紓還有止卿合演一齣戲，當中需要刀馬旦的功夫。練了這些天，卡在一個下腰動作上，所以不得已才來向大師姊請教。」

明明看出子妤略過敏感處不提，青歌兒也知道自己和她是打擂的對手，不好追問什麼，眼底有些悻悻然，拿起杯盞，不再言語。

金盞兒笑著在青歌兒和子妤的臉上掃了一眼，心中有些疑惑，這青歌兒資質過人，可看剛才的樣子，似乎有些忌憚花子妤。

不過年輕弟子相爭，自己這個做師姊的倒不好插手說什麼，當即就起身，招手對子妤道：「走，到園子裡我示範給妳瞧。」

一邊走，金盞兒一邊將下腰的訣竅傳授給了子妤。「首先是呼吸，可千萬不能亂，其次是著力點，普通人練下腰都是把力氣放在腰際，免不了僵硬，這樣也撐不了多久，但若是把力氣均勻的分佈在整個背部，則會輕鬆許多。」

說著，一行人已來到庭院，金盞兒也不耽擱，當即作了個下腰的動作示範給子妤看。

一寸一寸地下壓，金盞兒柔軟的腰肢猶如一根韌勁十足的柳條，呼吸間似乎毫不費力地下到了離地約十幾寸的距離，此時正好一陣春風夾雜著泥土新草之味吹過，讓旁邊觀看的花子妤和青歌兒幾乎有種錯覺，生怕金盞兒這柳條般的腰肢被那風兒吹折斷了呢。

穩住身形，金盞兒扭過頭來，竟還能開口說話，不過嗓音免不了還是有些微微變了。「妳看好了，等妳到了能輕鬆下腰的極限後，接下來若還想繼續，光是調整呼吸可不夠，得將腿上的感覺一併調整，要想像著自己兩腿向下長在了地面一樣，這才能繼續下腰不至於仰後摔倒。」

說完這句話，金盞兒又調勻了一下呼吸，竟在子妤和青歌兒的眼前，一寸一寸地一直往下……直到離地一尺半左右的時候，纖薄柔和的腰肢才停住。

不過這最後的距離確實是難以突破了，金盞兒只保持了幾個呼吸，就一手側撐著地面起身，也不顧掌心沾濕的點點雨泥，只接過南婆婆遞上的絹帕擦拭了一下，朝子妤點點頭。

「妳也來試試，我好指點妳的動作。」

青歌兒卻跨前一步，主動站在了花子妤的身側，笑道：「我來為師妹看護，這地上還有水漬，要是摔跌了，豈不可惜了妳這身上好衣料裁出來的衫子。」

子妤今兒個穿的是一件塞雁兒賞下的裙衫，裙身上染了深深淺淺氤氳而開的斑斕霧色，好似天上驟然攏起的團團白雲，映襯著雨過天青般的底色，步履間讓穿著之人會有種輕盈無比的感覺。

自己並沒怎麼注意，倒是青歌兒只一眼就能看出這衫子的衣料所費不貲。子妤見她雖然笑意嫣然，話中卻又帶一絲淡淡的羨慕意味，只好笑笑，對著青歌兒解釋道：「這是四師姊賞下的，我倒是不知這衣裳有多精貴，不過青歌兒師姊既然主動相幫，這廂先謝過了。」

「來吧，先試試到妳平常練習的高度。」見青歌兒主動幫忙，金盞兒就退開了半步，只在一旁作指點。

有了金盞兒的親自示範和指點，子妤在落園練了近半個時辰，終於能將腰多下三寸。雖然比起大師姊的柔軟如柳還差得遠，但一旁觀看的青歌兒卻也有些自愧不如，連連稱讚花子妤悟性好、底子好，倒是個練習刀馬旦的好材料。

章八十一　夏至未至

「咦，唐師父您來啦！」三人正在園中猶自練習著，冷不防聽到南婆婆拉風箱似的聲音響起，院門推開，一身俐落青袍的唐虞提步而來。

見到花子好竟然在此，唐虞臉色微微一凜，隨即恢復如常的笑意。「子好也在？」

藉著青歌兒的攙扶，子好站起身子，看到唐虞的瞬間，腦子裡不聽使喚地冒出昨夜兩人的曖昧畫面，還好因為練功而有些緋紅微喘的樣子讓人沒法瞧出端倪，忙調整了呼吸上前福禮。「見過唐師父，弟子過來請大師姊教我下腰的訣竅。」

「原來如此。」說起此事，唐虞眼底的不自然更甚了幾分，抬手摸摸鼻翼。「能再下三寸了？」

點頭，子好也有些微微的異樣感覺，輕聲答道：「好在有大師姊指點，剛才已經能勉強多下三寸了。」

「我說呢！」一旁的金盞兒輕移蓮步來到當中，看了看唐虞，又看了看花子好。「子好為何突然要練習下腰，原來是唐師父您給下的任務。不過，當年我練習下腰的時候，還是唐師父親自指點的，子好，妳擱著這麼好的一個師父不讓他教，豈不浪費？」

唐虞似乎不太想提及當年之事，插言道：「妳昨日遣人過來找我，說有正事相商，班主也吩咐讓我等會兒過去無華樓一趟，還是不要耽誤了，這就進屋細談吧。」言罷又看了一眼花子妤，遲疑了一下，才道：「子妤，止卿現在正好在南院，妳弟弟也在，你們一併在我屋中用膳吧，順便論論戲。」

「弟子遵命。」子妤聽得金盞兒適才所言，想起昨夜唐虞幫自己練習下腰，看來這種情況也曾在他和金盞兒之間發生過，不由得心底泛出一絲澀意，也不多言，當即就福禮告退了。

只是走到門口，子妤還是忍不住回頭瞧了瞧，花廳內唐虞面對著金盞兒對坐，青歌兒竟主動地一邊為兩人斟茶倒水，一邊在說著什麼，看其臉色，好像是有事相求。

眉頭蹙起，子妤難免想到了後天的比試，暗道這青歌兒恐怕是藉了金盞兒的名義特地請唐虞過來，至於有何具體要求，因離得太遠也聽不清楚，搖搖頭，只好推門而出離開了落園。

南院的一角，春日零落的翠竹已經抽出滿滿葉芽，枝幹也長得齊人高了，將唐虞的小屋圍起來，使得此處像鬧中取靜一般，隔絕了即將到來的初夏之氣。

因為約好在一起用膳，子妤先去了廚房將飯菜拿好，這才提了食籃過來南院和弟弟還有止卿會合。

沒有唐虞在場，三人倒也輕鬆，不過談及明日就要舉行的擂臺比試，除了子紓之外，子好和止卿都流露出了一絲緊張。

「怕什麼，只要咱們三人在一起，有福同享有難同當，別說是打擂比試了，就算是闖那刀山火海我都不怕。」子紓一邊扒飯，一邊含含糊糊地說出了這番豪語，只是幾顆飯粒隨之飛噴出來，正好落在止卿的手背上，讓他端正的臉色也露出了幾分苦笑，翻了翻白眼。

「食不言，寢不語。」子好狠狠瞪了自家弟弟一眼，趕忙從懷中掏出絹帕替止卿擦拭手背上的飯粒。

「無妨，這些年來和子紓常常一起用飯，習慣了。」止卿搖搖頭，接過子好手上的絹帕，自己輕輕拭了拭。

見他擦拭動作也輕緩優雅，毫不厭惡氣惱，子好忍不住嘆氣。「子紓，你天天跟在止卿哥背後，怎麼就沒學到人家半分氣質呢？」

正好吃完一大碗白飯，子紓又順手拿了個饅頭啃，繼續含含糊糊地道：「止卿哥扮小生，自是風流倜儻，我可是扮武生的，那麼斯文幹什麼！」

一個「爆栗子」給敲在子紓的腦袋瓜子上，子好沒好氣地笑道：「按你的道理，那人家朝元師兄怎麼不像你這樣？一副吃了上頓沒下頓的樣子。平素裡在薄鳶郡主和遜兒面前你倒是裝得好，怎麼一下來就啥都不管了，羞死人了。」

這下子紓也委屈了，將吃剩的半個大饅頭一口氣塞進嘴裡，三兩下地囫圇吞了，喘上兩口氣，故作可憐地道：「昨夜裡被止卿哥逼著練習新戲，幾乎一宿沒睡呢。好不容易吃頓飯，又被妳數落個不停，我的命怎麼這麼苦啊?!」

眼看粗魯率直的花子紓又要來那一套「撒嬌殺手鐧」，嚇得止卿趕緊一把拿起個饅頭塞住他的嘴。「罷了罷了，怕了你行了吧。這頓你好好吃，昨天確實是辛苦了。」說完，又對著子好示意。「子紓等下和我們對完戲，還得去琅園找朝元師兄再替他磨合一遍武戲，咱們也快些用飯，好多勻出些時間來練習。」

點點頭，子好伸手挾了一筷子炒肉到子紓的碗裡，沒了先前的凶悍模樣，柔聲道：「別只顧著啃饅頭，得多吃些肉才長得好。」

知道姊姊是為了自己好，子紓眨巴著眼，乖乖的吃了下肚，也主動給子好挾了兩塊白玉豆腐。「姊，妳多吃豆腐，才長得漂亮。」

「壞小子，嫌棄你姊姊啦。」子好嘴上這樣說，心裡頭卻暖暖的，像調了蜜似的，也不再說話了，只埋頭吃飯。

看著眼前的花家姊弟，止卿的眼底有些淡淡的思緒翻飛而過，心底柔軟的一處再次被觸碰了，也將子好的身影和腦海深處的那個纖弱人影重疊在了一起。

十年前，因為父母先後逝世家道中落，只餘姊姊帶著止卿在左親右鄰間討生活。一個十來歲的半大小姑娘和一個七歲稚童，這樣的日子自然過得艱難辛苦。除了忍受親戚們的冷眼，原本身為千金小姐的姊姊還得放下身段，替收留他們的親戚家漿洗衣物順帶做些女紅手工。

就這樣捱了三、四年，姊姊終於因為操勞過度而離開了人世，止卿不願留在冰冷的宅院中仰人鼻息，主動賣身進入了花家班。

打從花家姊弟進戲班後，止卿就在他們身上看到一絲曾經熟悉的情景：姊姊疼愛保護自己的弟弟，除親情之外別的什麼都不重要了。而經過這幾年的相處，止卿雖然表面上仍舊一如既往的清淡無波，心底卻早已把花家姊弟當作自己的親人一般。

子妤替弟弟加了菜，抬眼看到止卿雙目迷惘地投向遠處，碗裡的飯菜也一動未動，疑惑地開口道：「止卿，發什麼呆呢，你也吃呀。」

止卿收回思緒，朗朗一笑，猶如青玉泛出潤潤光澤般，彷彿能融化世間種種煩惱。這樣的笑容在子妤看來著實難得，不由感嘆道：「若止卿日日都以如此笑顏示人，恐怕世間女子都要被你迷得神魂顛倒呢。真所謂，雖是男子，其美色卻仍能傾國傾城。」

伸手不痛不癢的點了子妤的前額，止卿動作雖然親暱，卻只是發乎於自然，好像對待自己的妹子那般。「憑得妳屢屢拿我開玩笑，我卻拿妳無可奈何。」

「我可沒你那樣的絕色姿容可以傾倒眾生呢。」子妤癟癟嘴，故意嘆口氣。

「你們還在用膳嗎？」正當三人圍坐盡歡之時，唐虞已經回來站在屋門前，眼神不經意地從止卿和花子妤面上掃過，似乎有些淡淡情緒顯露出來。

「唐師父。」三人齊齊喊了聲，不由自主地站起來。

頷首算是打過招呼，唐虞眉頭微蹙，薄唇抿了抿，才開口道：「我從落園那裡得知，在金盞兒的幫助下，青歌兒所準備的唱段也絕非等閒，加上紅衫兒和她唱對手戲，你們想要贏，並不容易。」說著，已經進了屋，拿起一疊戲文又踱步而出。「走吧，吃好了就去小竹林，我先過去等你們。」

此話一出，三人哪裡還有心思繼續吃，紛紛放下了筷子。子妤示意止卿帶著子紓趕緊跟唐虞過去，她要先收拾了再去。

唐虞走在前面，心中卻想著先前所見。

剛步入南院，那陣陣輕盈的嬉笑之聲就不絕於耳，透過竹屏間隙，更是看到止卿與子妤之間的親暱動作和神態。

兩人從小一起長大，其情誼到底是親如兄妹，還是會成為青梅竹馬的戀人，唐虞已經有些糊塗了。可他心裡卻清楚，剛才那一幕看在眼裡，一種從未有過的淡淡澀意從胸中溢出，幾乎瞬間就要衝破自己情緒的屏障而流露出來……如此感覺，就好像從來屬於自己的東西突然有人來搶，若說不動怒，那絕對是假的。

自覺可笑，唐虞走著走著加快了步子，甩甩頭，想要揮開這種奇怪又莫名的想法。子妤是人，可不是什麼東西，而止卿是自己的弟子，性格雖然清冷，可對待子妤絕對是發乎情止乎禮，兩人交往也並未有過任何不妥之處。想長遠些，若是將來能結成連理也算是一樁美事吧！

這個念頭甫一出現在腦中，唐虞又感到那股澀意不受控制地冒了出來，將手捂在胸口，疑惑地停了下步子，覺得這樣沒來由的感覺很不尋常，卻又找不到原因，便想回去給自己開一帖清心寧神的藥喝喝，看有沒有祛除的功效。

林中還是一如既往的安靜，除了兩隻雀鳥停在竹枝上頭偶爾「吱喳」地叫兩聲，其餘便是春末暖風微微拂過，夾帶而起的一片「沙沙」聲。

先讓子紓扮演的將軍過一遍戲，唐虞指點了幾處，又讓止卿將韓士祺的唱段中生澀處挑出來再修改磨合一番，三人差不多練習了一炷香的時間，子妤才匆匆而來。

提著裙角，子妤走得有些急，俏臉上呈現出兩團淡淡的緋紅，胸前起伏喘氣著，卻更加突顯了窈窕有致的身段。遠遠看到三人正在認真排戲，想著唐虞先前所言，心裡越發有些著急了，想早點過去問問青歌兒那邊的情況到底如何。

這樣一來，子妤步子一亂，沒注意腳下正好踩到一塊長了青苔的石頭，一個踉蹌腳下打滑，眼看就要斜斜摔在地上，離得她最近的止卿立即有了動作，隨之而動的，還有唐虞。

不過因為距離稍遠於止卿，唐虞還是慢了一步。只見止卿極快速地奔了過去，伸手一撈，正好搶在子妤與地面慘烈接觸前一把將她拉住。子妤禁不住衝力，也毫無懸念地撲入了止卿略顯單薄的懷中。

這一幕發生得極快，子紓看到姊姊差些跌跤，也是一個箭步衝了過去，看到兩人抱作一團並沒有回神過來，只拉住子妤上下打量。「姊，妳沒受傷吧？沒扭到腳吧？止卿哥，你也是，剛才那麼用力，可拉傷了筋骨沒有？」

子紓連珠炮似的詢問，倒化解了子妤和止卿間的兩分尷尬。子妤推開止卿，搖搖頭說自己沒事兒，止卿也揉了揉胸口被子妤所衝撞的部位，表示並無大礙。

三人都沒發現，一旁的唐虞正略顯尷尬地收回了手，很明顯，剛才他也想以手攬住子妤，卻被止卿搶了先。

順勢將手放在唇上，輕輕咳了咳，唐虞才開口道：「既然你們兩個都沒事兒，就來對戲吧。」一說完轉身，自顧自步入了亭內坐下，端起杯盞喝了口茶，彷彿在調勻自己的呼吸，深深地吐出一口氣。

章八十二　輕叩心扉

春末夏初，特別是午後，天氣還是顯得有些悶熱。

幸而三人是在紫竹小林排戲，此處陣陣暖風輕拂而過，卻並未夾雜半分暑氣，比在無棠院和後院裡自行練功的師兄弟、師姊妹們要輕鬆了許多。況且一旁還有唐虞親自斟的溫茶，累了便停下喝一口，再接受幾句指點，對於花家姊弟和止卿來說絕對是受益匪淺。

特別是子妤，聽著唐虞溫潤的嗓音為大家說戲，她儘量將每一句話都牢牢的記在腦子裡。畢竟唐虞有著豐富的經驗和對戲曲的敏銳感覺，但凡他所提及之處，必然精確的指出了三人的不足。

因為子紓還要去琅園請朝元師兄再幫忙斟酌武戲的部分，唐虞讓他先離開，留下子妤和止卿繼續排練兩人的對手戲，特別是昨夜未完成的那場武戲的最後部分。雖然先前在落園看到子妤經金盞兒的指點已能多下腰三寸，但實際情況還是要兩人過招之後才能確定是否合適。

手中虛拿寶劍，子妤和止卿神情專注，恍若真是兩個在軍營裡比試武藝的士兵，一招一式行雲流水，既不失那種烈烈交鋒的緊張感，又不失舞臺上所需要的那種眩目感。

子妤所扮演的「花木蘭」手中虛劍斜斜刺出，眼看就要刺中止卿所扮演的「韓士祺」，卻一個故意的踉蹌姿態，堪堪挑過了「韓士祺」的肩頭，收勢中故意流露出一絲柔情。眼看「花木蘭」就要為此摔倒，「韓士祺」果斷地將手中佩劍一扔，毫不遲疑地伸出手臂將對方一把摟住……「韓士祺」的手臂不高不低，猶如一支剛健無比的鐵條攬在「花木蘭」的後腰，如此對比，則越發顯出她非男似女的柔軟腰肢。

肢體的必然相碰，眼神的偶然相交，原本那個英姿颯爽的「花木蘭」在此時突然變得有些讓人捉摸不透了，片刻的柔軟就像一根針刺入了「韓士祺」的眼底，也植下了一抹疑惑在心底。

這一場戲在此刻達到了高潮，也接近了尾聲。

看著子妤被止卿輕攬入懷，兩人眼神相交，似有點點微妙情愫流露而出，原本應該對兩人表演感到欣慰和高興的唐虞，此時笑容卻有些僵住了。

唐虞清楚明白他們是在扮演「花木蘭」和「韓士祺」，可當他看到子妤的腰肢被止卿穩穩摟住之時，腦中卻突然又掠過了昨夜的情形。

他也曾這樣攬過佳人的細腰，更曾將其擁入懷中，雖然只是為了排戲和指點，但那種馨香滿懷的感覺卻異常清晰地留在唐虞的腦海中。甚至他現在都能嗅到子妤曾留在自己身上的那股少女體香，清清幽幽，似有若無，卻能縈繞不斷，難以磨滅……

見唐虞只呆呆的盯住自己，兩人均收了勢，不帶半分尷尬，只齊齊用期待的目光看著唐虞。輕輕扶起子妤站好，止卿按住心頭的半點激動，因為這一幕戲太關鍵了，承上啟下，絲毫不容閃失。若不能適切地表現出「花木蘭」和「韓士祺」之間的暗暗情愫，整齣戲也就沒有了光彩，遂忍不住開口詢問：「師父，剛才我們演得怎麼樣？」

臉上揚起微微笑意，唐虞終於壓制住了那股莫名的情緒波動，點點頭。「不錯，子妤經一夜練習，加上金盞兒的指點，在動作上已經完全能夠揮灑自如。只是有一點，你們兩人的眼神相交似乎有些許的尷尬。記住，這只是演戲而已，你們並不是原本的自己，而是戲中的人物，所表達的情緒是完全自然流露的。」

子妤對其說評坦然接受了，剛才她確實是覺著有些尷尬，畢竟止卿是個男子，如此緊摟著自己的腰際，即便知道這只是演戲，身為女子的她免不了會有些不太適應。況且這也算是她第一次的正式演出，排練時會遇到這樣的情況也很自然。

然而唐虞並不知道的是，當他看到止卿代替自己將子妤摟在懷中時，子妤也正在恍然失神，想起了昨夜之事。

和唐虞的肢體相觸不一樣，子妤被止卿摟住，除了感到尷尬，並無其他。而唐虞將自己緊擁入懷時，那種心跳不受控制、全身酥麻癱軟的感覺，卻是獨一無二，無法取代的。

不想讓他們看出自己剛才的片刻失神，唐虞讓兩人再度打起精神一鼓作氣將這齣【木蘭從軍】的戲再排練一遍，又精挑細選出其中不合適的地方再次修改完善。

直到夕陽西斜，紫竹林內樹影拖曳，將池塘湖面給切割成片段水影兒時，唐虞才終於滿意地喊停。

整整練了一下午，雖然身體和嗓音皆是異常的疲憊，但子妤和止卿相視一笑，均感到心中有種無法言喻的興奮和滿足。畢竟這是一齣精彩絕倫的新戲，對於兩個年輕的戲伶來說，能在有生之年演一齣前無古人的全新戲曲，這不僅僅是幸運，更是一種銘記。

若他們能成功，那這一齣戲將會以兩人為範本代代流傳，而他們也將會一舉成名天下知，憑藉這一齣新戲登上所有戲伶夢寐以求的最高舞臺，贏得所有屬於戲伶的最高榮譽！

坐下來安靜地歇了口氣，喝下一盞唐虞親手泡的溫茶，任止卿平素再怎麼性格沈穩波瀾不驚，也禁不住問道：「唐師父，明兒個是否要一早就來此練習？反正比試是在黃昏過後，應該還能來得及多練習幾次。」

子妤也眨眨眼，看著唐虞，等他安排和吩咐。

看著兩人殷切的目光和幹勁兒十足的表情，唐虞身為師父，心裡自然寬慰無比，不過他卻擺擺手。「不用了。我只要求你們今晚回去和子紓再過一遍三人合演的戲，務必將絲絲扣扣之處磨合得完美無缺。至於明日……」唐虞頓了頓，這才輕鬆一笑。「明日你們睡個大懶覺，不到太陽升到正中的時候不許起來，給我好好的休養身子，少說話，多喝水，什麼都不要再想。」

「明日不練了？」子妤一愣，沒想到唐虞竟是要求自己和止卿睡懶覺。止卿也是有些意外地看著唐虞，顯然不敢相信。

對於兩人的驚訝，唐虞卻不疾不徐地解釋著：「雖然從你們開始排戲到現在不過才幾天的時間，但顯露出的天賦才氣卻足以駕馭此戲。貪多嚼不爛，戲文只是一個依據，最重要的還是靠戲伶在舞臺上的表演，若太執著於戲文，聽從於指導師父的要求，你們就會陷入一種條條框框的束縛之中。」

看著子妤和止卿一副恍然大悟的樣子，唐虞停下輕啜了一口茶，嗓音輕緩，又道：「所以，這最後的一天，你們一定要讓自己完全的放鬆，最好連此戲的一句唱詞都不要去想，將它完全忘掉。直到黃昏登臺的時候，讓它成為你們自然而然從內心散發出的感受，這才能將看官們完全帶入戲中，讓他們深信不疑眼前所看到的。」

「是，師父！」止卿對戲曲的悟性極高，完全能理解唐虞所言。此時他眼中已經完全沒有了半點情緒波動，猶如一汪碧潭沈沈無底。

「好了，你們都回去吧，為師想在此處再待會兒。」唐虞滿意地看著止卿，對他的領悟能力和敏銳的戲感都很放心。

「止卿，你先回去，我還有幾個地方不明白想請教唐師父。」子妤眨眨眼，紅撲撲的臉蛋兒上揚起了嫣然如花的恬然笑意。「反正明天就得什麼都不想，那我今兒個可得把該想明白的東西都想個清楚。」

止卿依言起身，看了看子妤，勸慰道：「妳也別太緊張，雖然這是第一次正式登臺，可不是只有妳一個人，還有我跟子紓，也還有唐師父在後面替我們鎮住，其餘便沒什麼好怕的了。」說完這些，又依禮朝著唐虞躬身一拜，這才轉身離開了小竹林。

對於子妤的留下，唐虞只是含笑不語，並未拒絕，能有機會與其單獨相對，心裡自然而然就生出了淡淡的歡喜，總覺得那樣可以使他感到放鬆。

可等著止卿一離開，子妤原本笑靨如花的臉龐卻突然一變，玉牙咬住粉唇，眉頭鎖緊。

「唐師父，我傷著了！」

唐虞還沒從剛才那絲暗喜中回神過來，頓時被子妤如此的表情和話語一驚。「妳怎麼了？」

子妤將頭埋得低低的，似乎不敢看唐虞一眼，話音也怯怯地好像犯了錯的小姑娘。「我……剛剛，之前過來的時候不是滑了一跤險些摔倒嗎……我的左腳腳踝好像傷到了，火辣辣的疼個不停……」

不等子妤把話說完，唐虞已經一聲不吭地站了起來，走到子妤面前蹲下，伸手將其裙角掀開，再輕手把她的左腳抬起來放在自己的膝蓋上。

「我……」子妤還想說什麼，可眼看著唐虞臉上的神色，那種又緊張又擔心的樣子，卻又不知道該說些什麼了，只好緊緊地閉上眼，等待唐虞對自己嚴厲的訓斥和數落。

章八十三　楊花吟吟

夕陽斜斜地透過竹林間隙灑進小亭之內，絲絲縷縷，好像一根根並不分明的金色線條織就的細網，將亭內兩人籠在其中。

唐虞毫不猶豫地將子妤左腳的鞋襪脫去，掌中托著金蓮如許，那腳踝處的紅腫襯著一片瑩瑩如玉的肌膚，顯得異常突兀。

子妤還來不及反應，自己的腳已經被唐虞捧在了手心，不禁一陣羞赧，雙頰泛紅，可一眼看到自己明顯腫起的腳踝，心跳卻不受控制地急促了起來，這齣新戲裡刀馬旦的戲分佔了一大半，若是自己腳踝傷了，豈不是……

什麼男女之防，什麼授受不親，子妤哪裡還能顧及那麼多，若是因為一時不小心扭傷了腳而失去這次機會，那自己一定會後悔死的，於是一咬牙，用著殷切而央求的聲音道：「唐師父，我沒事兒的，只是腫了起來，搽了藥明兒個歇一天，一定不會耽誤到晚上的演出的，我保證！」

因為唐虞低頭蹲在下方，子妤根本無法看到他的表情如何，說出這句話後見其半晌沒有反應，以為他氣急了，當下就想要縮回自己的左腳，站起來走走讓他看看。

「妳還要任性嗎？」手掌將寸許金蓮穩穩托住，唐虞終於抬眼起來，眉頭緊鎖，面上表情除了擔憂並無其他。「妳的傷勢我剛才仔細察看了，雖說不嚴重，卻也不輕，但想要明日毫無顧忌的參加演出恐怕……」

子妤幾乎帶著哭腔，瑩瑩欲滴的淚水就這樣泛出了眼眶，雙手扶住了唐虞的肩頭不住的央求。「我不怕，再疼我都能忍！」

「傻丫頭！」唐虞見其如此，哪裡還忍心再責怪她什麼，站起身來，低首看著坐在石凳上的子妤埋頭啜泣，像個犯了錯的小孩子，伸手輕輕攬住她的薄肩在身前，語氣柔軟地哄勸道：「別哭了，這點兒傷雖然麻煩，但有我在，一定會讓妳如願以償的。」

被人這樣溫柔的哄著，子妤原本又緊張又焦灼的心情終於舒緩了下來，反手輕輕攀著唐虞的腰際，將頭埋進了幾分。雖然仍不住地抽泣著，但明顯是撒嬌多過於難受，氣息也逐漸地趨於平穩。

感到懷中人兒不再情緒激動，唐虞苦笑著甩頭，也不知道自己如此寵溺她到底是好還是不好，輕輕托起了她倚在腰際的身子。「妳先在此稍坐一會兒，我回南院取了清玉祛瘀膏來給妳敷上。」

子妤還是不敢抬頭，只埋首用袖口拭了拭臉上的淚痕，乖巧的點頭。

「我很快就回來。」拍拍子妤的肩頭，彷彿是再一次的安慰，唐虞這才轉身提步而去，離開了小竹林。

待唐虞離開，子妤才緩緩抬眼，臉上除了擔憂，卻有一絲嬌羞紅暈難以掩蓋，這樣的緋緋紅霞透出雙頰，就像熟透了的蜜桃，若是讓人瞧見，定會認為她是個春心萌動的小女人。

「呼」地吐出一口氣，子好將雙手捂住臉頰，眨眨眼，暗道：剛才的唐虞還真是讓人難以拒絕，竟如此溫柔的哄勸自己，這些年來可是第一次呢。平素裡他老是冷著一張臉面對旁人，若教他們知道他也有如此溫柔的一面……

想到此，一股帶著生澀甜蜜的滋味又湧上了心頭，子好趕緊深呼吸幾下，免得好不容易平息下來的嬌羞情緒又表露出來。

但仔細一回想，好像昨夜過後唐虞對待自己的態度就產生了一些微妙的變化。具體是什麼變化，子好也說不清，只覺得他如常的一舉一動、一言一行中，好像多了些許難以名狀的脈脈情愫在裡面，雖然不易察覺，可一旦靠近，還是能夠讓她感覺得到。

再世為人，對於感情，子好其實看得並不太重，畢竟心境的差異加上年齡的差別，身邊的男子根本無法讓自己動心。可一旦面對唐虞，子好卻總是難以釐清自己的心意，到底是愛慕崇敬，還是芳心暗許？或許只有讓時間來證明了……

仰起頭，子好看著天際被紅霞染得猶如火燒般的雲朵，突然覺著自己費盡心思去猜想不過是徒勞無益罷了。唐虞若有心，自然會對自己漸漸生出好感，到時候水到渠成，兩心相約，成就一段佳話也並無不可能。而現在一切還是未知數罷了，自己胡思亂想有何意義，不過徒增心事。

眼下，最重要的還是怎麼把明晚的擂臺拿下，爭取將來能留在戲臺之上，最終贏得大青衣的封號，揭開自己姊弟倆的身世之謎才是最重要的……

心中豁然開朗，子妤也不是那等懵懂無知的少女，既然想通了，也就不再拘泥於這些兒女情長的牽掛中，反正坐等唐虞過來也是消磨時間，乾脆隨口唱起了小曲兒：

似花還似非花，也無人惜從教墜。
拋家旁路，思量卻是，無情有思。
縈損柔腸，困酣嬌眼，欲開還閉。
夢隨風萬里，尋朗去處，又還被鶯呼起。
不恨此花飛盡，恨西園，落紅難綴。
曉來雨過，遺蹤何在？
一池萍碎。春色三分，二分塵土，一分流水。
細看來，不是楊花，點點是離人淚。

唱罷一遍，子妤卻訕訕地笑了起來，自己原本是想藉前世喜歡的蘇軾之詞舒逸胸懷，可是卻偏偏選了這一曲《水龍吟．楊花詞》。此曲藉楊花而寫閨怨，那漫天飛絮便是漫天思緒，似花非花若隱若現，又縈人懷抱，讓人無從割捨，也無從排解……

「妙，極妙！好一句『細看來不是楊花，點點是離人淚』！」

說話者正是去而復返的唐虞，手中提了藥匣子，表情疏朗中帶著三分神采飛揚，似是被子妤適才所唱之曲給勾起了無限胸臆，一邊踱步而來，一邊連連叫好。「子妤，適才妳所唱之曲端的是構思輕巧，絲絲入扣。詞中意境躍然於曲調之上，那飛絮漫天舞時，便是殘紅將盡時。伊人青春年華將付流水去，而離人不歸。柳絮點點便是離人淚光點點，這是何等纏綿悱惻，難怪讓人聞之柔腸寸斷。如此妙曲絕詞，可是妳所作？」

卻沒想唐虞只聽一遍竟能生出諸多感受，子妤也不禁驚嘆對方在詞曲歌藝上的絕妙天賦，隨即揚起一抹恬然淺笑。「偶然在山間聽得隱士吟誦，我便記在心中罷了。隨口唱出竟引得唐師父感慨橫生，倒是白沾了這借來的光。」

不疑有他，唐虞也真信了子妤之言，以為這等絕妙詞曲乃是山中隱士所作，不由得再次感嘆。「高人其實在民間啊！」

畢竟以子妤二八年華，又沒有經歷過情愛波折，就算天賦異稟也不可能作出如此哀怨抒懷之詞曲。不過唐虞倒是對子妤記憶裡能裝了這麼多曲調很感興趣，吩咐她空閒時將所知的都抄一份下來，讓他研究一番。

又一個惦記著自己小曲小調兒的人！

子妤卻並不覺得厭煩，反而覺著自己平白帶來許多好詩好詞好曲好調來了這個時代，若是不留下些痕跡，豈不浪費？因而輕點額首。「遵命，等打擂過後我便著手做這事兒。」

這一動，正好一陣暖暖和風吹過，子妤裙襬輕揚，露出一隻裸足，晶瑩如玉的肌膚上映照出點點霞色，惹得唐虞不再多言其他，趕緊走過去半蹲在子妤的身前。「我來為妳上藥，可能有些疼，要忍住。不過若是真覺著不舒服了，妳可以出言提醒，我會輕一些。」

低首看著唐虞小心翼翼地用手捧起自己的裸足，肌膚間傳來的溫熱又一次讓子妤羞赧不已，哪裡還會在乎疼痛，只將一口玉牙咬住，半聲也不敢吭。

唐虞單手托住子妤的左腳，另一隻手打開藥匣子取出一只小瓶，直接用嘴扯開了塞子，頓時一股淡淡藥香氤氳而出。

藥膏呈殷紅顏色，略有些黏稠，唐虞用指尖沾了一點，在腳踝紅腫處塗抹而開，動作略顯笨拙，卻極為輕柔。藥膏的清涼中摻雜著從唐虞指尖傳來的些許溫熱，加上唐虞時不時地詢問，讓子妤根本就感覺不到疼痛，反而有一種無比輕鬆的觸感包圍著受傷的地方，那些火辣的滋味兒漸漸被隱隱的舒適所替代。

不一會兒，腳踝扭傷處明顯消腫了一些，唐虞也舒了口氣，收起藥瓶，動作輕緩地取過鞋襪親手為子妤穿好，這才起身來，笑意淡然。「好了，此藥膏極為珍貴，有生筋骨之效，塗抹之後至少可保十二個時辰不會覺著疼痛。只要明日妳好生休息，傍晚參加比試應該不成問題。等過了明晚，我再為妳用一些溫和的藥膏來調理，幸而只是扭傷，幾日之內應該就可痊癒。」

「多謝唐師父。」子妤這聲感謝可是發自內心的。若沒有唐虞，她拖著一隻扭傷的腳踝定然撐不到明日傍晚，就算咬牙強忍，動作卻騙不了人。到時候不只自己，連帶著子紓和止卿的一切努力，也都會全部付諸流水。

「妳先別急著下地走動，再坐一會兒。」唐虞收了藥匣子，看看四周漸漸沈下去的半抹斜陽，從懷中掏出一本曲集遞給子妤。「看看這個能打發些時間，記得，至少坐一個時辰之後再起身，免得又傷著了。我就不陪妳了，還得去無華樓和班主商議明日比試的細節。」

說完，唐虞覺得不放心，又取出懷中火石放在桌上。「若是入夜了，就點燃燈燭，不然眼睛可受不住。」交代完這些，才理了理衣袍，提步朗朗而去。

被人照顧的感覺很不錯，子妤乖巧地點頭，目送唐虞消失在小竹林外，臉上的笑容也好似楊花落地，繽紛如錦。

章八十四　梨園爭妍

黃昏後，京城的大街小巷都掛起了燈籠，搖曳的光影交錯間形成了一道道流光溢彩的飛虹，被夜風吹出了幾許動人的曼妙滋味。

除卻初夏的動人夜景，最讓京城百姓感興趣的，還是在今夜花家班上演的「梨園爭春」擂臺賽。那些平時難得一見的三等以上的戲伶幾乎都會出現在大戲臺子上，還有不少叫價極高的五等以上弟子們也都會參加，如此梨園盛會自然會勾起所有人的矚目。

但並非人人都能得窺這花家班擂臺賽的盛況，受邀客人無不是五年以上的老熟客，以及京中名望極高的達官貴人們。普通小老百姓只好擠在周圍的茶樓鋪子裡，看能不能沾著聽得兩句妙音，也好回味品嚐著進入夢鄉。

還沒到時間，花家班門口已經停滿了車輦，長龍似的從大門排到了巷尾處。最惹人注意的是，薄侯府以及諸葛右相府的兩輛車輦徐徐而來，卻並未停下，而是直接從側門駛入了戲班之內。

「郡主，諸葛少爺，這邊請。」

花夷本人專門在此候著，親自迎接三樓包廂的一些貴客。見到郡主和諸葛少爺雙雙而來，臉上堆著滿滿的笑容便迎了上去，示意陳哥兒先行過去把位置安排好。

「勞煩班主了。」諸葛不遜玉面之上毫無表情，淡淡的說了這一句便提步而去。倒是薄鳶郡主含笑朝花夷點頭，解釋了一番她母親因為受了風寒無法親自前來，惹得花夷又是一陣客套，屈身恭送了郡主走往戲臺那邊。

看著兩人走遠，花夷露出了難得的輕鬆笑意。

這兩位可是京中數一數二的貴人，其他戲班能請來一位都能敲鑼打鼓得意好一陣子，託了花家姊弟的福，一下子能來一雙；這其實也是花夷當初答應唐虞讓花子好參加比試的原因，若沒有花家姊弟，單靠花家班和自己去請，恐怕費盡口舌也未必能如願。如今兩位貴客一進門，看得出外面街坊鄰居已然議論開來，給自己增了不少臉面，也無形中抬高了花家班的名聲地位。

一些重要的客人陸陸續續地也從側門而進，花夷均守候在此親自接待一番，再讓陳哥兒領路一一安排好位置。眼看夜色沈沈，前院戲臺響起了絲竹舞樂之聲，花夷卻還留在原地，神色間有些焦急，不停地往側門處望去，似乎還在等著什麼人到來。

陳哥兒一陣迎來送往已是有些微微喘氣，眼看前院戲臺子上第一場比試已經開始，花夷卻還在側門處候著，不由得上前去低聲探問：「班主，前頭已經開鑼，貴客還沒到齊嗎？」

花夷點點頭，眼神還是沒離開側門處半開的縫隙，正要讓陳哥兒去看看，卻瞥到一抹絳紫色的衣袍從門縫露出來，精神一振，也不多說什麼，趕緊迎上前去。「五爺，您總算來了，這邊請，這邊請。」

來人約莫四十來歲的年紀，一身絳紫錦袍顯得身材高挺，長髮高束，頭戴羽冠，一身氣度竟讓人有些不敢直視，只覺得其周身似乎都散發著一股淡淡的威嚴，甫一靠近就能明顯感覺到。而他身邊立著一個身材壯碩的年輕男子，右手隱隱扶在腰際的佩劍之上，明顯是個練家子。

這位被花夷尊稱為五爺的人四處一打量，倒是連連點頭，順手將薄如蟬翼的玉骨摺扇甩開，也不用陳哥兒領路，一邊輕輕搖扇，一邊踱步而去，似乎對這花家班有幾分熟悉。「花夷，你這園子倒和十多年前一樣，雖然簡單，卻透著股子清雅。」五指輕捏住扇柄，這五爺的手修長細滑，指甲處也泛著淡淡的粉色光澤，一看便是養尊處優之人。而他身邊的年輕男子只離開半步，緊跟而去，神色嚴肅而又警惕。

連連點頭哈腰，花夷白面之上隱隱滲出了細汗，語氣也是無比的恭敬討好。「五爺看得上眼就行！您昨日遣人來吩咐小的說今晚會過來瞧瞧。可如此陋舍，還真怕怠慢了五爺您，那小的可就是百死莫贖之罪了啊。」

「好了，你不用如此。」五爺也不和花夷客套，唇角揚起，笑意突然變得冷漠清洌，周身上下的威嚴呼之欲出，險些讓身邊跟隨的花夷和陳哥兒當即伏跪下去。

陳哥兒更是心驚膽跳地強撐著跟在後面，疑惑著此人竟能讓班主如此卑躬屈膝，態度猶如奴才一般。且不說這五爺看似和善，其實給人感覺冷傲孤高，單是他身邊那個佩劍的年輕男子，其身分恐怕也非常人可以猜度的。他自然不敢多嘴什麼，連頭都不敢抬一下，只顧著邁開兩條腿兒往前走。

這位「貴客」五爺被花夷親自帶上了三樓正中的包廂，此處是平時專門留給相熟貴客的，位置絕佳，正對舞臺，能將戲伶演出一覽無餘；而且剛好位於半個圓形環抱的當正，也是最能匯集聲音的一個絕妙之處。

撩起身後的衣袍，五爺端坐而下，花夷給陳哥兒使了眼色，讓他趕緊將面前垂著的半透明紫色紗幔給揭起來，又接過婢女奉上的珍果小吃等一一擺在五爺面前的矮几上，小聲道：「五爺，您稍微來晚了些，下面演出已經開始了。小的就在此伺候您，如有什麼吩咐直接叫小的做就是。」

年過五旬的花夷如此卑躬屈膝，連一邊伺候的小廝、婢女都覺著有些彆扭，但那身著紫袍、氣質冷傲的五爺卻絲毫不在意地揮了揮手讓其退下，揮開玉骨蟬翼扇，神色悠閒地開始欣賞起了下面戲臺子上的演出。

此時在臺上的是一對三等戲伶，一男一女，演的正是一齣【思凡】，女的妙若仙姑，男的風流玉潤，倒也博得了滿堂彩。

這次唐虞和花夷商量好了比試的規矩，採用單輪賽制。上場的二十幾個戲伶按照各自搭配的不同曲目，正好分了十組，五五相對，兩兩相爭，每組戲伶演完當即就由看官擲出手中羽箭，若少於上一組就落選，多於下一組就暫時留資格。這樣到了最後能保持羽箭數量領先者，自然就是勝出方，可獲得在諸葛貴妃壽辰上演出的資格。

此時諸葛不遜和薄鳶郡主也坐在三樓包廂的右手位置，兩人一言不發地看著戲臺上表演，顯然都對花家姊弟有如此對手很是擔心。

且不說他們見過的紅衫兒等人，單是下面這一對名不見經傳的戲伶都能唱得滿場生色，恐怕花家姊弟所面臨的勁敵並不在少數。

「完了，子紓真能勝過這些戲伶嗎？」薄鳶郡主呆呆地看著下面，如水的眸子泛起了絲絲憂慮。

諸葛不遜時而看看戲伶的演出，時而伸出手指在桌面輕輕敲著，似乎在揣摩樂師們的曲調，對比試之事則顯得有些漠不關心。

見他一副事不關己的樣子，薄鳶郡主不禁有氣，嘟起小嘴不滿道：「諸葛不遜，你不是貴妃的侄孫兒嗎，不如你去說說情，直接讓子妤姊和子紓去演出，豈不方便？」

這下諸葛不遜算是有了回應，卻也只是淡淡地瞅了薄鳶郡主一眼，聲音冷得像一塊萬年不化的冰。「就算妳當花家姊弟是乞丐，以子妤的性子也是個不食嗟來之食的人。戲伶有戲伶的傲骨，並非普通伶人，若沒有真本事，就算給她一方舞臺，站在上面也不過是貽笑大方罷了。」

「隨你怎麼說，老是頂張死人臉，冷面狼！」或許有些聽懂了諸葛不遜的意思，薄鳶郡主只嘟囔地低罵了幾句，悶氣也無處可發了，乾脆拿起一塊百合蜜餞直往嘴裡塞，希望用這樣的方式來轉移一些自己的緊張感。

正好臺下戲伶唱罷了一齣【思凡】，雙雙上前給看官們福禮，之後便緊張地等待著鍾師父數過羽箭的數量，看能否壓過前一組唱【玉簪記】的師兄妹們。

「四十五根！」

鍾師父洪亮的聲音報出了這個數字，讓兩人長舒了口氣，掩不住臉上的興奮之色，又是一陣鞠躬致謝後才攜手下了舞臺。

這一幕看得上頭的薄鳶郡主又是一陣緊張，不住地叨唸著：「才演出了三組，這第三組竟比先前的足足多了五根羽箭。照如此進度下去，至少要得了六十根以上的羽箭才能有幾分勝算，可算上你我不過才兩根罷了，早知道多要幾個位子安排侯府的人進來，或者讓翠姑也在下頭坐著，這樣便能替子紓他們多爭取些。」

諸葛不遜則蹙了蹙眉，心裡也在暗暗估計著花家姊弟的實力，平淡如許的表情終於被一抹淡淡的擔心所取代。

章八十五　劍拔弩張

前臺上花家班弟子們正全力相爭，想要抓住這一個千載難逢的機會出人頭地，一鳴驚人。畢竟在梨園這一行，資歷勝過一切，類似這樣公平打擂比試的幾乎從來沒有過，這也給了許多沒有背景身分、沒有名師指導的戲伶一個可以表現自己的全新舞臺。哪怕沒能拔得頭籌，單單是這一次亮相也能為自己掙到幾分名聲，為以後的戲曲生涯鋪點路。

可這次比試，對於花子妤來說卻意味著更多。

未來能否成為戲伶，這是唯一的一次機會，只有成為戲伶之後，才能朝著「大青衣」之路邁進，終有一天得以揭開姊弟倆的身世之謎，而這也是身為姊姊對弟弟的承諾和責任。子紓練了武生，以後不可能再唱青衣，這條路也只有花子妤自己來走，且必須走到底。

心底的緊張浮現在臉上，子妤雙手交握，不時地來回走動幾下，身上的素色裙衫隨即揚起，顯露了主人內心的不安。

「別緊張，還有兩場才輪到我們。」止卿換好戲服從屋裡走出來，和平時的長衫玉袍不太一樣，這身極為粗獷的士兵服穿在他身上，配著俊美的面容和略顯清瘦的身材，倒也顯得別具風采。

一旁的子紓也掀起簾子走了出來，一邊整理身上的鎧甲，一邊隨聲附和著：「止卿哥說得對，妳一直盯著前臺的演出，待會兒輪到咱們的時候豈不都沒了力氣。還是別看了，別看了！」

「也對，緊張無用，還是放鬆些好。」子妤點點頭，深呼吸了幾口氣，理了理鬢旁一縷髮絲，回頭看了兩人一眼，卻沒想到同樣一套軍服穿在他們身上卻是截然不同的兩種效果。

止卿樣貌清朗，神似仙駿，原本一副翩翩佳公子的模樣如今添了幾分英氣，有種剛柔並濟的別樣氣質。而反觀子紓，他原本就高挺結實的身材，穿上這將軍戲服更是襯得其眉目英朗，風姿颯爽。

這兩人站在一處，惹得來往準備要上場的女弟子們紛紛將眼神投過來，這場景也讓子妤心裡頭多了些安慰，至少兩個搭檔的扮相就先讓大家眼前一亮，不致輸在開場上頭。

「青歌兒師姊她們出來了。」

耳邊有幾個女弟子在低聲說話，傳到子妤耳朵裡，一扭頭，果然看到兩人相攜從一間休息屋裡出來，單看她們的戲服，子妤已經明白了一大半。

兩人一個白裳，一個青衫，戲服輕薄，領口處均露出半點瑩瑩如玉的肌膚，腰肢用寬布故意束得不足一握，走動間風情媚媚，搖曳生姿，端的是一對「美人蛇」姊妹花！

「原來兩位師姊搭檔演一齣【白蛇傳】呢！」

子妤主動上前頷首福禮，一語道破了青歌兒和紅衫兒即將上演的好戲。

青歌兒穿的是一身白絹戲服，柔柔的裙衫無風自揚，即便不開口，也已經是個千嬌百媚的白娘子樣兒了，而紅衫兒則是一身青色暗紋薄衫，細眉故意畫得拖長往上一勾，只是一個眼神，就已詮釋出了青蛇懾人心魄的無邊姿色了。

「子妤妳倒是好眼力。」紅衫兒說著上前兩步，用媚眼大剌剌地上下打量了一番眼前的花子妤，半晌才從鼻端悶哼一聲，調笑道：「恕我眼拙，妳這一身素布裙衫，到底唱的是哪一齣啊？」

青歌兒倒是直接忽略了花子妤，看向她身後的兩人，知道他們在唐虞的指點下定然不會差到哪兒去，便伸手將紅衫兒拉了回來，揚起笑意柔聲道：「子妤，妳是和子紓還有止卿一併上臺吧！他們穿的是士兵服和將軍服，難不成你們演的是武戲？」

對於眼前兩個「美人蛇」截然不同的表現，子妤心裡卻將其歸為同類人，於是仍舊含著笑意，不惱不火地點點頭。「算是武戲，也不全是武戲，讓師姊們見笑了。」

紅衫兒對於花子妤即將演什麼並沒放在心上，眼神流連著往止卿身上招呼了過去，媚態橫生地挑挑眉。「止卿師兄，聽說你們抽籤抽到了第九？」

「對。」

點了點頭，止卿別過眼佯裝去看臺上的演出，還是一副冰冷淡漠的樣子。熱臉貼了人家的冷屁股，紅衫兒有些委屈地紅唇緊抿，也知道在這麼多師兄妹面前丟了面子，只好把氣又出在花子妤的身上。「還好師父堅持讓我和青歌兒師姊唱壓軸，不然若是讓你們不小心抽了個第十，豈不成了笑話。」

「紅衫兒師姊！」一旁的子紓突然邁出兩步站到中間，隱隱將姊姊花子妤護在了後面，高大身軀往前一傾，嚇得紅衫兒退了兩步。

警惕地看著花子紓，紅衫兒張口道：「你這傢伙幹什麼，靠這麼近嚇死人了！」

「妳頭上好像有隻蜘蛛……」

子紓話還沒說完，紅衫兒已經把眼睛睜得像銅鈴那麼大，紅唇半張，想尖叫又不敢，只得一陣風似的往後面的休息屋跑過去，哪裡還顧得上挑釁花子好。

「……我還想幫妳弄下來呢。」自顧自地說完話，子紓眼底隱隱閃過一絲笑意，卻並未表露出來，轉身拉了子好。「走，還剩兩組就輪到咱們了，得去候場了。」說完一手攬了一個，三人也不再理會青歌兒，逕自往後臺而去。

子好樂得有弟弟幫忙打發了紅衫兒這個麻煩，低聲笑道：「小子，你倒是越來越狡猾了。」

戲臺背後就是候場的地方，只有一排屏風隔開了舞臺。即將上場的兩組戲伶看到子好他們來了，都客套的點點頭，算是打招呼。

對於這些師兄妹的態度，止卿絲毫沒有放在心上，帶著花家姊弟直接去了角落。他不疾不徐地坐下，乾脆閉目養神起來。而子紓則面對牆壁紮了個馬步，似乎想要活動活動身子，免得等會兒上臺後動作不流暢。只有子好因為從未登臺，這候場的地方還是第一次來，便忍不住環視打量了起來。

幾把被磨得發亮的黑木廣椅和矮几供候場戲伶暫時休息，西南角三面半人高的銅鏡則是讓戲伶上臺前最後審視一下自己的妝容戲服，然後是一字擺開的潤喉蜜水供即將上臺的戲伶隨時飲用。最後，在頭頂的橫樑處還掛了一面旗子，上面繡了大大兩個字「噤聲」。因為此處和戲臺只隔了一層屏風，所以候場之人均不能大聲說話，違者一個月內不得再次登臺。

看了一圈沒有發現唐虞的身影，子妤知道他定然坐在前場審視戲伶們的表演。感到左腳踝處傳來陣陣沁涼之感，那是他所贈的藥膏，心中不免有些小小暖意，讓她緊張的心情也隨之放鬆了幾分。

看著三人各異的神態動作，旁邊候著的兩組師兄妹都忍不住看了過來，眼神都集中在花子妤的身上，並時不時的低聲交頭接耳幾句。態度不至於像紅衫兒那樣無理囂張，但眼底還是忍不住有著探究和警惕的神色流露出來。

畢竟是打擂的對手，在臺上可沒有什麼師兄妹的情分，只有一組戲伶可以笑到最後。止卿和子紓對於這些師兄妹來說並不陌生，雖然他們兩人實力不俗，但幾斤幾兩大家也清楚明白。偏偏這花子好從未上過臺，平素裡也不顯山不露水，倒讓大家有些捉摸不透，心裡頭沒個底。

「鏘鏘鏘！」

前臺一陣急促的鑼聲，意味著這一組的戲伶已經表演完畢。隨著鑼聲落下，陣陣喝彩聲也不斷傳來。果不其然，片刻之後鍾師父洪亮的聲音就報出了這一組戲伶竟得了有六十三根羽箭。

「六十三，這是眼下最高的了吧。」子妤心中暗道，抬眼看到簾子一動，正是先前在臺上演出的兩個師兄下臺來，他們演的是一齣【關大王單刀會】，耳熟能詳的曲目討了幾分巧，武戲又熱鬧，自然成績斐然。

不過子紓很是有些不屑的樣子，只瞥了一眼走下戲臺的兩人就繼續作準備，似乎對他們的演出並未放在心上。畢竟放眼整個花家班，子紓身為四大戲伶之一朝元師兄的弟子，當屬武生第二人。所以當這兩個師兄看到花子紓也在候場時，笑意頓時隱了下去，看來他們也明白這成績恐怕保持不了多久就會被人壓下去，臉色有些悻悻然地離開了。

「下一組，該妳們了！」負責安排戲伶上場的師父招呼了兩個等候的弟子過來。

子妤看了看，那兩個女弟子均是三等戲伶，經常搭檔在前院上戲，十八、九歲的年紀，雖然樣貌不夠出色，但眉眼間很有些風情，有不少看官喜歡點她們的戲。看她們今日的裝扮均是豔麗窈窕，子妤倒也有幾分期待看她們今晚唱的是哪一齣。

「子妤。」

正探頭往前頭瞧，子妤聽得身後有人叫自己，竟是唐虞的聲音，意外地轉頭過來，果然是他站在後臺的另一側，朝這邊招了招手，示意三人都過去，好像有話要交代。

第八十六章　蠢蠢欲動

前頭已經開場了，這一組演的是【狐思】。

兩個戲娘一個扮玉面狐狸，一個扮獾婆，端的是媚眼風流，姿態旖旎，再加上唱功柔軟綿長，咿咿呀呀之間聽在耳裡簡直要勾去三分魂魄。特別是那些男性看官，一個個目不轉睛，定力差的幾乎要流出口水來。

此時的子紓也被吸引了，雖然唐虞站在面前，他還是忍不住豎起耳朵，有種心癢難耐的感覺，總想到臺側去偷看。還好止卿仍舊一副淡漠的樣子，只認真看著唐虞，知道此時對方特地從前面過來，一定是有要事交代。

見子紓那副樣子，唐虞也仔細聽了聽，卻蹙起眉頭，低聲說評道：「雖然扮相和唱功都不俗，但整個意境流於下乘，登不得大雅之堂。這些看官們都是花家班的熟客，知道該如何取捨。」

子妤若有所思的點點頭，想想也是。戲班不同於青樓之流，戲伶演出雖然也要討好客人，但卻是以藝而非色；若以色藝作為憑藉，確實是流於下乘，反而失了戲伶的尊嚴，與那倚門賣笑的娼妓無啥區別。

不再關心前臺的演出，唐虞理了理思路，眼睛掃過三人，鄭重其事地開口：「好了，我只能耽擱一點兒時間，上臺之前有些話要交代你們，一定要聽進去。」

「是，唐師父。」花家姊弟和止卿均神色一凜，知道此次比試並非兒戲，就連一直都看似輕鬆的子紓也表情嚴肅了起來。

唐虞將自己的新戲和花家姊弟以及止卿的功力都衡量了一番，之前的這些師兄妹們看似不俗，其實都並非對手，只有壓軸上場的青歌兒和紅衫兒能有一爭之力。但因為花夷的安排，讓她們唱壓軸，所以佔得幾分便宜。

但唱壓軸也是要有足夠實力的，如果候場的時候青歌兒、紅衫兒被三人的表演所震撼，那心態就一定會不穩，心守一失，必現紕漏。所以唐虞要求三人務必調整自己的心態，不要將之前上臺的戲伶放在眼裡，只需要發揮出平時練習的水平就能穩操勝券。

至於之後青歌兒和紅衫兒的演出，那是她們自己的事，三人更加沒有必要去擔心，各憑本事而已，非人力可爭了。

聽得唐虞一番勸導分析，三人的心態又放平和了不少。特別是花子紓，本來就大剌剌缺心眼兒，這下更是什麼都不管了，神態中透出一種混合了自信的期待，一副躍躍欲試的樣子。

唐虞倒有些欣賞子紓的態度，再次提醒道：「你們都該跟子紓學學，他能從容應對比試，絕對會佔得幾分先機。」

「是。」子妤和止卿對望一眼，都看到了彼此眼中難以掩去的半點緊張情緒。

其實，有唐虞親自指點，又有一齣絕妙的新戲，再加上三人的實力並不差勁，一切都只需要在最後登臺時發揮出最好的狀態水平即可。如此簡單的道理子紓都想得通，自己為何又想不通呢？想到此處，兩人又不約而同心領神會地釋然一笑，默契十足。

看到三人雖然表情各異，但均流露出了令人滿意的神態，唐虞也心安了幾分。「子紓、止卿，你們先過去理一理這盔甲服飾，弄得神氣些，我要你們一亮相就博得滿堂彩。子妤留下，我還有兩句話要交代。」

依言去到銅鏡面前整理衣飾，兩人走後子妤則留原地，唐虞轉頭看了看，確定無人才低聲問：「妳的腳傷如何了？撐得住嗎？」

唐虞話中的淡淡關懷之意像一股暖風拂進了心扉，加上左腳踝上不時傳來的陣陣沁涼，交會融合之下讓子妤一點兒也感覺不到疼，只微微地點了點頭。「多謝唐師父所贈的藥膏，搽了之後紅腫雖未完全消散，卻一點兒也不覺著疼了。」

看著子妤柔柔笑意，並未被腳傷所擾，唐虞也就放心了。「那就好，妳上臺一定要小心，若有些動作無法完成也不要勉強，隨意帶過便是。」

「哐啷——」

突然從外面走廊傳來一聲響，唐虞蹙眉，轉身過去瞧了瞧，卻並未看到外面有人。畢竟此時演出完畢的戲伶都聚在了後臺另一側，等著最後的結果出來，而候場的青歌兒和紅衫兒二人還差三組才輪到她們，也不可能這麼早就過來。

沒將剛才的聲響放在心上，唐虞又囑咐了子妤兩句。「妳也過去整理一下衣飾和妝容吧。」

轉身離開，唐虞又仔細看了看走廊，此時雖有兩、三個弟子經過，但表情都很自然，並無異常，但不知為何，總覺得心裡有些發慌，只好甩甩頭回到了前場。

唐虞和花子妤離開後，只見屋外走廊邊的輕紗微動，露出了一截雪白的裙衫，竟是一臉表情疑惑的青歌兒躲在後面。

踱步而出，她若有所思地抿緊了粉唇，似乎在想些什麼。

「青歌兒師姊，走吧，我找到代替的鐲子了。」說話間，紅衫兒從遠處走了過來，柳腰輕擺，晃了晃腕上一只金絲帶玉的鐲子。

「那就好，先去候場的屋子吧，雖然還有三組人才輪到咱們，早些去也好觀摩觀摩。」青歌兒回首一笑，面上已毫無先前的異樣表情，只是眼底還殘存著一絲淡淡的疑惑沒能完全掩飾。

前頭一齣【狐思】唱罷，果然不出唐虞所料，雖然叫好聲此起彼伏，但羽箭數量經鍾師父一報，不過才六十二根，在七組已出場的戲伶裡名次並非最優。看來這些老戲迷也都明白，舞臺上除了風情，還是要有幾分真本事，否則進到宮中給貴人們演出，豈不輸了場面砸了招牌？

攜手緩緩走回候場處，這一對戲娘並不氣惱，臉上均是歡歡喜喜的神色。經過這一次的比試，她們不但能掙得些名聲，平素裡點她們出堂會的客人也會只多不少。畢竟一般喜宴壽辰等場合，也需要她們這樣讓人覺著輕鬆舒服，又能讓達官貴人們娛樂的戲娘來演出的。

許多戲伶明知不可能拔得頭籌還來參加比試，另外一個原因便是衝著能藉此掙得些名聲好處。

看到青歌兒和紅衫兒攜手而來，下臺的兩個戲娘趕忙上前福禮，說著一些討好恭維的客套話。因為就要上場了，子好三人便沒有湊攏過去說話，只頷首算是打過招呼。但青歌兒卻時不時地用眼神朝子好的腳上掃過，似乎在斟酌著什麼，心思也並未放在那兩個戲娘身上。

「好了，兩位妹妹下去休息吧，我們過去給花家姊弟和止卿師兄打打氣。」青歌兒淡淡地打斷了兩個戲娘的說話，略點頭表示不送，便拉了紅衫兒過去了。紅衫兒雖然被子紓戲弄一番，但看著止卿還是忍不住想去跟他說說話。先前還有些不好意思，現在青歌兒主動提出，她自然是巴不得。

眼看兩人即將靠近，不知為何紅衫兒竟一個踉蹌，花容失色地伸出手來往前一抓，正好不偏不倚地撞上了站在旁邊的花子好。

「呀，紅衫兒師妹，妳怎麼了？」青歌兒壓低了聲音，神情慌亂地過去將她扶住，眼神卻落在了正好被紅衫兒踩了一腳的花子好身上。

差些呼痛出聲，子好滿口玉牙緊緊咬住，只覺得左腳處傳來一陣鑽心的疼，但此處靠近前頭戲臺，自是不敢呼叫出來。而且看來紅衫兒確實並非故意，只好在袖口裡手緊握著手，將疼痛強壓下去。

「姊，妳沒事兒吧？」身邊的子紓倒是心細，看出子妤額上微微滲出細汗來，低聲將其拉過來兩步離開紅衫兒，一邊詢問，一邊狠狠用眼神瞪了紅衫兒一眼。

止卿也走過來隱隱將子妤護在身後，眼神淡漠卻夾雜了一絲淩厲地看著紅衫兒，雖一句話沒說，卻很明顯地露出厭煩的情緒。

紅唇緊閉，紅衫兒不敢在此造次，但看著止卿的眼神卻流露出一絲委屈和不甘。一旁的青歌兒有意在其耳邊低聲道：「罷了，人家也不領情，妳又何苦自降身價去討好止卿呢。不如想想待會兒怎麼壓過他們，才能出這一口氣。」

被青歌兒一席話說得鬥志激昂，紅衫兒的性子本就潑辣直爽，做事毫不拖泥帶水，當即就拂袖離開，與青歌兒一併來到銅鏡前，一邊整理著戲服妝容，眼神中也透出了一股濃濃的「戰意」。

小小插曲並未引起什麼變故，子紓和止卿只將子妤一併護在身前，免得又被紅衫兒「誤傷」，卻不知道此時子妤心裡卻像打鼓似的慌亂了起來。

剛才雖然紅衫兒並不是故意，但她正好撞到了自己昨日扭傷的左腳踝。此時雖然沒有先前被撞時那樣鑽心似的痛，但火辣辣的感覺卻逐漸蔓延開來，只輕輕走動一下，整個腳踝處的筋骨就好像被針扎似的，眼看馬上就要登臺，走步之類還能強忍著完成，可那些武戲動作又該怎麼辦？

前面戲臺鑼聲鏘鏘，眼看歇場的時間已經差不多，子妤也無法顧及自身，一咬牙，決定直接忽視腳踝的傷痛，無論如何也要完成這場演出。這不僅僅是為了自己，也是為了一直守候在身邊的子紓和止卿……當然，還有為這齣新戲費盡心血的唐虞師父。

章八十七　誰家木蘭

深呼吸一口氣，花子妤提著裙角，面含淺笑的步上了戲臺。

眉目清秀，素衣如常，眼前這個二八年華的小女子立於臺上，讓下面的看官們都有些摸不著頭腦，也不知這唱的是哪一齣，紛紛低聲交頭接耳起來。

知道臺下定會有如此反應，子妤並未將其放在心上，只深呼吸了口氣調整好狀態，揚起宛然清笑，張口唱來：「唧唧復唧唧，木蘭當戶織。不聞機杼聲，惟聞女嘆息。問女何所思，問女何所憶。女亦無所思，女亦無所憶……」

沒有樂師的伴奏，嗓音也毫無做作，子妤只是用著本質淳樸的聲音唱出了這首《樂府詩集》中〈木蘭辭〉的開場。

如鄰家閨女般的溫柔笑意，好似旭日升起的明媚表情，再配著輕鬆的曲調和大家耳熟能詳的唱詞，臺下看官們也逐漸被吸引了，從議論紛紛改為凝神觀看。

唐虞環顧四周，也將端著的一顆心漸漸放下了，單看這開場亮相，子妤的表現和看官的反應，總算沒有讓人失望。

隨著一段唱罷，開場的輕鬆曲調一收，頓時樂師敲響了銅鑼聲聲。子妤原本輕靈柔柔的表情突然一變，神色嚴肅地張口改為唸白：「小女子花木蘭，值可汗點兵，父親花弧名在軍書，與同里諸少年皆次當行。乃父以老病不能行，木蘭願易釵而弁，市鞍馬，代父從軍！」

「代父從軍」四個字從口中朗朗而出，不同於先前的小女兒家的姿態，子好神色一凜，順勢變得英氣勃發起來。

如此突如其來的氣氛改變，也讓臺下的看官們精神一振，趁著子好這一停頓的空檔，紛紛喝彩叫好起來。

這還不夠，隨著子好再次唸起「昨夜見軍帖，可汗大點兵……願為市鞍馬，從此替爺征」時，扮作將軍和韓士祺的花子紓和止卿也登臺亮相，兩人一人持劍、一人舉槍，英氣朗朗，神采飛揚，讓臺下看官又是一陣驚呼，喝彩聲連連不斷。

「旦辭爺娘去，暮宿黃河邊。不聞爺娘喚女聲，但聞黃河流水鳴濺濺。旦辭黃河去，暮至黑山頭。不聞爺娘喚女聲，但聞燕山胡騎鳴啾啾……」

隨著子好逐漸加速的唸白之詞，鏘鏘鑼鼓聲也卒然加速起來，身著士兵服和將軍服的兩人來到戲臺中央，分列相對、刀槍相碰，連續耍出幾個漂亮的武生招式，也將原本平靜的戲臺變得激昂起來，彷彿那戰鼓已然擂響，戰士就要奔赴那烈火滾滾、硝煙漫漫的戰場……

瞧著下方戲臺如此場面，三樓包廂內的諸葛不遜和薄鳶郡主也才雙雙鬆了口氣。

雖是新戲，卻又是大家耳熟能詳的傳奇故事，再加上三人恰到好處的扮相，甫一亮相就能引得看官們反應如此熱烈，想來成績定會蓋過之前上場的所有戲伶。

薄鳶郡主更是直勾勾地盯著身穿將軍服的花子紓，纖指相繞，緊扣不分，眼中那嬌嬌的女兒姿態絲毫不掩飾的流露出來，是崇拜，更是喜歡。

一旁端坐的諸葛不遜也耐不住了，來到扶欄邊往下看，一邊瞧一邊不住的點頭，到精彩處正好回頭，卻發現薄鳶郡主一副花癡樣兒，眼睛直勾勾地看著臺上的某人，絲毫不加掩飾。

再仔細瞧瞧，那眼神跟隨的分明就是花子紓那小子，惹得諸葛不遜揚起一抹玩味的笑意，但其中似乎又帶了些無奈和擔心。

三樓包廂的正中位置也不時傳出陣陣叫好喝彩聲，正是花夷親自伺候接待的貴客五爺。

五爺輕輕搖著蟬翼玉骨摺扇，搖頭晃腦間不住地點頭，伸手勾了勾，示意花夷上前，朗聲問：「好個花夷，藏了這麼三個機靈的戲伶，怎麼也不早些拿出來讓爺品品？」

花夷心裡可樂翻了，先前上場的八組戲伶，幾乎沒一組讓這位貴客滿意的，那組唱【狐思】的本來還討了他幾句喝彩，但卻因這五爺很是「懼內」，花夷根本沒法讓那兩個戲娘去討好他。倒是這一組花家姊弟和止卿一上場，這貴客就連番叫好，很感興趣的樣子，花夷連連應聲道：「五爺，您既然喜歡，以後小的多讓他們出來亮相就是。」

「你們花家班還真是有些意思，人才輩出，不過可惜……」五爺笑得有些意味深長，似乎一時間想到了什麼，眼神漸漸凝住了。「若無鳶仍在，應該很欣慰吧！」

聽見五爺提起「無鳶」二字，花夷臉色突然就僵住了，額上冷汗直冒，雙腿兒也不聽使喚地幾乎癱軟，根本不敢接話，連呼吸都壓得極為輕緩，生怕觸怒了眼前這位貴客。

「長歡，走！」

這五爺突然起身，玉骨扇「唰」地一收，臉色從原先思緒飛揚的迷惘突然變得淡漠無情，叫了一聲跟隨在側的那個佩劍年輕人，紫袍一揚，就這樣闊步邁出了包廂，帶起一陣風，箇中香味兒淡淡揚起，竟是宮裡常用的龍涎熏香。

花夷愣在原地，似乎並未回過神來，但看著五爺已然走遠，竟伸手拍了拍心口，長長地舒了口氣。

「五爺說給這組戲伶擲一根羽箭。」

冷不防，一聲話語突然在耳邊響起，驚得花夷幾乎一跳，轉身看到那長歡又回來了，趕忙鞠身點頭。「是，小的明白了，請五爺放心。」

長歡面無表情地又看了一眼樓下的戲臺，盯住正在耍槍的花子紓，有些欣賞之色閃過眼底，這才轉身迅速離開。

此時的舞臺上，子妤所扮的花木蘭已經換上一身戎裝，眉目清朗，英氣逼人，加上身量高䠷，站在子紓和止卿所扮演的將軍和韓士祺中間也絲毫不輸那武將的氣勢，相較之下，還更有一股難言的氣質躍然而出，讓臺下看官都有些迫不及待地想要知道下一場戲他們即將帶來怎樣的驚喜。

「鏘鏘鏘……」

合著鑼鼓聲聲，軍中號令從扮作將軍的子紓口中傳出。「大戰在即，為激勵將士們，今日且來一場切磋比試。得勝者，可作先鋒殺敵！」

「將軍」令下，「花木蘭」和「韓士祺」雙雙動了起來，兩人佩劍相交，圍繞著戲臺中心步步環繞。雖才開始比試，卻已經教臺下看官們等不及了，紛紛叫好喝彩，期待著女扮男裝的「花木蘭」和未婚夫「韓士祺」之間的第一次較量和碰撞。

這一場戲子妤和止卿練過很多次，當初也是在這場戲的最後被唐虞逼得再多下腰三寸，原本隨手拈來的武戲，此時卻讓子妤心底慌亂了起來。

上臺前，紅衫兒無意中撞到自己的腳傷處，這針扎般的疼就一直沒有消散過。先前的幾場戲因為無須太多動作，子妤都能咬牙完全忍住。可這場戲有許多動作必須用腳勁兒，若是不然，就如飛燕折翅，游魚斷鰭，不但搞砸了整齣戲的高潮，更會將三人的努力全部葬送。

眼神相交，止卿見子妤只踱步而不出招，似乎看出了她眼底一閃而過的一絲苦楚，一個閃身亮相到前面，做了個難度極高的武生動作，復而轉回來一把拉住子妤的一臂，趁其空檔開口低聲問道：「怎麼了？」

臺下的唐虞看著看著也察覺到了不對，剛才在子紓一聲令下之後子妤和止卿就該開始做下一套動作，中間並無這麼長時間的過場……再仔細看了看子妤，心中「咯噔」一聲，果然她的左腳處有些拖帶的感覺，雖不明顯，但平時練習絕不會這樣！

難道子妤的腳傷有礙？

唐虞正不明是何緣故，臺上的「花木蘭」卻已經搶先出招了。

對止卿眨眨眼示意自己沒事兒，子妤一咬牙，決定什麼都暫且放下，無論是擔心還是痛楚，無論是慌亂還是不安，只要熬過這一場戲，一切也就結束了。想到此，腳下的痛楚反而變得輕鬆了不少，子妤劍走如游龍，舞動間身姿似柔且剛，時而眼神凌厲，時而神色不忍，堪堪將女扮男裝的「花木蘭」面對自己未婚夫時，那種想要讓對方發現自己，又想要將所有情緒隱藏的複雜糾結演繹得淋漓盡致，揮灑自如。

止卿也毫不遲疑地動了，配合著子妤在戲臺上的表演，一手長劍舞得妙如銀蛇，絲毫不遜於苦練多年的武生。而他俊朗的面容卻猶勝眾多戲郎，舉手投足間那種獵獵風度，倜儻不羈的感覺更是讓一眾女看官們忍不住臉紅心跳起來……

終於，兩人完成了打鬥的戲分，到了最後一個子妤錯劍被止卿攔腰摟住的動作。

正當「韓士祺」的手臂將「花木蘭」的柳腰當空攬住時，樂師們的奏樂也戛然而止，全場看官均屏住了呼吸，彷彿天地間只剩下了那方戲臺，只剩下了在戲臺上四目相對、肌膚相觸的兩人。

所有的一切表演都極為到位，從動作到眼神，從氣氛到感覺，臺下看著他們演出的唐虞雖然已經看過了無數遍，此時還是心頭一震，彷彿感受到了女扮男裝的「花木蘭」對未婚夫「韓士祺」的一種期待，期待對方能看出自己本為女兒身的真相。

只是唐虞太瞭解花子妤，太瞭解整齣戲，此時子妤的右腳明顯在微微的顫抖著，好像一株即將折斷的柳枝，隨時都有摔倒的可能。不過還好的是，止卿似乎也發現了什麼，眉頭不易察覺地蹙了一下。

正當臺下看官們準備開口叫好喝彩之時，臺上卻又突然發生了變故。

原本被「韓士祺」摟住的「花木蘭」竟腳下一滑，眼看就要從對方懷中摔落而下，「韓士祺」手臂一收，自然而然地就將「花木蘭」往自己懷中抱住，兩人鼻尖相觸，幾乎就差一根髮絲的距離，那唇就要碰在一起……

章八十八　滿堂喝彩

面對「韓士祺」與「花木蘭」突如其來的親密接觸，臺下看官們的反應均為一怔，甚至還有女看官發出了抽氣聲和驚呼聲……緊接著，如潮水般的掌聲轟然而起，所有人都禁不住心中的悸動，開始放肆地宣洩他們的情緒。

戲臺之上，其實最打動人的戲曲並非那些耳熟能詳的經典唱段，也不是繁花似錦的浮華作態，而是一種自然流露出能感染到臺下之人的情感氛圍。

子妤因為腳上吃痛，意外的險些摔落，而止卿下意識的一攬，幾乎讓兩人嘴唇相碰在一起，這樣毫不做作的意外正好起了畫龍點睛的作用，讓原本缺少些內涵和真實感情的戲曲變得有了血肉一般，這「花木蘭」與「韓士祺」之間的糾葛，在臺下看官們的眼中也突然變得豐富起來。

眼看著自己親自指導的弟子們表演獲得了成功，新戲也受到了看官們的接受和肯定，唐虞懸著的一顆心終於放下，臉上也浮起了淡淡的笑容，只是那笑容的背後似乎有些說不清、道不明的惆悵，猶若點點春水，漾開了層層的漣漪。

臺上，子妤和止卿四目相對，雖然眼神柔軟，腳踝處卻不時傳來陣陣鑽心的疼痛，讓她有些忽略了止卿眼底一閃而過的一抹溫柔和情動。

佳人在懷，雖是從小一塊兒長大的玩伴，彼此熟悉無比，但止卿從未有過這樣心跳怦怦的感覺，就像一層薄霧突然被狂風吹開，露出了原本悸動難耐的心……

「止卿。」虧得腰際被止卿牢牢攬住，子好不至於因為左腳的疼痛而無法站立，但兩人在臺上不能只呆立著不動，於是她只好眨眨眼，嘴唇不動，壓低聲音提醒他。「拉我起身，得過到下一場了。」

回神過來的止卿微微一笑，眸子變得清明了起來，一個側身挽手，將子好從懷中輕輕推送而出，兩人單手相交，徐徐放開，將「花木蘭」和「韓士祺」之間情愫暗生的感覺表現得淋漓盡致，毫無保留。

「好！」

又是好一陣的喝彩聲輪番響起，正好接了過場的空隙。不一會兒，換過戲服的花子好再度登場，一齣〈三試木蘭〉繼續上演。

清秀如靈的「花木蘭」，風流倜儻的「韓士祺」，英武瀟灑的「大將軍」，三人在窄窄的一方戲臺之上，傾盡全力演繹出了一個栩栩如生的動人故事。那一眉一眼，那一舉一動，讓臺下看官的心隨著易釵而弁代父從軍的「花木蘭」而動，時而如小女兒家柔情漫漫，時而如軍中男兒一般翻騰滾燙，萬般滋味全都匯集到了這小小天地之上。

戲臺上的一刻，如白駒過隙，便是那戲中人生的一個縮影。「花木蘭」已經從軍十年，終得卸甲歸田，與「韓士祺」之間似戰友又似知己的關係也逐漸變得迷惘起來。

再一次退場，場中「咚咚」戰鼓之聲變作了「泠泠」絲竹之樂。

褪下兵服，回到家中的「花木蘭」一身清凌凌的嬌俏裙裝，手中挽鏡，正貼了花黃，對比著先前的英姿颯爽，有種婉約迷離的動人風致，看得臺下看官均是一喜，興致盎然。

而當「韓士祺」一身雨過天青色的長衫款款亮相時，臺下所有人都屏住了呼吸。如此面容俊朗，如玉溫潤翩翩公子，任誰也無法和先前那個馳騁沙場的威武將士聯結起來。

越是這樣反差巨大的扮相，越能勾起臺下看官們的殷切期待，期待著舞臺上的二人會帶給他們什麼樣的結局。

子妤提起裙裳，蓮步輕移，伸出素手纖纖虛推開屋門，淡淡敷粉的雙頰透出一抹雲霞霧靄般的光澤，將小女兒家的嬌羞狀演繹得分毫畢現。

看著對面而立，已然驚呆的「韓士祺」，「花木蘭」輕輕側頸，粉唇微啟地唱起了這場戲的壓軸段子。「雄兔腳撲朔，雌兔眼迷離；雙兔傍地走，安能辨我是雄雌？」

飄飄樂音隨即漸漸消散，臺上的一切也靜止不動了，四目相對的「花木蘭」與「韓士祺」情意綿綿，顧盼有姿，像一幅細細描繪的工筆畫卷，讓人不忍收起，品之，而猶有未盡……

從未有過的安靜降臨在花家班的戲園子裡，看官們都只深深地盯住戲臺上的兩人，半晌也沒有任何反應。過了一會兒，也不知是誰帶了頭，清脆掌聲「啪啪」響起，隨即便感染了全場，那掌聲匯集在一起，轟然如雷鳴一般，顯出了看官們內心的陣陣激動。

「太好了！真是太感人了！」

三樓包廂上，薄鳶郡主也拍著雙手，不住地叫好，雙頰因為太過激動也顯得緋紅如霞。

站在圍欄邊的諸葛不遜則含著淡淡的微笑，也抬起了雙手，一下一下地拍著。「真是沒想到，子好竟能演得如此活靈活現。看著此戲，總覺得這『花木蘭』一角就是子好，無論從性格還是從背景，好像一切都是自然流露，根本不用假扮一般。看來，這次他們若是拔得頭籌，創作這齣新戲的唐師父應該居功厥偉。」

好像看出了這齣新戲後面的某些聯繫，諸葛不遜萬年不變的眼神有了些玩味的情緒在裡面。他沒想到唐虞竟會為子好量身打造這一齣清妙絕倫的新戲來，不但極適合子好來扮演花木蘭，還揚長避短地讓子好原本的缺點變成了優點，從中脫穎而出。

到底是唐虞無意為之，還是有意相幫，這背後的意味應該都不會太簡單吧！

想到此，諸葛不遜低首看了看腳邊的羽箭，拾起來丟給了薄鳶郡主。「拿著，都給妳。」

薄鳶郡主高興地接了過來，不一會兒小廝就來收了去。她眼也不眨一下地盯住臺下鍾師父，就等著最後的結果分曉。

臺上的花家姊弟和止卿手拉手，都凝神靜氣地等待著鍾師父收取羽箭，臺下的看官們似乎也被這種氣氛所感染，齊唰唰地看著那一根根不斷被擲到木桶中的羽箭……

「整九十根！」

鍾師父這次的聲音都有些變了，夾雜著激動和興奮大聲報出了這個數字。隨即，臺下潮水般的掌聲又紛紛響起，看官們都為這齣【木蘭從軍】能獲得如此高的成績而驚呼著。

「竟然得了九十！」

後臺屏風一側，紅衫兒捂住嘴唇，幾乎不敢相信自己所聽到的，轉頭望著端坐在廣椅上的青歌兒，原本一直強裝鎮定的臉色也終於垮了下來。

起身走到銅鏡的面前，青歌兒只不疾不徐地整理著自己的妝容和戲服，雖然眼底有著淡淡的嫉恨，卻並未表露，只是對著紅衫兒輕輕招了招手，示意她過來。

聲音輕柔似緩，青歌兒啟唇道：「師妹可是失了信心？」

紅衫兒一怔，本想搖頭，卻還是極不情願地點了點頭，低聲道：「原本我還看不上眼那花子好，可沒想到她演得極好，加上這齣新戲的故事引人入勝，止卿和花子紓的扮相又絕妙無比，雖然有些細微的瑕疵，但獲得如此多的羽箭也算是實至名歸。我們若想超過，恐怕……」

「放心，一百根羽箭，我們一定會得到。」青歌兒聽著紅衫兒說的話，唇角泛起一抹不屑一顧的冷笑。「之前的九組，就算唱得再好，也不過是曇花一現罷了。這一齣【白蛇傳】雖然不是新戲，但經過師父和大師姊幫忙改良，並不比他們所演的新戲差多少，反而因為是經典的曲目，還多了幾分火候。更何況妳我來演白娘子和小青，簡直就是絕妙的搭配，無論是扮相還是唱功，妳自己想想，我們哪一點不如那花家姊弟和止卿師兄了？」

被青歌兒這安慰加反問的，紅衫兒臉上頓時又恢復了那種不可一世的傲色。「對，就算他們唱得再好，也抵不過青歌兒師姊妳我的聯手。論扮相和唱功，戲班裡恐怕還找不出第二組人來與咱們媲美。」

「妳這樣想就對了。」青歌兒滿意地伸手輕輕拍了拍紅衫兒的肩頭，笑意嫣然，卻有一絲冷冽閃過。「讓那些譁眾取寵的人仔細看看，什麼叫做真正的本事！」

且不說後臺中瀰漫的爭強鬥狠之氣，前臺上，當子妤三人聽見鍾師父報出這「整九十」的數字時，內心的各種滋味根本就無法用言語來形容。

子紓蹦起了三尺多高，像個孩子一般大聲的歡呼著。止卿卻只是含著笑不停地朝著臺下看官們躬身致謝。而子妤，則是有些不敢相信，捂住嘴唇，水眸中微光閃動，似乎是喜極而泣了一般。

回神過來的三人齊齊又謝了一次場，這才相攜而下，只是子妤剛剛走到臺側的階梯前，竟背影一閃，突然就跌落了下去。

看官們並未注意，唐虞卻突然從位置上站了起來，心中的焦灼感氤氳而升。先前他就發現到子妤的動作有些緩滯，左腳顫抖間很是不穩。原本她就帶傷上場，若是再傷著了……想到此，不親自察看過子妤的腳踝，他根本就沒法放下心，遂也不理會前臺諸般事宜，毫不猶豫地往後臺候場處而去。

章八十九　驚人之舉

看著子妤突然身子一斜，臉色也變得有些蒼白，子紓和止卿趕緊一人一邊扶著她，對望之下都有些不知所措。特別是子紓，還沒完全從剛才的威風中抽離，嘟囔著問：「姊，妳的腳怎麼了，剛剛不是還滿好的嗎？」

止卿倒是早就察覺出了一絲異樣，先前戲臺上的突然一滑，再看此時她表情痛苦，幾乎無法正常走路，語氣有些焦急地詢問：「怎麼了，可是先前下腰的時候扭傷了腳？還能走嗎？」

子妤抿住唇，強忍著左腳傳來的劇痛，但額上還是不住地冒出細汗來。先前在戲臺上一心一意的表演，倒真不覺得痛，如今全身一放鬆下來，左腳踝處竟是針扎般的難受，整隻左腳幾乎不敢再觸碰到地面，風一吹，好像背上也被冷汗給濡濕了，一種冰涼無助的感覺瞬間蔓延。

「到底傷得重不重，妳說句話啊！」止卿鮮少流露出如此焦灼的情緒，眼看著子妤臉色越來越蒼白，身子半倚靠在自己的臂彎之中益發無力，心痛地真想一把將其抱起帶回後院。可四周畢竟還有其他人，所以也只有乾著急而已。

準備上臺的青歌兒和紅衫兒看到子妤一瘸一拐地下臺來，對望一眼，頗有些表情不一。

紅衫兒驚訝間有一絲悻然的笑意表露無遺，紅唇勾起，媚眼如絲地拂過花子妤發白的面容。只是當她看到止卿竟如此焦急時，心底的不悅則更甚剛才。

而青歌兒表情有些奇怪，眼神掃過花子妤的腳踝，似乎早就知道了這個結果，根本沒再看她一眼，好像有些故作鎮定。

眼前兩個人的表情自然落入了子妤的眼裡，想起先前被紅衫兒誤踩了一腳時青歌兒神態就有些異樣，再加上現在她竟然看都不看自己一眼，這分明就是心虛……不用問，子妤幾乎敢肯定先前一定是她在走廊外面偷聽到了自己和唐虞之間的對話，然後動了什麼手腳，讓紅衫兒故意害得自己再次受傷。

心中一股無名之火驀地就竄了起來，子妤暗自告誡自己莫要在此處發作，眼神掃過那兩人，這才回頭朝著子紓和止卿勉強一笑。「我沒事兒，剛才下臺的時候扭到腳罷了，稍微歇息一下就好。」

說著，為了不讓兩人擔心，一咬牙拂開了子紓和止卿的攙扶，子妤面上揚起盈盈笑意。「我有些累了，你們看著紅衫兒她們的演出吧，等會兒到沁園來告訴我結果便是。」說完，強忍著劇痛，竟自個兒一步一步地往外挪動而去。

子紓和止卿對望一眼，都從對方的眼神裡發現了一絲不妥，想也不想地提步跟了上去。可兩人剛來到門廊，迎面就看到唐虞臉色嚴肅，眼神焦急地從前臺而來。

「唐師父！」

子妤在前頭，子紓和止卿在後頭，均脫口喊出了聲。雖然很小聲，卻惹得正要上場的青歌兒和紅衫兒也回頭一瞧，均露出了不解的神情。

這唐虞可是戲班的二當家，今夜花家班弟子打擂比試是何等重要，但他卻兩次離席來到候場處，這也未免太不合情理。

並未將其他人看在眼裡，唐虞看著迎面蹣跚而來的花子妤，見她臉色泛白，走動間左腳雖然只是微不可察地顫抖著，但薄唇緊抿，分明是在強忍住疼痛，頓覺心中愧疚難忍，也顧不得那麼多了，上前一步，不理會子妤圓睜的水眸，竟一把將她橫抱了起來。

將懷中人兒抱緊，唐虞知道就這樣離開有些不妥，回頭對著一臉不可思議的子紓和止卿丟了句話：「子妤傷了腳，根本無法行走，我帶她回南院上藥。」說完便一陣風似的快步離開了，只剩下外面走廊間傳來的急促腳步聲漸行漸遠，逐漸沒了聲音。

候場的屋中除了子紓和止卿，青歌兒和紅衫兒，還有幾個伺候的小廝及兩個催場安排戲伶登臺的師父。他們都瞧見了剛才的一幕，向來冷靜嚴肅的唐虞表情焦急不說，連前頭戲臺上最後一場的演出也顧不得看了，竟直接衝回此處，攔腰橫抱起了一個女弟子！

這情景看在大家的眼裡，真是不亞於戲臺上的精彩，也惹得眾人紛紛面面相覷，目露疑惑。

「子妤傷到腳了，唐師父歷來愛護她，這次又是他保她上臺演了新戲，自然會關心則亂的。」止卿蹙蹙眉，趕緊出言小聲地解釋了一番，一把拉了子紓回到候場的屋子內，看了一眼紅衫兒和青歌兒。「前頭已經響鑼了，妳們還不上去？」

被止卿這一提醒，負責催場的師父也回神過來，朝兩人揮揮手。「趕快！」

紅衫兒覺得有些莫名其妙，唐師父平素不是挺嚴厲的嗎，什麼時候變得如此愛護弟子了……雖然有些不解，但她也沒往其他方面想，眼看著前頭要開唱了，趕緊理了理衣袍，和青歌兒一併撩開簾子登上了戲臺。

只是青歌兒登臺前不由地又回首看了看，似乎從剛才的一幕中悟出了些什麼，一抹若有所思的表情浮在臉上。

偌大一輪圓月高掛在夜幕蒼穹之上，和前院的喧囂相比，整個後院顯得越發靜謐異常。

此刻被唐虞抱在手上，子妤只覺得陣陣微風從耳畔拂過，側臉貼在對方的胸膛之上，一種安逸和溫暖的情緒從心底升起，彷彿腳上的疼痛已經遠離，一切都變得不再重要了。

幸好，從前院戲臺到南院的一路上並沒有遇見什麼人，畢竟師父們和好些弟子都去前院湊熱鬧了，這個時候沒有人會乖乖留在屋裡守著孤燈吹夜風的。不然若是一路上被其他人撞見，那唐虞就算有心說明，恐怕也無法一一解釋。

一口氣回到南院，唐虞原本急促的腳步才放慢了些，心境也隨之稍稍平緩下來。略低首，看著懷中人兒閉目依靠在自己的胸前，髮絲縷縷垂在臉側，輕盈的身子柔若無骨，讓人憐惜。

想著依子妤的性子竟然也沒開口詢問什麼，就任由自己這樣一路抱著回來……唐虞終於察覺到了自己此番動作的大膽，心跳不由自主地有些加快。抿著唇，憋著一口氣也沒有多說一句話，只將子妤又摟緊了些，繞過竹屏，用腳輕輕一踢將屋門打開。

幽幽的月光從半開的屋門傾瀉而進，唐虞輕輕將子妤放在床沿，扶了她坐下。

從進屋開始，兩人自始至終都沒有說過一句話，氣氛有些莫名的微妙，加上月光柔柔，四下又極靜，連兩人的呼吸聲都能聽得分明……

「我……」

「你……」

為了避免尷尬的氣氛繼續蔓延，子妤和唐虞不約而同地啟唇，卻在目光相交的那一刻又立即停住了嘴。

子妤是被唐虞那溫柔中夾雜著焦慮擔憂的眼神所感染，唐虞則是被子妤緋紅如霞的臉色所迷惑。

如此，屋中氣氛越發瀰漫出一種極其曖昧的氛圍，好像所有的旖旎都以唐虞和子妤為中心，連空氣的流動都變得緩慢起來。

眼神本是無形，此刻兩人卻都分明的感覺到了對方眼裡所流露出來的情愫，膠著纏繞著，絲絲縷縷，逐漸織成了一張無形的網，鋪開來網住了對方。

雖只是一瞬間的失神，卻彷彿過了很久，唐虞終於還是率先回復了清朗的神色，朝著子好揚起一抹柔軟的笑意。「妳先坐好，我去點燃燈燭，再拿藥箱過來為妳包紮。」

伸手倚著床柱，子好面頰上的淡淡緋紅越發變得如火燒一般。抬眼看著唐虞為自己忙碌的身影，心底某處的柔軟彷彿被觸動了，思緒柔柔，情意濃濃。回想起當時唐虞猛地將自己抱起來的那一刻，子妤又不禁垂下了眸子，睫羽顫動，瞬間洩漏了心慌又意亂情迷的思緒。

從被他抱起開始，自己就埋頭在他的懷中不敢抬眼，像一隻折翼的小鳥，終於被人捧在了手心呵護著，那種一湧而至的踏實感覺，來得那麼自然又心安理得。

可對方畢竟是唐虞，是那個在人前從來不苟言笑，私底下卻總是溫和對待弟子的唐師父。雖不是正式的親師，但對方教導自己這些年，遠遠勝過「師父」這個簡單的稱呼。可他竟如此在意自己的腳傷，甚至連最後一組比試也捨棄了趕到後臺來，不顧別人的眼光，抱著自己一路回到南院，難道……他也對自己產生了超越師徒之外的另一種情愫？

想到此，子妤又忍不住抬眼朝唐虞望去，發現他的背影被燈燭勾勒得忽明忽暗，就像他的心，自己想要看清，卻總是被一層迷霧所籠罩著，無法如願。

章九十　拒於心外

手中拿了一瓶藥膏，唐虞又替子妤斟了一杯溫茶，踱步而來間臉上的表情已經恢復如常，雖然仍舊有些擔心她、心疼她，卻將那半點說不清、道不明的情愫深深地隱藏了起來。

來到子妤的身前，唐虞蹲下，揚起頭，抬眼看著她，知道她定然有所隱瞞，卻沒有半點責怪，反而輕聲問：「先前在戲臺上，我就看出妳左腳有些顫抖，先告訴我到底是怎麼回事。」

「我……」子妤哪裡會不知道唐虞對自己的擔心，本不願將先前被紅衫兒撞到的事說出來，免得他更不安心，可想了想，終於還是沒忍住，開了口：「唐師父，先前你在候場屋子的門口對我說的話，或許被人聽見了。」

「被誰？」唐虞隨即就想到那時走廊裡突然響起的「哐啷」聲，眼神從疑惑變得冷冽起來，語氣嚴肅道：「難道是有人聽到我詢問妳腳傷之事，然後故意讓妳在上臺前再次受傷？」

心有不甘的點點頭，子妤本不想把事情變得複雜，但若不說清楚，心裡又憋得難受。「嗯，是紅衫兒不小心撞到我，但是我看得出來她並非故意。」

唐虞似乎明白了什麼，淡淡的吐露一句：「難道是青歌兒，她動的手腳？」

沒想到唐虞竟點出了「青歌兒」的名字，看來他比自己想的要精明了許多，也看得出來那平素裡溫柔恭順的戲娘並非是個善性兒。子妤無奈的悶笑著，看了看桌上忽明忽暗的燈燭，猜測道：「應該是她沒錯。上臺之前，她刻意拉了紅衫兒過來和我們說話，還未走近，那紅衫兒竟一個不小心差些跌了一跤，不偏不倚正好撞到我受傷的左腳。」

子妤語氣平淡地敘述著，唐虞卻想著她從還未登臺那時候就開始忍受腳傷劇痛，心中沒來由的像被人一把揪住，眼神憐惜地深深看著她。

因為唐虞背對著燭光，子妤倒是沒看到對方眼神流露出的柔軟憐惜，自顧自繼續說道：「但看紅衫兒的樣子不像假裝，我便沒有在意，可那青歌兒的表情卻明顯有些異樣；再聯想到先前我們說話時走廊外莫名其妙的聲響……我敢肯定，定是她在後面絆了紅衫兒故意撞向我。」

聽完子妤的分析，唐虞眉頭鎖得更深。「前日青歌兒求金盞兒請我過去，就是想套出我到底指導你們三人唱什麼戲。她以為金盞兒能幫她問出些什麼，席間也不停旁敲側擊著。可她那點小伎倆並不算高明，我隻字不提你們的事。雖然看得出來她有些不悅，但我覺得正常人會有些情緒也沒什麼，可沒料到……她竟會直接對妳下手。」

說到此，唐虞一頓，語氣有些責怪。「明知腳痛難忍，妳就不該……」

「我不想讓你失望。」聽出對方話中的憐惜，子妤禁不住突然開口打斷了唐虞，微笑的面容上有著淡淡的堅韌和平靜。「腳痛我可以忍受，但不能忍受讓你失望，讓弟弟和止卿他們失望。這齣新戲，我眼看著你費盡了心血才完成，又願意交給我這個沒登過臺的弟子來唱，若是因為這點傷痛就輕言放棄，我不會原諒我自己，更不會心安理得地繼續叫你一聲『唐師父』。」

「子好……」被這番話給打動，唐虞的臉色柔軟了下來，眼中有著一抹心疼。「妳可知道，我為何要選妳來唱花木蘭？」

搖頭，子好嫣然一笑，低首看著唐虞，目光閃動。「因為我臉皮厚，讓您不好拒絕嗎？」

唐虞也笑了。「這齣新戲我很早以前就在構思了，卻總覺得差了些什麼。後來，還是因為妳，我才塑造出了這個有血有肉的花木蘭，才讓整齣戲變得真實。我選妳，是因為我相信妳能詮釋出來，而妳，也沒讓我失望。」

說到此，唐虞伸出了手，輕輕拍了拍子好在膝蓋上交握的手背，眼底的溫暖澄澈而清明，絲毫沒有一點兒邪念。

如此親暱的舉動，再加上唐虞竟承認是自己給了他新戲的靈感，一種暖暖的幸福感油然而生。子好欲言又止，眼中閃動著感觸的目光，心底一熱，有些激動地張開手臂一把將唐虞給環頸抱住。

與以往不同，這一次是子好主動投懷送抱。所以當懷中撲進嬌軟馨香，身軀被子好一把抱住時，唐虞愣住了，直到那股熟悉的少女體香和頸間淡淡吐納的溫熱鼻息不斷提醒下，他才發覺了不妥。

深吸口氣，唐虞拉開了子妤環抱著自己頸間的手臂，起身來，看著一臉茫然不知為何的子妤，心底閃過一絲不忍。

無論子妤是無心或者有意，唐虞都不得不開口，語氣中有著平淡如許和一些些的遲疑。「子妤，我看著妳長大，雖有師徒情分，但始終是男子。妳現在已經不是小姑娘了，不能像小時候隨便撲到我懷中撒嬌。」

說到此，唐虞意識到了自己所言的矛盾，只好解釋道：「先前是我太過擔心妳的腳傷，才會不顧禮數地將妳抱回來。剛才也是我不對，不該……輕易觸碰妳。以後，妳我都注意些，免得落人口實，壞了妳的名聲。」

沒有預料到唐虞會突然「翻臉」，甚至講起了什麼「男女大防」等禮數規矩，一番話說得子妤粉唇微啟，只疑惑地盯著唐虞，似乎想要透過他的面容看到心裡去。

若不是他先前一番柔情話語，自己又怎會一時動情撲入他懷中？他的眼神、他的表情，分明是對自己極為關切和憐惜，而這些日子以來的相處，子妤也確信他對自己產生了一絲異樣的情愫，不然，他怎敢不顧其他人的眼光將自己一路抱著回來？

一時間兩人都沒再說話，屋中的氣氛也再次凝住，卻並非尷尬，而是一種異樣和莫名。

眸子閃動，從迷離到冰冷，也不過是瞬間的事情，心中原本盛得滿滿的甜蜜就這樣一點一滴的流淌而去，直到心底變得空空如也……半晌之後，子妤才終於揚起了一抹淡淡的笑意，倚著床邊站起來，絲毫不顧腳上傳來的陣陣疼痛，邁開了步子。

「小心。」唐虞眼看她不顧腳傷竟想起身離開，趕忙伸手將其扶住。「妳先坐下別動，等給妳上了藥再走。」

抬眼，看著唐虞擔憂的神色，子妤卻毫不猶豫地拂開了他的手，吐氣如蘭間卻夾雜著惱怒。「唐師父剛剛不是教我要有『男女大防』嗎？上次在林中扭傷腳，你為我脫襪、搽藥已是大大的逾矩，先前又一路從前院將我抱回來，如今更是孤男寡女獨處一室，豈能再讓你為我上藥？」

眉頭一挑地反問，看著唐虞意外無措的神情，子妤不知怎麼的心頭有些隱隱的痛快。「就像您說的，雖然您是師父，我是弟子，但若有人深究，我這女兒家的名聲恐怕還是保不了。既然唐師父察覺了不妥，我也不好繼續留下，沁園中還留有您上次給的藥，回去讓阿滿姊幫我搽就是。」

唐虞想解釋，卻無從開口，只好走到她身前，攔在門前。「子妤，我不是這個意思。」

又要推開自己，又不讓自己離開，子妤心頭一股悶氣快要憋不住了，腳上疼痛又似針扎般難受，咬了咬唇瓣，忍住眼中即將泛起的淚花兒。「那麼唐師父是什麼意思，如果您覺得我是個隨便投懷送抱的女人，那就請不要時時刻刻裝出一副心疼我、憐惜我、關心我的樣子，讓我產生錯覺，以為你……」

被子妤犀利而賭氣的話語說得一怔，唐虞想也沒想便道：「我沒有。」

「沒有嗎……」

話說到此，再說下去也沒有意義了，子妤不想在唐虞面前流淚，也不知哪兒來的力氣，一把撥開了他，推門就走，雖然腳下有些踉蹌，卻一步一步，走得匆忙而堅定。

這樣的結果是唐虞未曾預料到的，想起子妤先前一副嬌軟旖旎的小女兒姿態投懷送抱，如今又含著莫名的怒意負氣離開，明知道兩人之間的關係已經悄然發生了改變，自己卻遲疑了。

眼看著子妤蹣跚而去的背影被夜色所吞沒，唐虞不是沒有想過去拉住她，可一時的衝動被長久的理智壓制得死死的，原本已經抬起的右手也只是一揚便垂下了，只能眼睜睜看著她消失在院外，只留下一陣熟悉的香風久久不散。

甩甩頭，唐虞努力克制著心底的那股澀意，但一想起適才子妤有些冰冷和失望的眼神，一想到她寧願忍著腳傷也不願留下的背影，卻怎麼也堵不住陣陣心疼感悄然在身體裡蔓延。

呆立在門口好一陣，直到前院傳來陣陣喧鬧聲，唐虞才回頭關上屋門。倚在門上，長長地吐出一口濁氣，一抹苦笑隨即漾在臉上。

罷了，她已經不是當初那個小女孩，若兩人再如此毫無顧忌地相處，恐怕將來會有更多的苦楚等著他們。早些認清事實，把可能性扼殺在尚未發生之時，這對兩人來說，也未嘗不是好事。

章九十一　山雨欲來

燈火如畫，喧鬧依舊，前院戲臺之上，最後一組戲伶的比試仍在繼續。

雖然自己的演出已經結束，但止卿和子紓卻沒有離開候場的屋子，反而比先前更為焦急，來到屏風一側豎耳傾聽著青歌兒與紅衫兒的連袂演出。

之前，鍾師父報出了【木蘭從軍】這齣戲所得到的羽箭數量，不出所料，超過之前所有上場的戲伶們，足有九十根之多。得到如此傲人的成績，子紓和止卿欣喜過後都同時鬆了口氣，總算沒有辜負唐師父的這齣新戲，也沒有辜負多日來連番的練習。

但兩人也知道這並非最後的結果，畢竟青歌兒和紅衫兒在新晉弟子中一直都是翹楚，無論扮相還是唱功皆不可小看。如此，兩人沒有離開，心情複雜的在候場的屋中等待，希望最後也終能如願。

卻說立在簾子後等待登場的青歌兒和紅衫兒，兩人作為壓軸，不出唐虞所料，【木蘭從軍】如此耀眼的成績讓她們好不容易醞釀起來的必勝情緒稍稍受到打擊。

成敗在此一舉，唱壓軸的壓力也隨即顯現，青歌兒和紅衫兒有些不知所措。但青歌兒畢竟心思成熟，心中清楚明白，到了這個時候若她們自亂陣腳，只會拱手將頭籌讓給花家姊弟和止卿。紅衫兒自然也懂得箇中道理，加上兩人終究是久經戲場的戲伶，對望一眼，均深呼吸了幾下，片刻間又將情緒給調整了過來。

兩人自然有這個本事安心，當白衣勝雪的青歌兒和青衣似水的紅衫兒登臺一亮相，臺下的看官們都屏住了呼吸，沒有了交頭接耳，沒有了低聲議論，有的只是凝神靜氣，生怕把臺上這兩位仙女似的人物給打擾了。

還未開口，單是兩人這扮相就能鎮住全場，所有的風流媚態、搖曳旖旎，一舉手、一投足間便堪堪將同臺競技的其餘師兄弟和師姊妹們甩開一段距離。

雖說戲伶並非以色事人，但絕妙的長相、身段，卻是成為頂尖戲伶的先決條件；若沒有這副好皮囊，想要出類拔萃，就必須付出不止一倍的努力來和擁有美貌的戲伶相爭。而青歌兒和紅衫兒便是天生就具備了傲人的姿容，雙雙在戲臺上一站，即便一句曲兒也不唱，也是一場活色生香的美妙演出。

水眸環顧，青歌兒所扮的白娘子蓮步輕移，腰肢輕擺，淒淒然啟唇，便唱起了這齣【白蛇傳】的開場。「師祖度你出紅塵，鐵樹開花始見春。化化輪迴重化化，生生轉變再生生。欲知有色還無色，須識無形卻有形。色即是空空即色，空空色色要分明。」

單單一段唱罷，三樓包廂的諸葛不遜卻有些坐不住了，臉上浮起了吃驚的表情。

改戲！她們還是改了戲！

雖不是新戲，但兩人唱的這一齣【白蛇傳】絕不簡單。開場這段唱詞，分明是許仙出家後的惘然自語。此刻從白娘子口中唱來，將一句「師祖度我出紅塵」中的「我」改為了

「你」，頓時其中意義變得字字哀怨，句句留戀，再配上她的眼神跟動作，幾乎在一瞬間就已經讓聞者開始感到了淡淡的心酸。

正當看官們陶醉在那種似怨非怨的莫名情緒當中時，白娘子身邊的小青卻動了，碎步連連，揚起水袖漫漫，開口唱道：「西湖山水還依舊，憔悴難對滿眼秋，山邊楓葉紅似染，不堪回首憶舊遊！」

兩人輪番唱起，悠然綿長的腔調就像汩汩流淌的溪水，婉轉迴盪在整個前院戲臺，帶起迷霧茫茫，愁緒翩翩，讓臺下看官們瞧得目不轉睛，卻又眼花撩亂。

這一齣【白蛇傳】經過代代戲伶的演繹，其實已經有些走樣了。可諸葛不遜卻看得分明，這青歌兒和紅衫兒好聰明，竟還原了最初這【白蛇傳】的故事，直接捨棄了許仙的角色，只用白娘子和小青上場唱對手戲。

【白蛇傳】歷來演的都是千年蛇妖白素貞和凡人秀才許仙之間的愛情故事。可真正的【白蛇傳】故事卻是從青蛇戀白蛇開場，第一折戲叫〈雙蛇鬥〉，青雄白雌，青蛇要與白蛇成婚，白蛇不允，雙蛇鬥法，最後白蛇戰勝青蛇，青蛇甘願化為侍女，姊妹相稱，而後下山。

眼看著青歌兒和紅衫兒已然在下方戲臺耍起了刀馬旦的功夫，諸葛不遜臉色沈緩地點了點頭，暗道：果然是花夷親徒，扮相絕妙，嗓音婉轉，就連一身刀馬旦的功夫也絲毫不遜。看來，子好他們危矣！

耳邊妙音連連，諸葛不遜凝神片刻之後竟是不忍再看，打定主意轉身準備離開。

「諸葛不遜你去哪兒？」

薄鳶郡主倒是看得津津有味，雖然擔心子紓他們被這兩人給超越，但並未真的放在心上。原本在她眼裡，就只有子紓他們演得最好。雖然這兩條「美女蛇」頗有些驚豔，但比較臺下看官們的表情，還是先前子紓他們演出的時候要熱鬧許多，至少叫好喝彩聲連連，不像現在這樣悄然無聲。

可她並不知道的是，這些看官根本就是無暇顧及喝彩叫好。

這兩人畢竟是花夷的親徒，雖然名聲不如四大戲伶響亮，身為二、三等戲伶的她們平時也是絕不輕易示人的。若沒有足夠的銀錢在包廂中點了她們來演出，這些看官中的大多數恐怕一輩子也無法欣賞到這等絕妙的曲目。所以，哪裡還會有人不識相地出聲叫好呢，大家都貪婪地汲取著臺上戲伶帶來的精彩演出，一刻也不願錯過。

諸葛不遜從包廂走出來，尋到一個小廝問了花夷的所在，不一會兒便找到了同在三樓默默看著臺下演出的花夷。

小廝上前撩開簾子，諸葛不遜踱步而進。花夷見來人竟是諸葛不遜，自然上前恭敬地將他迎了入座。

包廂中似乎有股熟悉的味道，諸葛不遜嗅了嗅，卻並未放在心上。「班主，現在可方便單獨說話？」

花夷回頭，見是諸葛不遜，忙點點頭，恭敬地迎了他進來，讓陳哥兒趕緊去換杯熱茶進來，又屏退了閒雜人等，親自過去將包廂的門簾拉上，這才來到諸葛不遜的身邊。「諸葛少爺怎麼不在包廂裡看戲，是否有哪兒讓您不滿意了？」

擺擺手，諸葛不遜淡淡地瞥了一眼下頭的演出，並未回答花夷的問題，只是一如古井無波的眼底終於有些動容，淡淡道：「班主應該早就料到結果了吧?!」

花夷一愣。「小人不明白少爺的意思。」

收回了眼神，仔細打量著眼前的花夷，諸葛不遜懶得與其兜圈子，直接道出了心中所想。「班主知道唐師父寫了新戲，應該也知道他選了花家姊弟和止卿來演這齣新戲，身為班主的您按理應該過問，可您卻一點兒也沒插手。聽子紓說，青歌兒和紅衫兒唱壓軸是您的主意，她們倆又是您的親徒……恐怕這齣【白蛇傳】也是您親自幫她們改的。我說的沒錯吧？」

「呵呵！」花夷笑著，卻有些尷尬，連連點頭。「瞞不過諸葛少爺，您真是慧眼如炬啊！」

「無論子好他們再怎麼努力，論功底怎麼也抵不過您的兩位愛徒。」諸葛不遜不著痕跡地蹙了蹙眉頭。「可惜了唐師父這一齣好戲，卻落得個為他人作嫁衣裳罷了。」

「最後結果未出，諸葛少爺何出此言呢？」花夷嘴上雖這樣說，心底卻嘀咕起來：狐狸啊！真是個玉面笑狐狸啊！明明才十來歲的弱冠年紀，心思卻像個老狐狸。遇到這樣的客人，真是棘手無比。

不提演出，諸葛不遜話鋒一轉，反問起了花夷。「班主應該知道諸葛貴妃是本少爺的什麼人吧？」

花夷仍舊賠笑著，心裡卻一凜，只好點頭哈腰地答道：「諸葛少爺可是貴妃的親侄孫，這點小人自然是清楚明白的。」

「只消我一句話……」諸葛不遜有意頓了頓。「這結果就能輕易改變，你信嗎？」

花夷哪裡敢搖頭，只好拚命點頭。「少爺您看得起咱們戲班的弟子，這可是天大的好事。無論是花家姊弟也好，還是現如今臺下的青歌兒和紅衫兒也好，只要能讓諸葛貴妃高興，小人身為班主，結果都是一樣的。」

「罷了。」諸葛不遜起身來，拂了拂衣袍，留下一句：「多說無益，你且好自為之吧。」說完就準備起身離開，可剛走到門口，鼻端又嗅到了先前那股熟悉的味道，諸葛不遜回頭，蹙眉看著花夷。「這包廂之前招待的是哪位貴客？」

背後冷汗直冒，花夷趕忙答道：「沒什麼，都是京城的達官貴人罷了。」

諸葛不遜打量了包廂四周，冷笑道：「此處應該是花家班最好的一處包廂吧，不但位置絕佳，而且出口隱密。」

「呵呵！」花夷只好尷尬地笑了笑。「諸葛少爺好眼力，在下就說實話吧，剛才那位爺是宮裡出來的。但具體是誰，這個就不好多說了，還請少爺見諒。」

「宮裡出來的……」諸葛不遜恍然大悟般地點了點頭，唇角勾起一抹古怪的笑意，也沒再為難花夷，轉身一掀簾子就走了。

先是伺候了五爺那位天大的貴客，緊接著又被諸葛不遜那小狐狸好一陣盤問。花夷呆呆地看著門簾，有些無奈地甩甩頭，才發現額上已經滲出了細細密密的冷汗，雖沒有風，感覺卻好像涼到了心坎裡。

看來，這花家班安逸了近二十年，終於還是要起紛亂了。

章九十二　出人意表

打擂比試已經過了三天，花家班裡的眾人至今還是忍不住津津樂道。

花家姊弟和止卿所唱的一齣【木蘭從軍】可謂當晚最大的驚豔，無論是戲文唱段還是戲伶表演，無一不讓人倍感新鮮。

但比試的結果，還是沒有什麼意外，不出眾人所料，身為花夷親徒的青歌兒和紅衫兒以一齣改良版的【白蛇傳】最終拔得頭籌，足足得了有九十七根羽箭，只差三根便滿百了，傲視當晚同臺競技的師兄弟、師姊妹們，成為當之無愧的花家班新臺柱。

兩人也因此提前晉升，身價倍增，名聲直逼業已成名多年的四大戲伶。

不過讓人不可思議的是，雖然青歌兒和紅衫兒最後拔得頭籌，花夷卻上臺宣佈，獲得入宮參加貴妃壽辰演出的是花家姊弟和止卿，並道出了箇中緣由，說是這齣【木蘭從軍】的新戲頗為熱鬧有趣，比之【白蛇傳】這等哀怨情戲要高出一籌，更為應景。

如此結果，自然讓人難以信服，畢竟新戲擺在那兒，換了其他戲伶來唱也是可以的。但花夷卻並未給青歌兒和紅衫兒兩人機會，只讓唐虞督促花家姊弟和止卿勤於練習，務必在貴妃壽辰之前將新戲練熟。

這天上掉下來的好運，看在戲班弟子們的眼裡，無疑是又嫉妒又羨慕，當然除了青歌兒和紅衫兒兩個憋屈的當事人之外。奈何這是她們的師父當著所有人宣佈的決定，即便是難以接受，也不得不吞下這口氣。

話說回來，子妤打從那一夜腳受傷後，一連休息了三日足不出戶，唐虞那邊也沒有主動找她練習，只讓子紓和止卿每日抽時間過去與她對戲罷了。

看著子妤願望成真卻精神懨懨，只時不時地拿個藥瓶兒在手中玩耍發呆，阿滿有些不明白了，想著或許唐虞知道怎麼回事，趁著有空，提了食籃裝上兩塊酥餅就去了南院，準備找唐虞問問情況。

阿滿去了南院，卻沒見到唐虞，只好推開屋門打算把酥餅放下就離開，可剛要離開，卻一眼瞥見了一個熟悉的物件。

含著疑惑，阿滿走到了裡屋的書案前，伸手拾起一方小小的荷包，仔細一看，分明就是當初拿來裝自己幫子妤繡的「並蒂青蓮」香囊。但此時荷包內空空如也，並無香囊，放到鼻端一嗅，熟悉的桂香味兒還絲絲縷縷的殘留……秀眉蹙起，阿滿心中閃過一個念頭，卻又覺得不太可能，只好抿著唇一副若有所思的樣子，提起食籃匆匆離開。

阿滿心裡想著事情，步子又快，匆忙間經過迴廊的拐角處往沁園而去，一個轉身卻不小心地撞到了人！

「啪」地一聲脆響，青歌兒正端了盅養喉湯準備去落園，被阿滿這一撞，湯盅碎了不說，那灑落出來的薑黃色湯汁也濺了自己滿滿一身。

「呀，青歌兒！」阿滿意識到自己的魯莽，忙放下食籃，掏出絲帕過去想要幫青歌兒擦拭裙襬上的污漬。

臉色憋著好半晌，青歌兒才回過氣來，輕輕拂開了阿滿的手，淡淡道：「阿滿姊，您走路都這樣埋著頭嗎？雖然這等小事不用動腦筋去想，但如此簡單竟然都會被您搞得不成體統，我看當初您跟了四師姊做婢女也是應該的，不然，若繼續學戲的話，恐怕這一輩子也沒什麼出路了。像妳們院子裡的子妤就比較機靈，曉得巴結唐師父，討好班主。妳怎麼不學學，也讓自個兒的腦袋開個竅呀？」

明明是尖酸刻薄的話，青歌兒卻語氣酥軟，慢慢悠悠，讓阿滿一時間有些不知所措，平時的伶俐潑辣勁兒也拋到九霄雲外去了。

直到青歌兒拋下個不屑的眼神徐徐提步離開，阿滿才回神過來，看著她窈窕多姿的背影，氣得喘不過氣來。「這女子，平素看起來溫柔知禮，什麼時候也學會了罵人不帶個髒字。」

看著地上碎落的湯盅，阿滿也只得自認倒楣，畢竟是自己撞了人家，害得東西給碎了，如今青歌兒拂袖而去，這善後工作還得由她來完成。只好嘆了口氣蹲下來，掏出手絹將殘片一一拾起丟到食籃裡，看著地上差不多乾淨了，這才提起籃子離開。

心中惦念著唐虞桌上的荷包，阿滿回到沁園直接去了子妤的屋子，想要問清楚那「並蒂青蓮」到底是送給了止卿還是唐虞？若是子妤搞錯了，把那曖昧的香囊送與唐虞的話，深究起來，這裡面的問題可就有些大了。

子妤正在屋中提筆書寫著，見阿滿進來，放下手中活兒過去替她斟了一杯茶。「先前四師姊還問起送到無華樓和班主一起用的晚膳備好沒呢，說是想吃些酸的解解這初夏的悶氣兒。」

「這個好辦，等會兒我再去一趟後廚房吩咐她們添個菜。」阿滿放下食籃，接過子妤遞上的溫茶抿了一口。「不過先別說這個，有件事我得問清楚了才行。」

「什麼事？」子妤不疾不徐地又回到書案邊，繼續提筆書寫著。

阿滿見她一副淡漠平常的樣子，又有些猶豫了，走過去替她磨墨順便看她在寫什麼會如此專注，暫時也沒開口。

抬眼看了看阿滿，知道她有疑惑，子妤主動開口解釋：「唐師父讓我得空時把習得的小曲小詞兒抄給他，正好腳傷了也不方便練功，就抽時間把這曲集寫下來。」

「唐師父嗎……」阿滿要問的正是在唐虞那兒看到的荷包，見子妤主動提及，也不忸怩了，張口道：「子妤，上次妳送給止卿的香囊，是不是也送了一個給唐師父？」

子妤一邊寫一邊點頭。「那時去湖邊遊玩，止卿和唐師父賽馬，幫我贏得了這次參加比試的機會。我做了兩個香囊，一人送了一個。怎麼問起這個，有什麼不妥嗎？」

阿滿心中一跳，暗道了聲「糟了」！

當時她也沒問清楚，以為子好做的香囊是要送給止卿做謝禮。卻沒想到她做了兩個，其中一個便是自己幫忙完工的「並蒂青蓮」。本想撮合她與止卿，幫他們戳破那層無形的隔紙，可那「並蒂青蓮」顯然並沒有如自己的願送到止卿手中，反而……被子好送給了唐虞！

以唐虞的心性，阿滿相信他即便收到了這「並蒂青蓮」，也不會主動詢問什麼，但很可能會懷疑子好是不是對他有了情意。若是如此，豈不是自己陷子好於一個莫名尷尬的境地；再想到比試那晚傳出了流言蜚語，說唐虞竟抱著子好一路離開前院回來，說不定他們兩人之間……

想到此，阿滿渾身一個哆嗦，竟是不敢再想下去。

子好和自己不一樣，雖然都是塞雁兒的婢女，但她如今已是戲伶身分。自己和鍾師父說白了並無瓜葛，所以才有可能結親。但唐虞不一樣，相當於子好的半個親師，若是他們兩人之間有什麼情愫暗生，那絕對是不容於花家班的啊！

「阿滿姊！」

子好寫完一張，停下筆來看了看阿滿，發現她有些發呆地望著自己，疑惑地伸手推了推她的肩頭。「妳剛剛不是說要找我弄清楚什麼事嗎？難道就是問我上次繡了香囊的事？」

「呃，對！」阿滿回神過來，尷尬地笑著，找了個藉口胡亂道：「我尋思著也做了個香囊，所以想找妳問問哪個圖樣好。」

「瞧妳著急的樣子。」子好掩口輕笑。「難道是做給心上人的？」

阿滿瞪了子好一眼。「人小鬼大，那我先去一趟後廚房吧。」

看著阿滿連食籃也沒來得及拿就出去了，子好提起來準備替她拿過去。可一股有些熟悉的味道從籃子裡散發出來，惹得子好頓生疑惑，輕輕地揭開了籃子上的蓋布。

——未完，待續，文創風034《青好記》6之3‧〈梨園驚夢〉

在諸葛不遜暗助下，花家姊弟和止卿，獲得入宮參加貴妃壽辰演出的資格。一齣新編的【木蘭從軍】果然贏得座中貴客的滿堂彩，眼看就要完美收場了，卻在下一瞬間，發生了令人意想不到的變故——

原本緊勒在子妤胸口的甲冑竟突然一鬆，直溜溜地從她身上滑落……如此驚擾壽宴、當眾出醜的打擊簡直讓她羞愧欲死。難道這又是那心機深沈的青歌兒再度動手腳陷害的嗎？

阿滿無意間撞到青歌兒，連帶打翻了她為大師姊金盞兒熬煮的清喉湯，阿滿好意收拾了藥盅碎片，帶回沁園，卻讓子妤發現了清喉湯的可疑點，並向唐虞說明內心的疑慮，唐虞決定展開調查，可是他真能順利找到證據，揭發那青歌兒的心懷不軌嗎？

還有「並蒂青蓮」的香囊，子妤陰錯陽差地送給唐虞後，引起兩人之間曖昧旖旎的情愫。雖然後來經過阿滿解釋澄清誤會，可是並沒有讓他們的感情進一步發展，反而讓唐虞更加謹守師徒分際，拒子妤於心外。

兩人的這段情緣究竟何時才能撥雲見日、破土萌芽呢？

老爹生前交代過她，下山後有兩種人不要招惹，
結果可好，她越是躲著他們，就越是躲不掉，
老天爺對她如此青睞有加，真是搞得她欲哭無淚啊～～

輕鬆古文新秀／

大臉貓愛吃魚

娘子

文創風 026 2之1〈大爺饒命啊〉

她郝光光自詡偷功了得，只要被她瞄上的東西沒有偷不到手的，
不料下山後竟栽在一個漂亮得不像話的小屁娃兒身上，
雖然說錢袋裡的錢不多，但那錢袋可是她過世的娘親唯一留給她的東西哪！
為了追回寶貴的遺物，她立馬追上，好不容易逮著對方、取回錢袋，
但想一想不解氣，於是又順手把那娃兒他叔叔身上的兩張請帖給摸走，
結果這一摸可不得了，原來那兩張是勞什子選婿大會的帖子，
本來帖子沒了也不是件多了不得的事，怎知娃兒他爹葉韜因此對她起了興趣，
她倒楣透頂，硬是被葉大莊主派來的人給綁……請回去「作客」，
為了順利脫身，什麼狗屁倒灶、阿諛諂媚的話她都能說得臉不紅氣不喘，
偏偏人家不吃她這套，還硬是逼她得代他參加選婿大會、替他娶妻！
搞什麼鬼啊？即便她扮起男裝的確像極了俊雅無儔的公子哥兒，
可……可她畢竟是個貨真價實的女人啊！是要她怎麼娶啊？
嗚～～這位壞心的大爺，拜託別玩，饒了她一命吧～～

文創風 029 2之2〈不做富人妾〉

老爹生前曾交代過郝光光，下山後有兩種人千萬不要招惹，
其一是葉氏山莊，因為江湖中人均不敢惹這山莊的人；
其二是官府中人，因為官家大多是些吃人不吐骨頭的。
老爹還特別叮嚀她，為官者中最不能惹的就是左相魏家的人，
甚至命令她見到魏家人要立刻就躲，不能結交更不能得罪，
至於原因嘛，老爹只支吾著說是年輕時偷了魏家的寶貝，得罪了魏家，
倘若得知她是他的女兒，魏家人定不會給她好果子吃的。
哪知老天爺對她實在青睞有加，她越是想躲著誰，就越是躲不掉誰，
先是招來了鎮日只會欺凌她、威脅她、嫌棄她，卻硬要納她為妾的惡霸莊主，
接著又惹來了左相家那個對她頗好、說要認她當義妹的新科武狀元，
稍微有點理性的人都知道該選誰，她當然二話不說地跟著義兄偷偷跑了，
不料此舉惹怒了葉韜，他竟親自前來抓逃妾，嚇得她命差點沒了！
唉，就跟他說了，她寧願拿只破碗要飯去，也不屈就當個毫無尊嚴的妾，
何況他是為她治寒毒時看了她的身子，才要收她做妾的，
但這事他若不說，連當事人的她都不知情了，完全可以當作沒發生過的嘛！
既然兩人互無好感，她又不想被「負責」，何必非要湊在一起鬧不痛快呢？
偏偏這人很番，講都講不聽，死要纏著她，搞得她欲哭無淚啊～～

庶女好威，看傲大少VS.沖喜妻從相看兩厭到難分難捨……

我愛故我在，豪門大戶愛恨情仇，

新婦入門，不只柴米油鹽醬醋茶……

穿越當家新秀／

大臉貓愛吃魚

庶女發威　魅力登場

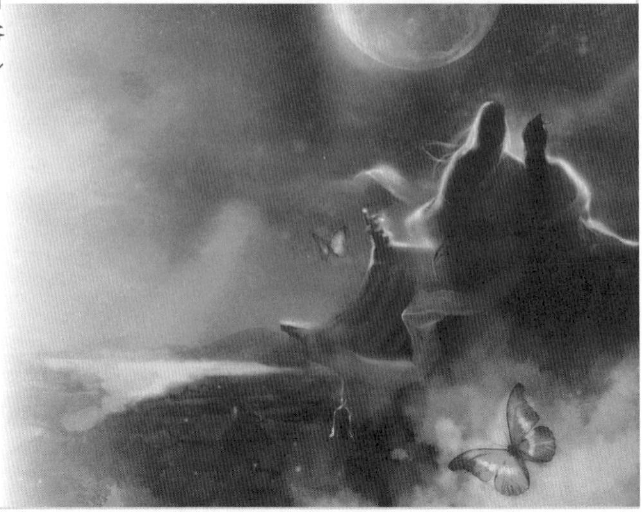

庶女難為

文創風 019　3之1〈小小姑娘要出嫁〉

莫家最不受寵的小庶女，住在最角落荒蕪的院落裡，
地位不高還落到代姊出嫁去沖喜，嫁給景家的病郎君，
這病郎君曾是姑娘們趨之若鶩的良人，既美又俊又成材兼富有，
可一旦倒下了，眾姑娘還是逃之夭夭，不敢拿一生幸福開玩笑……
只有莫芸溪逃不了，這就是身為庶女的命運！
所以她立誓不做原來的自己，從此刻起厭棄柔弱愛哭的舊時模樣，
開始情義放兩旁、利字擺中間的暢快人生……

文創風 021　3之2〈大丈夫有所不愛〉

他飽嚐從香餑餑變成臭饅頭的苦澀，脾氣大變，不時發火摔東西，
連下人都避之唯恐不及，但這沖喜妻卻還寸步不離守著他。
他凶，她更凶；他倔，她也不認輸；他罵，她更是永遠有新鮮詞兒回嘴?!
他終於正眼看她了，這火一般的小姑娘不是凡夫俗子馴服得了的，
聰明機靈，難得賢妻，可嘆嫁給他注定是吃苦的命運，
他記在心頭，知道自己一生都欠了她；
以後他別的不愛了，就愛她一個……

文創風 023　3之3〈兩心相許百年合〉

明明娘子依然脾氣壞、陽奉陰違假面得不得了，
偽單純無知實則狡猾多詐、過於聰明機靈難以馴服，
可他偏就愛她！相公看娘子越看越有趣～～
但前方路途豈是夫妻倆一搭一唱就可平順度過?!
家和萬事才興，小媳婦面臨的挑戰可多了！
心機深沈的婆婆跟不安分的小叔猛出招攞不平，
庶女當家欲撐起一片天，還早得很呢……

文創風 031

青妤記

6之2

〈春心初動〉

國家圖書館出版品預行編目資料

青妤記. 6之2, 春心初動 / 一半是天使著. --
初版. -- 臺北市 : 狗屋, 民101.07
面 ; 公分. --(文創風)
ISBN 978-986-240-857-5(平裝)

857.7 101011594

著作者 一半是天使
發行所 狗屋出版社有限公司
地址 台北市104中山區龍江路71巷15號1樓
電話 02-2776-5889～0
發行字號 局版台業字845號
法律顧問 蕭雄淋律師
總經銷 知遠文化事業有限公司
電話 02-2664-8800
初版 101年07月
國際書碼 ISBN-13 978-986-240-857-5

原著書名：《青妤記》，由起點中文網（www.cmfu.com）授權出版。

定價230元
狗屋劃撥帳號：19001626
網址：love.doghouse.com.tw E-mail：love@doghouse.com.tw